大唐李靖

卷三 龍旂陽陽

齊克靖——著

推薦序一

「不鳴則已，一鳴驚人。」三卷《大唐李靖》讓我衷心讚嘆。齊克靖女史不寫則已，一下筆就是多卷歷史小說，或稱大河小說。這樣一部大部頭作品對小說家的要求甚高。它是史實和虛構的結合，既需駕馭大量的史料，又要具備豐富的想像力和不凡的文筆。《大唐李靖》引用的材料既多且廣。連書中的註腳，都十分用心；上至天文，下至地理，讀之讓人獲益匪淺。作者在博覽群書之餘，曾多次親赴西安，彙集資料，並與專家切磋。她對隋唐歷史文化的梳理與分析，早已達到行內學者的高度。至於如何裁剪材料，設計結構，將構思轉化成文字，這些都是作為小說家必須面對的挑戰。齊克靖女士發揮她作為建築師的創造力和組織力，瀟灑自如，舉重若輕，將李靖及其所處的風雲時代重現在讀者眼前。她對人物的描寫十分立體，細微到姿態神情語氣，都栩栩躍然紙上。

透過作者的眼睛，我們看到的是一位文武雙全，才德兼備的李靖。他亦儒亦道，進可興邦，退以保身。他是中國歷史上的戰神，是文學想像中的托塔天王。用現在的通俗話語來說，他顏值人品極高，家世才華超硬，婚姻事業美美，是一位穩穩妥妥的人生贏家，真真正正的偶像男神。

《大唐李靖》頭兩卷出版以來，已獲得華文世界的重視。相信隨著第三卷的面世，這部歷史小說會受到更多的關注。謹在此表達我對作者的敬意，並期待第四卷完結篇！

——加州大學戴維斯分校東亞語言文化系傑出教授／奚密

推薦序二

巍巍太行古老上黨，散落著許多的李衛公廟、靈顯王廟亦或靈澤王廟，毫無例外都供奉著中國古代史上屈指可數的不敗軍神，唐衛國公李靖。他南滅蕭梁、東平吳會、北破突厥、西征吐谷渾，從無敗績，為大唐帝國打下七百萬平方公里疆土，後世中國版圖的基本格局由此奠定。縱觀李靖一生居鄉閭憂國家，處廟堂思天下，先正後奇，倡先仁而後權謀。在國史上充滿傳奇，一生集佛道儒三教合一。他大器晚成，生性淳厚、嚴守中道、激流勇退、登瀛洲入凌煙彪炳史冊，死後位列十哲，至今仍留下兵貴神速、擒賊擒王、一代楷模諸成語故事。

我家舊有家譜記載為衛公後裔，一直以來引為驕傲，油然敬仰祖公雄才大略。每每考據祖公之事蹟，見於舊志留存縣籍，更有有宋以來族人參與模刻的《唐李靖獻西嶽書》留存於世，近年更有眾多考證，衛公青年時節嘗在潞占籍流寓，西元六二五年北拒外夷又屯兵於此，潞地民間亦多有傳奇之說，神頭嶺上的李衛公祠長期以來曾是北方祭祀李衛公的中心，吾家舊譜德、仁、清、慎、勤五字家訓總能時刻警示後人。

己亥穀雨於昭陵獲知齊先生有大作《大唐李靖》，我朝思夜想尋求拜讀，幾經周折跨海峽得以拜讀，越年齊克靖先生又將《大唐李靖》之二《龍戰于野》郵寄與我。再行覽閱置身于景，重回開唐，再溫先祖事蹟韜略，感慨萬千，懷古追昔，以誠感激先生，以此感念先賢！

——唐李衛公靖四十五世孫／李靜棟

推薦序三

隋朝時期的中國好不容易在隋文帝的統治下，社會安定繁榮，人民百姓小小的喘了口氣，但沒幾年就又回復到過去兩百多年來的群雄爭霸，內憂外患，民不聊生的局面。自古亂世出英雄，李靖這位天下第一的將才是有機會及能力，自己入主天下的，但由於各種因緣際會，他選擇了輔佐李淵、李世民父子南征北討，統一天下，穩定江山。唐朝能成為中國歷史上最輝煌的時代，李靖功不可沒，他是中國歷史上的大功臣。但我總覺得真正了解李靖功績和才華的人並不多，也不夠深刻。

齊克靖為了讓讀者能充分了解李靖，博覽群書，下足了功夫，大氣磅礴，上古下今的描寫分析了李靖本人和他所處的大時代，還把同時期幾乎所有你想得到的每個隋唐當代皇帝，朝中大臣，民間俠客異士，加上南北朝以降數不清，理還亂的各個小朝皇帝，突厥領袖，都一起寫了進去，讓讀者可以從隋唐人的視野來真正認識欣賞李靖才華與成就。

《大唐李靖》卷一與卷二現已出版，李靖驚濤駭浪，跌宕起伏的前半生，精彩萬分的展現在讀者的眼前，我們引頸以待齊克靖完成她的天才之作，帶我們看李靖的後半生。

——前第一金控董事長／趙元旗

書評

我讀《大唐李靖》前兩卷

《大唐李靖》是一部長篇歷史題材小說，分四卷次第推出。講到歷史，如是說法便會在腦海中浮現：「以史為鑑，可以知興替。」如果進一步確定歷史的定義，梁啟超曾深刻指出：「史者何？記述人類社會賡續活動之體相，校其總成績，求得其因果關係，以為現代一般人活動之資鑑也。」不過，歷史若欲真正具備梁氏所言之「資鑑」功能，在真實、全面這樣一些層面，必須盡可能做好。

中國很早就有了由官方主導的修史機構，西漢著名的文學家、史學家司馬遷撰寫了《史記》，建立了紀傳體的歷史記錄體裁，之後，東漢文人班固著《漢書》，延續發展了《史記》的體例，是中國第一部紀傳體斷代史。這兩部歷史著作，奠定了中國古典史學的基礎，後來的歷史學家沿用《史記》和《漢書》的體裁，將各個朝代的歷史彙編成書，這就是被視為「正史」的「二十四史」。除斷代史之外，唐、宋期間中國還出現了通史，如唐末杜佑的《通典》，宋司馬光的《資治通鑑》。上述這些史書，當然是中華民族彌足珍貴的文化遺產。不過，毋庸諱言的是，在中國（乃至世界）歷史上官方對「過去事實的記載」中，也存在著「勝者王侯敗者賊」的不良傾向，「歷史就是為勝利者歌功頌德、對失敗者落井下石的虛假陳述」之論，固然不無偏頗，但也絕非全無道理，不是連魯迅，針對中國某些史書中的瞞和騙，在致曹聚仁的一封信中曾尖銳指出，「中國學問，待從新整理者甚多，即如歷史，就該另編一部」嗎？

史書尚且如此，而對歷史人物、歷史故事加以演繹所構成的歷史題材小說，問題似乎就更多。舊時的名著《三國演義》應該說大體還是可以的，但也存在著高抬劉備、打壓曹操，以及神化諸葛亮的弊端；更為不堪的，是近一些年來以秦始皇，還有康熙、雍正、乾隆這三位清朝皇帝為主角的小說，其中對他們的歌功頌德，就更是太過離譜，以致讓人頓生大惑：既然皇帝如此英明偉大，那推翻帝制的辛亥革命的必要性，不就蕩然無存了嗎？相比之下，《大唐李靖》儘管也是在鋪排唐朝早期為臣者李靖、為君者李世民的豐功偉績，字裡行間，我們可以清楚地感受到作者齊克靖女士對這兩位歷史人物（特別是對李靖）的推崇和喜愛，但整體而言，作者所展現的這兩個人物生活的那個時代，卻不曾讓人產生虛假、片面的感覺。這是因為，那個時代不合理、不合情、欠缺人道、背離人性的醜陋一面，在人物命運的起伏跌宕之中，被展示得相當準確和充分。

比如，從古到今，誰應該得到對一個國家統治權，當年陳勝在大澤鄉振臂一呼之所云「王侯將相寧有種乎」，倒是很有道理，只是當代世界獲取政權，大都須透過民主選舉（起碼也是民主協商），我們稱之為「數人頭」；而舊時的開國皇帝獲取政權，則幾乎無一例外地要經歷一場又一場你死我活的殺戮，我們稱之為「砍人頭」。李淵登上大唐王朝首任皇帝寶座的路，顯然是用無數士兵和百姓的屍骨鋪就，而他手下百戰百勝的大將李靖，儘管在歷史上名聲不錯，不曾像秦代名將白起那樣，被後世稱之為「殺神」、「人屠」，倍受詬病，但他的成功之路，怕是也逃不脫「一將成名萬骨枯」這麼一條歷史鐵律。

並且，終於奪取政權以後，在皇家內部的父子之間、兄弟之間，圍繞著最高權力的鬥爭，也永遠不會停歇，「刀子進，紅刀子出」的殺戮，是司空見慣尋常事。讀《大唐李靖》前兩卷，我們所看到的楊堅、楊勇、楊廣父子兄弟，以及李淵、李建成、李世民、李元吉父子兄弟，臨到終了，他們之間哪裡有半點兒所謂的父慈子孝、手足情深，全然是毫不手軟地斬盡殺絕！即以玄武門之變為例——算了，不說也罷！

至於在皇帝手下討生活的文臣武將，怕是只能奉「多磕頭，少說話」為生存信條吧！特別是如李靖一般的卓爾不凡、功高蓋世者，更是無時無刻不生活在「功高震主」的擔憂、乃至恐懼之中。歷朝歷代，開國皇帝對勞苦功高的部屬大開殺戒是一種常態，漢語中的「狡兔死，走狗烹；飛鳥盡，良弓藏；敵國破，謀臣亡」之謂，即來源於這種嚴酷的史實，而李靖其人之所以能夠倖免，得享天年，除過他本人具有異乎尋常的胸懷和智慧之外，沒有遇見像朱元璋那樣心狠手辣的主子，也是一個重要原因。

當然，人類社會都必須經由矇昧時代、野蠻時代，才能夠發展到文明時代的，並且，即就是到了文明時代，矇昧時代和野蠻時代的諸多弊端，也不會盪滌淨盡。長篇歷史題材小說《大唐李靖》的價值就在於，它在頌揚確實出類拔萃的歷史人物李靖的同時，也真實揭示了過去時代的諸多醜陋，從而使得我們在敬仰先賢的同時，也激發出對現代民主社會的更加熱愛。著眼於此，我要真誠地向齊克靖女士鞠躬致敬！

——資深報人文化學者／商子雍

人物介紹

主角及其家人

李藥師　大唐李靖，在本卷中約五十六－六十五歲

張出塵　李藥師夫人

李德謇　李藥師長子

杜徽音　杜如晦之女，後成為李德謇之妻

李德獎　李藥師次子

孫蘭方　孫思邈之女，後成為李德獎之妻

李藥王　李藥師之兄，在本卷中已去世

達奚氏　李藥王夫人，在本卷中已去世

李脩志　李藥王長子

李脩行　李藥王次子

李客師　李藥師之弟

長孫無雙　李客師夫人，長孫皇后、長孫無忌堂姊

李大善　李客師長子

李大惠　李客師次子

李大志　李客師三子

李藥師部將

張寶相

席君買

薛孤吾

蘇定方

薛萬徹

李藥師周邊人物

張出岫 張出塵之姊，在本卷中已去世

楊玄慶 李藥師摯友，楊素之子，楊蕣華之父，在本卷中已去世

陸澤生 李藥師部屬、知交，楊玄慶好友，陸遜、陸機後人

裴行儉 出身聞喜裴氏

和璧 原為李藥師府中總管，後成為李藥師部將

隨珠 和璧之妻，原為李藥師府中僕從

劉嫿 劉世讓夫人，蒙冤時期以僕從身分進入李藥師府中

馬里庫多 李藥師府中崑崙奴，繼和璧之後成為總管

大唐皇室

李世民 唐太宗，李淵第二子

長孫無垢 李世民皇后

楊蕣華 李世民淑妃，楊玄慶之女

李承乾 李世民嫡長子，在本卷中為皇

太子

李泰 李世民第四子、嫡次子，魏王

李治 李世民第九子、嫡三子，晉王，後成為唐高宗

李淵 唐高祖，李世民之父，在本卷中為太上皇

太穆竇皇后 李世民之母，李淵之妻，在本卷中已去世

李建成 李淵長子，在本卷中已去世

李元吉 李淵第四子，在本卷中已去世

大唐宗室

李神通 淮安王，李世民堂叔

李孝恭 在本卷中為趙郡王，李世民族兄

李道宗 在本卷中為任城王，李世民族弟

大唐文臣

長孫無忌 長孫皇后之兄

高士廉 長孫無忌、長孫皇后舅父

房玄齡 李藥師師弟

杜如晦 李藥師親家

蕭瑀 南梁皇室

陳叔達 南陳皇室，張出塵之舅

溫大雅

溫彥博 溫大雅之弟

王珪 出身太原王氏

戴胄

魏徵　李藥師、房玄齡師弟

馬周

唐儉

于志寧　西魏八大柱國之一于謹曾孫

孔穎達　孔子後裔

歐陽詢　大書法家

岑文本　李藥師舉薦的南梁舊臣

劉洎　李藥師舉薦的南梁舊臣

竇璡　太穆竇皇后族弟

姜行本

閻立德　大畫家

閻立本　閻立德之弟，大畫家

張萬歲　養馬專家

大唐武將

李世勣　原名徐世勣，後避李世民諱改名李勣

李大亮　李藥師好友

柴紹　李世民姊夫

薛萬淑　薛萬徹大哥

薛萬均　薛萬徹二哥

尉遲敬德　出身秦王天策府

秦叔寶　出身秦王天策府

程知節　出身秦王天策府

侯君集　出身秦王天策府，李藥師學生

張公謹　出身秦王天策府，李藥師學生

劉師立　出身秦王天策府，李藥師學生

段志玄　李世民總角之交

李道彥 李神通之子

高甑生 出身秦王天策府

大唐其他人物

孫思邈 一代藥王，李藥師好友、親家

玄奘 三藏法師

杜構 杜如晦長子，杜徽音長兄

李守一 李大亮長子

李奉一 李大亮次子

蕭皇后 隋煬帝楊廣皇后，蕭瑀之姊

楊政道 楊廣之孫

盧氏 房玄齡夫人，出身范陽盧氏

突厥人物

頡利可汗 東突厥可汗

啟民可汗 頡利之父

始畢可汗 頡利之兄

處羅可汗 頡利之兄，始畢之弟

義成公主 隋宗室女，先後為啟民、始畢、處羅、頡利之妻

突利可汗 始畢長子

欲谷設 始畢次子

郁射設 處羅長子

拓設 處羅次子，即阿史那社爾

沙缽羅設 啟民幼弟，即阿史那蘇尼失

阿史那思摩　突厥宗室，即李思摩

執失思力　突厥武將，後成為大唐武將

康蘇密　頡利親信，康國人

吐谷渾人物

慕容伏允　吐谷渾可汗

慕容世伏　伏允之兄

光化公主　隋宗室女，先後為世伏、伏允之妻

慕容順　伏允、光化公主之子

慕容尊王　伏允之子

天柱王　吐谷渾權臣

其他外國人物

夷男　薛延陀酋長，鐵勒諸部共主

麴文泰　高昌王

契苾何力　契苾酋長，後成為大唐武將

大風起兮

雲飛揚

威加海內兮

安得猛士兮

字回方

歸故鄉

斷虹飛

嗟嘆三軍兮

掣電內照于

望四圍

妙黨尚兮

習凱歸

唐崔公李藥師開漢為軍之大風歌
情不自禁鐵翻此敬成此一闋

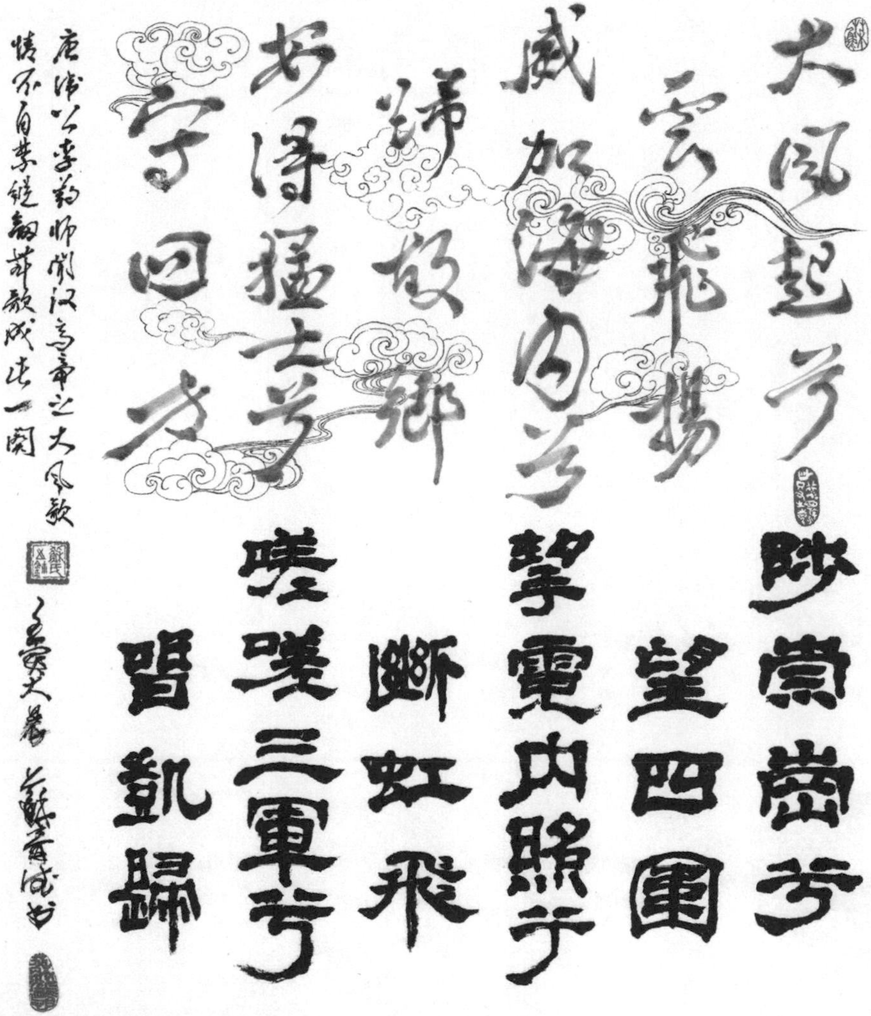

目錄

從《辱書帖》說起

《大唐李靖．卷二．龍戰于野》出版方將一月，就在網上見到關於《辱書帖》的討論。這是唐太宗李世民的行草法帖，其文以「使至辱書」四字起首，故稱《辱書帖》，亦稱《使至帖》。全文如下：

> 使至辱書。知公所苦少可。慰意何言。不知信復。更復何似。時氣漸冷。善將息也。所請景賢。公即宜留。聽追然後遣。若無好藥。更遣揀擇。今為北邊動靜。奉敕即行。相去大近。信使非遙。實情欣悒耳。遣無具（一釋「一一」）。李世民呈。

文中情深意切，候問殷勤，可惜不知收信之人是誰。當時在網上讀到的意見，認為這是寫給李靖的。也曾請教：從何處得知收信人是李靖？答曰：其實沒有確切依據。

這引起我的興趣，於是開始細究書帖的時間、地點、人物。

由「今為北邊動靜，奉敕即行」可知，地點在北邊，時間在武德年間。當是突厥犯境之際，且軍事行動調動到李世民。同時符合這些條件的狀況只有兩次，一是武德七年八月，一是武德八年七月。再由「時氣漸冷」可知，當時應是秋季，前述兩者皆符合。而由「相去大近，信使非遙」，可知收信者當時亦在左近。

由書帖口吻，收信者應該不是天策府僚屬。當時不在天策府，且值得李世民如此情深意切地關懷的人物，只有二位：一是李靖，一是李世勣。

武德七年八月，李世民在豳州遭遇突厥。當時李靖在揚州，李世勣在齊州，均與豳州相去甚遠。武德八年七月，李世民出屯蒲州。至八月，李靖來至潞州，與蒲州「相去大近，信使非遙」；而李世勣，並不在左近。

此外，根據《新唐書．李靖傳》「公乃朕生平故人」一句，可知李靖、李世民之間的關係，確實能有如同此帖所呈現的情深意切啊！

再從另一方向思考：這幀法帖是如何傳至今日的？

根據兩《唐書》〈李靖傳〉，唐文宗大和年間，李靖五世孫李彥芳，曾把衛公遺物呈上禁中，包括官告、敕書、手詔等十餘卷，其中四卷為太宗筆跡。畢竟安史之亂，導致宮中所藏的初唐重要文物，包括中央史料，許多遭到焚毀。衛公這些遺物，其重要性足可補益中央之不足哩！

而李世勣，因其孫徐敬業討伐武曌，遭到族誅，英公也被剖棺戮屍。他與秦王之間的信函，能夠得到留存的機會，甚為渺茫。

或許，《辱書帖》即在當年李彥芳呈上大內的衛公遺物之中？

與吾友李念祖大律師討論箇中端倪，他認為：「此論寫小說夠精彩了！」「雖不中亦不遠矣！」

開心哪！然而，這應是〈卷二〉的內容，而我卻在出版之後方才讀到，殘念！

當初寫武德後期李藥師、李世民之間的關係，曾在〈四十六．救援潞州〉中約略帶到，《冊府元龜》所載「揚州都督李靖運江淮之米以實雒陽」等事。米糧是戰略物資，而洛陽是李世民勢力的戰略中心。李藥師在離開揚州前夕，將江淮的戰略物資運往李世民的戰略中心，他當時的立場，不能再明確了。

而《辱書帖》的內容，正好對上這個時間點。由「使至辱書」可知，此帖是一封書信的回函。而原信，應該就是李靖將「運江淮之米以實雒陽」之舉，告知李世民啊！

日後若有機會，必將這段加入小說中！

另要再度申明，《大唐李靖》是小說，不是歷史。歷史記載的是點狀或段狀的事件，撰寫的態度必須非常客觀、嚴謹。小說則不同，歷史小說要設法連結這些片段，而作者可以盡情發揮自己的風格。在這部小說裡，我引述的不只是歷史，還有古人的小說、傳奇、典故，同時加上自己的詮釋與潤飾。

雖然我的小說有個原則：盡量避免違背歷史；但是做為小說，仍然難免與歷史有所歧異。其中部分是考量小說的趣味性與連貫性，但更多的，則是個人學養的不足。此外間或也有私心，恨不能將自己淺薄所知的美好，跨越時空全數獻予衛景武公。

期盼四方大德，在寬容之餘，也不吝賜教。

齊克靖　謹識
二〇二二年九月

第四十九回　貞觀新獻

絳幘雞人報曉籌．尚衣方進翠雲裘
九天閶闔開宮殿．萬國衣冠拜冕旒
日色纔臨仙掌動．香烟欲傍袞龍浮
朝罷須裁五色詔．佩聲歸向鳳池頭

王維這首〈和賈舍人早朝大明宮之作〉詩，作於唐肅宗李亨乾元元年三月，描述大明宮宣政殿陛見的情景。當時安史之亂尚未完全平定，郭子儀收復長安不過半年，太上皇李隆基、皇帝李亨回到京師方才數月。然而漁陽鼙鼓動地以來，皇室西行蜀中之後，此時終於回到大唐帝都。百官得以再度進入大明宮中陛見，心情激動感懷之深，若非親身經歷，只怕難以形容。

當天退朝之後，中書舍人賈至作〈早朝大明宮呈兩省僚友〉詩，以記其勝。與之唱和的同僚

除王維之外，還有杜甫、岑參等人。這裡「兩省」指門下省、中書省，那是武則天執政之後中央政府的最高行政機構，與初唐以尚書省為首的體制，已然大相逕庭。

大明宮是中古全世界最為輝煌壯麗的宮殿群。有唐一代的帝王，在李世民之後，高宗李治、武后則天、中宗李顯、睿宗李旦、玄宗李隆基、肅宗李亨、代宗李豫、德宗李适，都曾以「天可汗」的身分，在這裡接受「萬國衣冠」的朝拜。

然而如今方當武德九年，距離〈早朝大明宮〉諸詩唱和，尚有一百三十餘年歲月。這年八月甲子，李世民即皇帝位。九月望日，上柱國、永康縣公李藥師，第一回以刑部尚書、參圖國政的身分，闊闊步入朝堂。

當時大明宮尚未開始興建，大唐帝都的大內，仍在太極宮。不過此時朝堂並不在太極宮，而在東宮。只因李淵雖已退居太上皇，卻不肯遷離太極宮，是以李世民雖已踐祚，卻只能留在東宮。

李唐立國之初，將隋文帝時期宇文愷設計興建的大興城改稱長安城。城中北方是宮城，宮城正中大興宮改稱太極宮，宮南正門昭陽門改稱承天門。宮中正殿大興殿改稱太極殿，殿前正門大興門改稱太極門，殿後的朱明門未曾更名。朱明門之北是宮內最為寬闊的橫街，橫街對面的中華門改稱兩儀門，門內的中華殿則改稱兩儀殿。①

早在《周禮》時代，宮廷已有「三朝」，外朝、治朝、燕朝，是天子會見諸侯群臣之處。太極宮承天門相當於外朝，唐代稱為大朝，每年冬至、元正除舊布新，皇帝駕臨此門陳樂設宴；每當四夷朝貢，皇帝亦在此門接見賓使。太極殿相當於治朝，唐代稱為常朝，每月朔日、望日，皇帝在此殿臨朝。兩儀殿則相當於燕朝，唐代稱為內朝，皇帝常日聽政，即在此殿視事。

東宮亦有具體而微的「三朝」，南方正門永春門為外朝、大朝，正殿顯德殿為治朝、常朝，其北的麗正殿則為燕朝、內朝。往昔李藥師曾在太極宮的三朝覲見李淵，然這東宮的三朝，他卻未曾涉足。

這年李藥師五十有六，他雖沒有讀過日後〈早朝大明宮〉諸篇詩作，然而此時，當他邁入東宮，前往陛見的途中，全心全意念茲在茲的理想與憧憬，卻正是「九天閶闔開宮殿，萬國衣冠拜冕旒」。也正因有貞觀明君賢臣的縱橫捭闔、鴻圖偉創，賈至、王維、杜甫、岑參等後世臣僚，方才有幸浸淫「天可汗」治下萬邦來朝的上國威儀。

這年十月朔日當有日蝕，自古皆將「有蝕之日」視為不吉。事實究竟吉或不吉？未必應驗。然這卻是玄武門事件之後的第一次日蝕，李藥師知道皇帝肯定將會有所舉措。他可不希望，自己第一次以閣員身分參與朝會，是在那樣的日子。因此當年八月晦日，李世民與頡利可汗在渭水便橋上斬白馬、立盟誓，李藥師將牽制頡利的任務完善之後，當即快馬加鞭返回長安，以便趕上九月望日的治朝陛見。②

自宇文泰創建「八柱國」開始，北朝以至楊隋，一直維持「八座議事」的制度，唐初亦然。如今朝堂上的「八座」，除三省各有兩位首長是為正職宰相之外，還有杜如晦、李藥師兩位「參圖國政」。這日李世民在顯德殿中，見刑部尚書、參圖國政的班位不再空缺，龍顏大悅，對李藥師說道：「卿可來了，讓朕好等！」

李藥師疾趨出班，拜伏御前。李世民諭令平身，李藥師一時竟然無法站起。只因眼前端坐龍御的這位年輕皇帝，虬鬚已然成形，狀貌完全便是當年太華西嶽之上、雲堂淨室之內、設色山水之中的那位龍子。③李藥師不禁虎目噙淚，他得先行整理心緒，方才能夠謝恩起身。

朝會之後，皇帝將李藥師留下。在大隊內侍前導後擁之間，李藥師跟隨李世民步出東宮正殿，往殿後行去。顯德殿之北便是東宮之內最為寬闊的橫街，對面則是麗正殿的正門麗正門。

來到橫街，李世民停下腳步，朝西依依而望。看在李藥師眼中，皇帝陛下的心思清楚無比。這條橫街，往西通過數道宮門，出東宮後便可直趨太極宮的東門暉政門，進入太極宮，接上太極宮內的橫街。此時李世民依依西望，他望的是太極宮啊！他望的是，何時才能將太上皇請出太極宮，讓自己成為這巍巍宮廷、峨峨大內的真正主人？

然而對於宮廷大內諸事，李藥師從來不願沾染。此時皇帝不語，他也不語。少頃，李世民方才輕嘆一聲，回身往北，邁入麗正門。他屏退左右，對李藥師說道：「吾兄今日，心緒有所起伏啊！」這裡是燕朝、內朝麗正殿的前庭，君臣在此已屬「燕見」。唐代劉餗《隋唐嘉話》記載：「太宗燕見衛公，常呼為兄，不以臣禮。」

李藥師長揖至地，謝道：「臣無狀，尚祈陛下諒鑒！」

李世民伸手將他扶起，含笑說道：「何事竟令吾兄如此起伏？」

從第一次見到李世民開始，李藥師就非常清楚，自己絕不能在這位年輕人面前，顯露絲毫

「虬鬚龍子」的心思。此時回道：「陛下，想我大唐，即將進入我華夏曠古以來從所未有的盛世，臣豈能不有所動心？」

李世民聽得心胸疏闊，點頭說道：「的是。前朝不過三十七年，再往前數，北朝、南朝諸代，多者不過數十載，更無一代能夠一統天下。想我大唐，絕不步其後塵！」他竟愈說愈是激動。

李藥師卻已將心緒平復，含笑躬身：「是。臣誓隨陛下富國家、強社稷、興教化、安百姓！」

這後半句，李世民已停下腳步，隨李藥師一同齊聲，慨然樂道，猶如詠嘆。此時他君臣二人，竟又四掌緊緊相握。李藥師雖不便直視皇帝，但他知道，眼前這位虬鬚龍子，正忱忱熾熾地注視著自己。④

略停須臾，李世民繼續前行。此時他抬眼朝向北方，再度依依而望。不過這北望卻是遙望，目光及於天際。李藥師知道，皇帝望的不再只是宮內，更不止於大唐。他望的是北疆、他望的是胡廷；他望的是陰山馬壩、他望的是大漠狼煙！他語調意興昂揚：「封狼居胥、勒石燕然，吾兄可有雅興？」

「封狼居胥」是西漢霍去病將匈奴逐出漠北，登狼居胥山築壇祭告天地之事。「勒石燕然」則是東漢竇憲在燕然山大破北匈奴，命班固作《封燕然山銘》刻石記功之事。兩漢以來，這二者即被視為武將功業的至高榮譽。

李世民之言，聽得李藥師豪情鵠起，登時隨之遙遙北望，引《封燕然山銘》軒聲而道：「『茲所謂一勞而久逸，暫費而永寧者也。』臣但盼鑠王師、剿凶虐，更甚於封山勒石啊！」

君臣二人暢懷開顏，闊步向前。然而不過數武，李世民腳步卻放慢下來：「『一勞而久逸，暫費而永寧』……」他停下身來，朝向李藥師：「若論千秋『久逸』，百世『永寧』，只怕未必如此輕易！」

李藥師道：「是。大漠天候地氣不宜農耕，因此兩漢縱使將匈奴逐出，也無法移民實邊，作長遠之計。然塞外水草豐美，若是閒置，又豈會無人覬覦？」

李世民點頭道：「的是！不宜農耕，又不可閒置……」他略沉吟，望向李藥師：「不知吾兄可有想法？」

李藥師道：「隋文當年，在勝州、夏州之間畫出四百餘里土地，供突厥內附部眾作為畜牧之用……」勝州、夏州與靈州比鄰，李藥師任職靈州大都督期間，已深入瞭解該地的天候地理、社會民風。

此時他語音未畢，李世民已擊掌讚道：「無法徙農民實邊，便以突厥內附部眾緩衝疆界，照啊！」

李藥師躬身稱是，繼續說道：「然這帶地區不過四百餘里，今日突厥所領之地，則遠有過之啊！」

李世民點頭道：「的是。因此不能僅以牧民視之，可是？」

李藥師謝道：「陛下明鑑！取其部而不滅其國，羈縻其君以為陛下之臣，使之分統其民，進而相互制衡。『以夷伐夷，國家之利』，此耿秉、班超之策也。」「以夷伐夷，國家之利」出於

《後漢書．南匈奴列傳》，這個策略最初由耿秉提出，其後班超沿用。

李世民再度擊掌讚道：「吾兄之言大矣哉！」他略微沉吟，尋思說道：「然在以夷伐夷之前，須先擊潰突厥。當年勘平蕭銑，吾兄曾陳《十策》。如今面對突厥，不知可有想法？」⑤

經略突厥的戰策，李藥師早已不知幾經籌畫，此時回道：「若以《十策》為基礎，面對突厥，首當取下河南，次則畜養馬匹。其後賙間、招慰、工事、人和、地利、天時……當年勘平蕭銑的原則，在在均可用於擊潰突厥啊！」當時的「河南」並非今日的河南，而指黃河之南的河套地區，亦即勝州、夏州之地。

李藥師雖只寥寥數語，然他君臣對於《十策》俱皆瞭若指掌，爛熟於胸。李世民心中略作復盤，說道：「如今河南困於梁師都，若欲將之取下，卻不似徇巴蜀、收夷陵那般輕易。吾兄可有想法？」

「欲取梁師都，當以水戰！」李藥師語調堅定鏗鏘。

「水戰？」李世民先是一怔，繼而擊掌讚道：「水戰！」

「是。臣在靈州，見突厥與梁師都往還，渡河俱乘羊皮筏子。彼等未嫻造船之術，只將河水視為弱水，世代相傳『其力不能勝舟』。我軍只須……」

李藥師一語未畢，李世民已拊掌而笑：「照啊！我軍只須順流而下，截斷突厥後援之途，則梁師都盡在彀中矣！」

「陛下明鑑！」

李世民一時大喜，問道：「吾兄所部造船、水軍人才，可都已在靈州？」⑥

「往昔水軍皆以張寶相、席君買統領，他二人已在靈州。造船則以陸澤生為首，他刻下仍在揚州。」

「陸澤生，這名字『澤被蒼生』，倒與朕的『濟世安民』若合符節啊！」此時李世民心情絕佳。

李藥師躬身笑道：「陛下折煞臣等了！」他接著說道：「年前陸澤生並未隨臣北上，只因沒有料到北地也有造船之需。如今卻也並不急於調他前來，不妨先著他徵集造船所需的材資。」

李世民笑道：「如此甚佳，就聽吾兄之議。」

李藥師躬身領旨。

李世民卻又沉吟半晌，喃喃說道：「至於畜養馬匹……」他凝神踱步須臾，方才問道：「不知吾兄認為，擊潰突厥，須要多少兵員？」

古代征戰，步兵大抵一人一騎，這馬並不用於乘騎，而用於馱負兵士所攜的兵器甲冑等物，稱為「馱馬」。騎兵則一人二騎，一匹馱馬，另一匹供戰陣交鋒之時乘騎，是為「戰馬」。戰馬非常嬌貴，除戰陣、訓練之外，平時絕不捨得乘騎。此外大軍還須有牽挽糧秣、錙重的「挽馬」。馬匹若有餘裕，兵士才得配備代步之用的「乘馬」。

時值武德九年，過去十餘年間，華夏大地烽煙四起，馬匹損失至為慘重。尤其可供繁衍的母馬，雖已下旨向全國嚴徵，也只集得三千匹，⑦極度匱乏。他君臣均久經戰陣，明白縱使戮力畜養，也無法在短期之間迅速擴充良馬的數量。

然而皇帝所提之問，李藥師早已不知幾經通盤推演，當下侃侃回道：「兵有三勢，一曰氣勢，二曰地勢，三曰因勢。一旦機勢成熟，突厥可取，屆時便依馬匹之數，而定兵員之數。」「兵有三勢」是大唐軍神衛景武公李靖流傳後世的經典軍事名言，見於《通典．卷一百五十八．兵十一》。此時李世民聞言，眼神大亮：「所以一旦機勢成熟，吾兄自有取勝之道？」

當時突厥欲與大唐協議，頡利可汗願給馬三千匹、羊萬口，以換取車服玉帛。李世民正值兩難之際，他願意釋出財寶，但與馬匹羊隻相較，他更希望換得陷於漠北的華夏子民，包括溫彥博，得以回歸中土。然而大唐，實在須要馬匹啊。

不過此時，李藥師並不知道兩國協議之事。他見皇帝眼神大亮，於是回道：「是。所謂『奇正用兵』，善用兵者，無不正，無不奇，使敵莫測，故正亦勝，奇亦勝。」這段論述，見於《唐太宗李衛公問對．卷上．第二十六》。

李藥師更加沒有料到，自己短短一段論述，讓李世民不再兩難。因著這段論述，非但溫彥博得以還朝，甚至讓突厥誤判情勢，以為大唐不缺馬匹。此時他見皇帝頻頻頷首，便繼續說道：「所謂『機勢成熟』，乃是賄間、招慰有成，弓刀悉備，士卒勁勇，地勢、天候有利於我軍。」

李世民原本頻頻頷首，此時突然定住：「『弓刀悉備』！諸般兵器工事品類繁多，何以單說弓刀？」

李藥師心下不禁大讚，這位皇帝，當真將自己所說的每一個字，都聆聽仔細啊！感動之餘更覺慶幸，得遇如此銳意國是的人主，何其舒心！此時他深深一揖：「陛下明鑑！突厥輕裝騎兵優於我軍，我軍步兵、重裝騎兵則優於突厥。因應輕裝騎兵的疾馳，我軍可先以步兵立射，阻其銳氣；待其迂迴趨近，再以重裝騎兵排成刀陣，如此便可破之。因此面對突厥，諸般兵器之中，弓與刀乃是重中之重。」

此時輪到李世民開顏大讚：「高啊！欲以步兵、重裝騎兵擊破輕裝騎兵，吾兄之議，可謂不二法門！」

李藥師趕緊謙謝。

李世民緩緩點頭：「如今諸將多重騎射。然而應對突厥，以步兵配合重裝騎兵，立射卻更為緊要啊！」他略事斟酌，繼續點頭：「甚好！甚好！如此朕便親教諸軍士卒習練弓矢。」

李藥師躬身稱是。

李世民卻又含笑注視李藥師：「聽聞吾兄所部，有一神射少年，曾將頡利可汗嚇阻於潞州城北，可是？」

「是。此子名喚薛孤吳，乃北齊太子太傅薛孤延後人。」李藥師邊回應邊暗想，自己所部的人才，這位皇帝陛下竟然如數家珍！

李世民點頭道：「如此，吾兄可調薛孤吳前來。只不知他現在何處？」

「薛孤吳現在靈州。」

「靈州距此四日馬程。如此便將教射定於七日之後，可成？」

李藥師再度躬身領旨，心中暗想，信鴿由長安至靈州，須得一至二日。這位皇帝陛下，將時程掐得可真精準！

李世民又笑道：「朕想陸澤生造船，張寶相、席君買訓練水軍，俱能獨當一面，並不須吾兄親赴靈州。只因眼前尚有兩件大事，得我大唐刑部尚書替朕去辦。其一，《武德律》雖已較前朝寬仁，但仍留有若干肉刑，宜當去除。」

李藥師有些踧踖：「陛下，執行既定刑律，臣自問尚堪勝任。然制訂新修法典，卻並非臣之所長啊！」

李世民朗聲笑道：「便橋會盟之前，朕已遣長孫無忌接應吾兄，可是？」

刑名律法之事，初唐無人能出長孫無忌之右。李藥師當即明瞭皇帝之意，躬身說道：「臣明白了，臣明日即往吏部拜望。」

李世民又道：「新修法典乃重大事業，不必急於一時。倒是另有一事，卻頗急切。如今不僅劉文靜、劉世讓、杜伏威皆須平反，還有裴仁基父子以及堯君素，也不可任其埋骨荒塚啊。」

為劉文靜、劉世讓、杜伏威平反，李世民這多年來念茲在茲，李藥師原本清楚。裴仁基父子心向大唐，因謀誅王世充事敗而遭屠戮，可謂大唐忠魂，也當得李世民旌揚。然而堯君素始終為隋守土，抗拒唐軍，李世民卻因他對楊隋固守忠義，克盡臣節，因而予以表彰，這就當真是胸懷「天下」的大器大度了。李藥師的心緒，登時回復到早先步入朝堂，初見「虬鬚龍子」端坐龍御時的激動，虎目竟又濕潤，趕緊俯首躬身：「聖慮仁德，澤被前朝，臣敬謹領旨。」

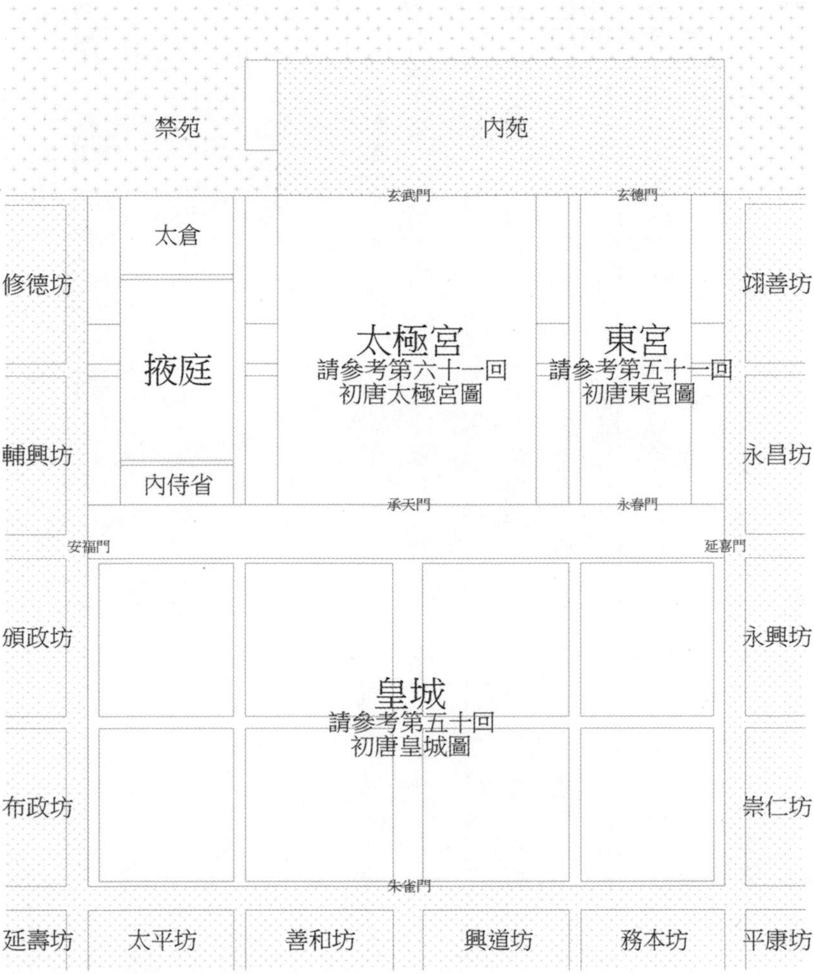
禁苑
內苑
玄武門
玄德門
太倉
修德坊
翊善坊
太極宮
請參考第六十一回
初唐太極宮圖
東宮
請參考第五十一回
初唐東宮圖
掖庭
輔興坊
永昌坊
內侍省
承天門
永春門
安福門
延喜門
頒政坊
永興坊
皇城
請參考第五十回
初唐皇城圖
布政坊
崇仁坊
朱雀門
延壽坊
太平坊
善和坊
興道坊
務本坊
平康坊
N
0
500
1000
2000m

初唐宮城暨皇城圖

第五十回　殿庭教射

李藥師離開東宮之時，日已過午。他去到刑部，將皇帝為劉文靜等人平反，並表彰裴仁基等人的諭令交代所屬。此事當歸禮部主理，刑部僅須配合，並無大事。

待得返家途中，已近黃昏。今日陛見，李藥師深切體認這位年輕皇帝的恢宏大度、英明神武。想到四年之前曾對馮盎說過：「我朝立於中疆，懷顧八荒，必將再造炎漢之皇皇！」①那等豪闊願景，如今已然觸手可及，怎不令人激昂振奮？然則與此同時，李藥師心底卻隱然泛起一絲異樣……不過眼前家門在望，今日天未明便即外出，日已暮方才歸來，心想愛妻或許會以「夙興夜寐，靡有朝矣」揶揄，他嘴角便不自覺牽上微微笑意。當即撂下那絲異樣，一抖韁繩，加快腳步返回家中。

沒有料到進入家門，出塵神情卻頗凝重。原來望日大朝，不僅他這位刑部尚書朝覲皇帝，三省六部諸位夫人也都入宮參見皇后。當著諸多妃主命婦，長孫皇后轉達皇帝諭旨，告知房玄齡夫

人盧氏，要賜給房玄齡二名侍妾。盧氏當殿抗旨，拒不接受。

李藥師聞言，輕嘆一聲：「范陽盧氏畢竟是關東大姓啊。」

出塵凝視夫婿：「藥師，你曾說過，南朝國主建國，並不能得到世族輸誠擁戴；而北朝大姓對於國主，又豈有鞠躬盡瘁之衷？」②

李藥師緩緩點頭，又輕嘆一聲：「若連咱們都能看出，則在其位者，只怕感受尤深哪。」

接連兩聲輕嘆，卻讓出塵聽出，夫婿言下另有所思：「藥師，怎地我卻覺得，你這話中，才是感觸尤深？」

李藥師望向愛妻，她，總是如此細膩貼心！盧氏之事觸動他心底那絲異樣，此時便將稍早陛見的情景，約略說與伊人知道。

出塵卻聽得心驚：「所以，咱們這位在其位者，非但對你麾下部將知之甚詳，甚至和璧所畜信鴿的能耐，他都瞭若指掌？喔，不僅如此，他甚至有意讓你知道！」

李藥師只默默點頭。在其位者駕馭臣下，原本如此，不是？

出塵微微一嘆，盈盈上前，握住夫婿厚實的雙掌。往常這雙手掌總是溫暖和煦，此時卻有些許冷硬。只聽她柔聲說道：「藥師，無論怎麼說，他，畢竟是『虬鬚龍子』啊！」

此言卻讓李藥師一懍。對自己二人而言，這位在其位者，並不僅是皇帝，他，更是「虬鬚龍子」啊。但是這層心思，這位年輕皇帝卻泯然不知。無論他如何敬重自己，也僅止於明君對於賢臣的敬重。然而……為君者能夠如此，已屬難能可貴，不是？

尋思及此，李藥師穩下心緒，同時倏地想起，稍早在東宮橫街之上，這位年輕皇帝，不，這位虬鬚龍子，朝太極宮依依西望的神情。眼下太極宮裡，還住著那位斷言自己「難以駕馭」的太上皇啊！

於是他緩緩點頭，輕聲說道：「是啊！妳家夫君曾說：『定要助他證明，他能駕馭千古難以駕馭之人！』言猶在耳，言猶在耳哪！」③

出塵但覺自己手握的夫婿雙掌，先是逐漸恢復往常的溫暖和煦，繼而轉為沛然的渾厚堅毅……

次日李藥師即前往吏部拜會。雖然吏部、刑部同屬尚書省，首長都是正三品的職事官，但初唐吏部尚書的排名不但在刑部尚書之前，更在門下省的首長侍中、中書省的首長中書令之前。此時李藥師以參圖國政的身分參與「八座議事」，躋身宰相之實，不過若依慣例，那通常歸於吏部、兵部兩位尚書。這原本當屬吏部尚書長孫無忌的位分轉給了李藥師，雖說是皇帝對李藥師特示榮寵，卻也是因長孫皇后固請，不願自己兄長的權位過於突出。因此今日李藥師來見長孫無忌，非僅為議公事，也要略敘私誼。

長孫無忌見李藥師前來，全在意料之中。他與李世民少年時期即已交好，其後成為郎舅，長期互動頻繁，關係極為親厚。參圖國政的位分轉予李藥師，長孫無忌並不介懷；而李世民意欲新修法典之事，他更早已知悉。於是三言兩語，便將諸事議定。不過，長孫無忌卻有其他事宜，要與李藥師協商。

李世民踐祚之初，首要即是汰換執掌實權的中央政府首長，這在兩個月前便已砥定。其次則是調整朝臣的爵封以及實質祿位，這方面則因為突厥入寇而有所耽擱。直到便橋議和、突厥退兵之後，才有機會論及。

此時長孫無忌取出一紙草箋，對李藥師說道：「六月之事陛下敘功，以房玄齡、杜如晦、尉遲敬德、侯君集，以及在下最為功高，意欲晉封國公，賜食邑三千戶。」他邊說邊將紙箋遞向李藥師。

所謂「六月之事」乃指玄武門事件，李藥師自然清楚。此時他不接長孫無忌遞來的草箋，只微笑道：「此乃陛下恩旨，實非在下所當預知。」

長孫無忌笑道：「藥師啊，陛下對你特為親厚，旁人不知，難道我也不知？你瞧如今，玄齡、克明，以及你、我，都已入閣；敬德只通軍武，不諳朝政。但是侯君集……」「克明」是杜如晦的字。

侯君集這名字，懸在李藥師心中已有一些時日。此人與尉遲敬德一般，原本出身行伍。然他卻與尉遲敬德不一般，並不以軍武職事為滿足，進入秦府之後便發憤讀書。玄武門事件中，侯君集居功甚偉。新皇登基之後，如果沒有將李藥師由地方調入中央，那麼是否，侯君集便有機會躋身入閣之列？

因此，長孫無忌一提侯君集這名字，李藥師立即知道他打算討論甚麼，當即說道：「輔機，在下畢生之所願，乃是富國家、強社稷、興教化、安百姓。如今忝居廟堂，得以輔佐明主，已遂平生之願。其餘品秩祿位，皆非在下之所欲啊。」「輔機」是長孫無忌的字。

長孫無忌擊掌而道：「與君對談，何其寬暢！」他另取出一卷草箋，打開來與李藥師一同閱覽。只見這是功臣食邑的實封名單，前一紙草箋上，敕封國公各三千戶的食邑只是名義，這裡所列，才是實封的祿位。

第一行只有一個名字，裴寂，一千五百戶。長孫無忌笑道：「武德四年鑄造開元通寶，裴司空得賜一爐，聽任自鑄。如今收回爐鑄，改賜一千五百戶食邑，相較於前，實是大為不如啊！」所謂一千五百戶實封食邑，乃是一千五百戶人家的稅賦繇役，包括租、庸、調，都歸裴寂所有。這約相當於一千五百戶人家的過半產值，乃是極大數額的資財。然則裴寂原可自行鑄錢，相當於今日得以合法自印鈔票，兩相比較，一千五百戶的賦役可就大為不如了。

紙箋上第二行有五個名字，長孫無忌、王君廓、尉遲敬德、房玄齡、杜如晦，各一千三百戶。長孫無忌方才曾說，玄武門事件有五人最為功高，這裡卻只見其四，少了侯君集，卻多了王君廓。長孫無忌說道：「陛下認為侯君集進入秦府資歷尚淺，又不似王君廓，獨力遏止幽州之亂。」這裡「幽州之亂」指玄武門事件之後，幽州大都督李瑗意欲謀反之事。④

接下來是長孫順德、柴紹、羅藝、李孝恭，各一千二百戶；其後才是侯君集、張公謹、劉師立，各一千戶。長孫無忌說道：「陛下認為，侯君集功勳與張公謹等相當。」

隨後是李世勣、劉弘基九百戶；高士廉、宇文士及、秦叔寶、程知節七百戶。再其後，六百戶的名單中則有李藥師，與安興貴、安修仁、唐儉、竇軌、屈突通、蕭瑀、封德彝、劉義節並列。

長孫無忌打開這份名單之後，李藥師一直沒有說話。此時說道：「輔機，如果可以，不妨將在下更退一列。」

長孫無忌凝視李藥師，說道：「六百戶實封，實已愧對吾兄。」

李藥師同樣凝視長孫無忌，神情懇切：「輔機，舍下在三原早已置有祖產，家兄在昆明池又曾遺留田廬，而今舍弟亦在朝中。實封六百戶亦或四百戶，其差別只是些許祿位，對於在下的意義，實則遠遠不及如今得以立身中樞，能與吾兄暢談啊！」

此言出諸至誠。蓋因魏晉以來，世族大姓幾乎把持社會上全部的政治權勢與經濟利益。當時的社會，「官有簿狀，家有譜系。官之選舉必由於簿狀，家之婚姻必由於譜系。」⑤而其基礎則根植於兩方面。

其一是對於知識的壟斷。宋代出現活字印刷術之前，書籍極其昂貴。隋代雖然已有雕版印刷，但書籍的傳承，主要仍舊依賴手抄，絕非一般庶民所能負擔。李藥師出身隴西李氏，乃是當時首屈一指的世族大姓，甚至李唐皇室，也自稱系出隴西李暠之後。十六國時期天下分崩離析，而隴西位於河西走廊，因有地理上的天然屏障，所受的戰火蹂躪，遠不似其他地區嚴重。又有前涼張氏、西涼李氏先後在此立國，奉行「文化興邦」的政策，讓隴西得以「上續漢魏西晉之學風，下開魏齊隋唐之制度，承前啟後，繼絕扶衰，五百年間延綿一脈」。⑥

其二則是相互聯姻以鞏固雙方家族的地位。李藥師的母親出身陳留韓氏，其族在北魏時期便已顯赫。他的外祖父韓雄，在西魏、北周時期將家門帶入巔峰。諸舅韓擒虎、韓狩虎、韓洪虎克紹箕裘，都是大隋名將，其中尤以韓擒虎最為天下所稱。李藥王夫人出身河南達奚氏，李客師夫人出身河南長孫氏，俱是鮮卑國姓。李藥師自己，年輕時節雖然拒絕了家族安排的聯姻，然而出塵夫人，畢竟也來自南陳皇裔、吳郡張氏。

李藥師出身這等簪纓世胄，自幼往來皆是高門巨族，慣看權勢富貴。對他們而言，社會地位、經濟優渥是與生俱來的既有，從來不曾匱乏，也從來無須冀求。他們所重視的，是如何善用這等天賦優勢，從而在修身、齊家之後，能夠輔國安民，平治天下，得以有所成就。如今李藥師已立身中樞，參圖國政，掌握施展抱負的契機。而這，恰是李淵吝於交託，而李世民已然授予的。

反觀秦府舊部，大抵並非如此。以侯君集為例，他在進入秦府之後，才有機會讀書。然而縱使榮膺高位、縱使發憤讀書，在當時注重門第的社會裡，仍然難以攫獲世族大姓的認許。他們沒有簿狀譜系，沒有門蔭祖產，若想躋身上流，惟有憑藉官位利祿。比如程知節、李世勣，都是在得封國公之後，才能與清河崔氏、河東薛氏聯姻。因此這國公爵位、這實封食邑，對於侯君集那樣的新貴來說，是極為重要的資源。對於李藥師這樣的簪纓世胄，則否。

長孫無忌出身鮮卑國姓，自然清楚李藥師此言出諸至誠。他心有戚戚焉，握住李藥師雙手：「吾兄盛情，在下必當據實以奏。」

李藥師離開時，長孫無忌親自將他送出，卻又加了一句：「藥師啊，侯君集畢竟是我關隴子弟，不是？」

李藥師心中一懍。此時已行至吏部門樓，李藥師對長孫無忌微微躬身：「是。侯君集的是關隴子弟。」兩人隨即行禮作別。

回到家中，李藥師一見愛妻神色，便知又有事端。原來他前往吏部拜會的同時，皇后又召三省六部諸位夫人入宮。皇帝親臨接見，當面諭知房玄齡夫人盧氏，要賜給房玄齡二名美人。

盧氏再度當殿抗旨。

李世民神色不豫：「妳是願意不妒而生，或是寧可因妒而死？」

盧氏凜然說道：「妾寧可因妒而死。」

李世民即命內侍備酒，賜予盧氏：「如若當真，且飲此酒。」

盧氏年輕時節，有次房玄齡病重，自覺無法康復，便對她說道：「我今病革，妳尚年少，不可寡居。望我去後，妳能擇善而適，讓我能夠放心。」盧氏悲切涕泣，竟將一隻眼睛剔出！以示絕不二嫁。房玄齡從此對她，又敬又畏。

此時這位盧氏夫人倔然兀立於帝后御前，睜著一隻獨目，當著諸多妃主命婦，接過酒樽。她臉色雖然慘白，神情卻無比堅毅，毫無懸念便將杯中之物一飲而盡。隨後，她卻也並未如何。

只聽皇帝嘆道：「如此剛烈，朕尚畏怯，何況玄齡！」

出塵娓娓敘述，李藥師默默聽畢，也只能緩緩搖頭，問道：「這前前後後，妳便都看在眼中？」

出塵哂然一笑：「師父啊，如若換作你在當下，可會『便都看在眼中』？」

李藥師也笑了。

只聽伊人巧笑倩兮：「如若『某人』立於當下，只怕是眼觀鼻、鼻觀心，作垂簾入定狀吧？」

愛妻如此揶揄，為的是讓自己寬心，李藥師怎會不知？他輕吁一口氣，含笑將伊人摟入懷中

……

三數日後，薛孤吳抵達京師，來見李藥師，並與李德謇、李德獎歡敘。此時李藥師在長安的住家，仍是他八年前得授開府之後布置的十畝宅邸。這八年間他屢建奇功，已由從四品開府晉升為正三品刑部尚書，更有正二品上柱國的勳銜、從二品永康縣公的爵位，單是朝廷賞賜的奴婢，便有百口之眾。這原本堪稱寬敞的十畝宅邸⑦，如今雖不至於人滿為患，卻也頗有熙攘之態。

宅中正院西齋，原本用為客房。然而……三年前劉世讓蒙冤受戮，家小遭到籍沒，經李世民安排，以奴婢身分進入李藥師府中。⑧日前皇帝諭令為其平反，自不好讓他們繼續屈居下房。此時西齋已然整理停當，準備供劉世讓夫人母子入住。但他們知道薛孤吳即將抵達，想將此間留予客人下榻，一時不肯遷入。可薛孤吳也知道西齋是為劉氏母子所備，自也不肯占用，只去東廂李德謇處借住。於是這府中難得的三間空房，竟然依舊留白。

次日便是顯德殿庭教射之期。顯德殿是東宮正殿，月餘之前李世民即位，登極大典即在此殿舉行。此時皇帝大張旗鼓，諭令在此殿的前庭舉行教射，諸將盡皆振衣鼓舞，躍躍欲試。

這日皇帝盛陳威儀，親臨教射，對諸將示諭：「戎狄侵盜，自古有之。如若邊境少安，人主

即逸遊忘戰，則再有寇掠，便莫之能御。如今朕不命汝等穿池築苑，只令專習弓矢。閒居無事之時，朕為汝等之師；突厥入寇之際，朕則為汝等之將。」他振臂開闔，氣勢恢弘：「如此我中國之烝民，則庶幾可以少安！」這番諭令，自是宣示不忘二十餘日之前，突厥兵臨長安城下之事。⑨

此時皇帝示意，左右執事當即高聲宣諭：「傳薛孤吳！」

薛孤吳快步前趨陛見。

李世民對庭中將士說道：「年前頡利入寇，直下朔、代、忻、并等八州，強行越過石嶺、太谷，直至潞州方被攔阻。當時諸軍不利，惟有潞州得以保全，便是因為薛孤吳的射術將其遏制。年初頡利再度入寇，又是因為薛孤吳的射術，才能在硤石將頡利震懾。⑩因此朕特意命他入京，讓他今日在此演練。」

皇帝隨即下令薛孤吳試射。顯德殿前庭長寬各約二百四十步，唐軍將士如若能設百步，已屬中上。因此殿庭的箭靶，設在八十步外。薛孤吳一射，正中靶心。皇帝命再射、三射，均中靶心。

眾將士大都有此能耐，此時並不以為意。皇帝命將箭靶移至百步之外，薛孤吳又是三射連中靶心。再移至一百二十步外，同樣三射連中。此時將士中，便已開始出現叫好之聲。

皇帝又命將箭靶移至一百五十步外，這個距離，突厥兵士約莫半數可射，然而大唐將士，有此能力者卻不及半。此時薛孤吳已射得興起，不待皇帝諭令，直接連射三箭，箭箭中靶，庭中將士便開始騷動了。

皇帝轉頭望向李藥師，李藥師微微躬身頷首。於是李世民又命將箭靶繼續後移，直移到一百八十步外。這裡已接近顯德門，執事人等趕緊招呼門外的羽衛後退，以免遭到誤傷。

先前薛孤吳試射，每箭似乎只是順手捻來率意而為。及至箭靶移至一百五十步開外，方才打起精神。此時距離已有一百八十步，但見他聚精會神，前腳如橛十字不成，後腳如瘸八字不就；肩肘虎口三窩相對，左睛聚小右睛聚大。只將三箭接連射至靶上，非但庭中將士登時群情沸騰，高聲譁然，就連與李世民、李藥師一同站在丹墀上的尉遲敬德、秦叔寶、程咬金等諸衛大將軍，也都出聲喝采。

李世民先前雖已知道薛孤吳善射，但著實沒有料到，他的能耐竟然高超至此，不禁擊掌盛讚。只因箭箭中靶倒是其次，主要在他三箭相連，其間幾乎刻不容髮！將士中就算有人能夠射得如此之遠，也無人能於瞬息之間接連發射。更何況，薛孤吳先前已經射了十餘箭。

當時的弓，尚未設有「弦墊」。每發之後因為弓弦反彈，震得手指異常疼痛。總得略事休息，待血液流暢之後，方能再射。然而眼前的薛孤吳，他竟能在電光石火的霎時之間，一射再射而面不改色！

這年薛孤吳二十有四，膂力正值顛峰。過去十數月間，他兩度以射術震懾頡利可汗，自己也頗引以為豪，因此更加致力於精練射術。然而往往，習練總是受制於手指疼痛的極限，而不得不停歇。後來他異想天開，在弓臂兩端張弦之處加墊，未料竟可大幅降低弓弦反震的勁道，從而克服手指疼痛的關鍵問題。

此時皇帝命薛孤吳上前，賜予厚賞，並取他的弓讓諸衛大將軍傳閱細翫。眾多方家相繼引弓搭箭試射，果然感覺弓弦反彈之力，都被弦墊消除殆盡，不免嘖嘖稱奇。於是自此開始，大唐百經戰陣的君臣合力研議，遂使「弦墊」逐漸成為有唐一代造弓的標準。

掖庭
內侍省
太極宮
東宮
廣運門
永安門
承天門
長樂門
重明門
永春門
安福門
延喜門
將作監
右衛
右監門衛
右千牛衛
四方館
中書外省
門下外省
殿中監
左千牛衛
左監門衛
左衛
東宮官署
右驍衛
右金吾內府
右武衛
左武衛
左金吾內府
左驍衛
大理寺
衛尉寺
尚輦局
尚書局
司農寺
工部
刑部
兵部
尚書省
吏部
戶部
禮部
都水監
光祿寺
甲弩坊
順義門
皇城
景風門
驊騮馬坊
司農寺草坊
秘書監
右威衛
右領軍衛
左領軍衛
左威衛
尚書南院
少府監
左藏外庫院
司天監
御史臺
宗正寺
乘黃署
太僕寺
太府寺
郊社署
大社
鴻臚寺
太常寺
太廟
太廟署
含光門
朱雀門
安上門
太平坊
善和坊
興道坊
務本坊

N

初唐皇城圖

0 200 500 1000m

第五十一回　石麟玉筍

教射之後二日，定勳臣爵邑的聖詔頒下。皇帝命陳叔達於殿前當著眾臣唱名示諭，隨後說道：「朕所敘的勳賞未必允當，卿等如若另有所見，不妨各自表述。」

唐代的爵封，有王、公、侯、伯、子、男六等。其中「王」又有親王、嗣王、郡王之分，親王為正一品，嗣王、郡王為從一品。除極少數例外，王爵僅授予皇子以及近支宗室。「公」則有國公、郡公、縣公之別，國公為從一品，序位在嗣王、郡王之後。郡公為正二品，縣公則為從二品。

在此之前，大唐原有的公爵包括：

魏國公裴寂

宋國公蕭瑀

江國公陳叔達
郢國公宇文士及
霍國公柴紹
翼國公秦叔寶
宿國公程知節
曹國公李世勣
……

而李藥師僅為永康縣公。
新授的國公則包括：

齊國公長孫無忌
邢國公房玄齡
蔡國公杜如晦
黎國公溫大雅
吳國公尉遲敬德
樊國公段志玄

潞國公侯君集

此外亦有新晉郡公、縣公：

義興郡公高士廉
定遠郡公張公謹
襄武郡公劉師立
武水縣公李孟嘗

如今多人得授為從一品的國公，而李藥師依舊僅是從二品的永康縣公。然他澹然立於殿上，眼觀鼻、鼻觀心，一副垂簾入定模樣，似乎周遭之事，全然與己無關。不過他眼角餘光仍然掠到，侯君集冷冷望了自己一眼。畢竟他得封為潞國公，難免沾沾自喜。

李藥師的曾祖父李欉是北魏的永康縣公，祖父李崇義是北周的永康縣公，父親李詮是大隋的永康縣公。這爵封原本應由大哥李藥王承襲，然他卻因敗績而遭除名，廢為庶人。直到五年之前，李藥師勘平蕭銑，才得封為大唐的永康縣公。能夠再度取回這家傳數代的爵位，對於李藥師的重要性，豈是侯君集這等爆起竄升的新貴，所能心領神會？

然則秦叔寶、程知節等，卻因多人得授與他們比肩的國公之位，自己卻沒有得到進一步的提升，而當殿爭功，紛紜不已。此時只聽淮安王李神通奏道：「陛下，當初太原起事，臣迅即在關中舉兵，隨後便與平陽昭公主合勢。臣響應義旗，遠在他人之前。房玄齡、杜如晦等，不過操弄刀筆，今日所得的勳賞卻在臣之上，臣心不服。」

皇帝嚴肅說道：「義旗初起，叔父雖然首倡舉兵，卻也是因為隋室追捕，叔父不得不設法自救，以求免禍。然則數年之前，竇建德吞噬山東，叔父全軍覆沒；其後劉黑闥再合餘燼，叔父非但未能將之平定，甚至望風奔北。」他話鋒一轉：「至於玄齡、如晦等人，他們運籌帷幄，以智計安定社稷，厥功之偉，猶如蕭何之於漢室。因此論功行賞，他們實宜居於叔父之先。」

此時皇帝抬眼，深深將眾臣掃視一輪，繼續說道：「叔父於國、於朕皆是至親，然朕卻不可因此而濫施私恩，讓叔父所得的賞賜，與居功至偉的勳臣同列！」李神通的父親李亮是李淵的八叔，因此他是李世民的堂叔。

秦叔寶、程知節等聽皇帝此言，心生警惕，相互商議言道：「陛下至公，於淮安王尚且無私於心，我等何敢不安其分！」由是方才不再繼續爭論。

此時卻聽房玄齡奏道：「陛下，秦府不少舊人並未得到升遷。他們奉事陛下已有多年，如今反而位居前東宮、齊府僚屬之下，難免有所嗟怨。」

事實上此次的晉封名單，十足偏袒秦府舊部。房玄齡此言，明顯便是為皇帝搭橋抬轎。果然聽得皇帝說道：「王者惟有至公無私，方才能讓天下心服。朕與卿等日常衣食服御盡皆取諸於民，因此設官分職，必當以民為本。朕惟有拔擢賢才，擇而用之，豈能以新舊而定先後？如若新進的人才優於舊屬，難道竟要捨新而取舊？」此時皇帝舉目，遙視殿外，沉聲說道：「如今不論其人或賢抑或不肖，只論直言嗟怨，又怎是為政之體！」

房玄齡是皇帝最為倚重的臂膀，眾人見他進言，尚且遭到駁復，便更加不敢心存異議了。

皇帝又說道：「戡亂以武，守成以文，文武之道，各隨其時。」他先前已在秦府文學館收聚天下書籍，得二十餘萬卷。此時便下旨，在顯德殿東北的弘文殿之側設置弘文館，藏書於此。又選虞世南、褚亮、姚思廉、歐陽詢等，以本官兼學士。並以三品以上官員子孫三十八人為弘文館學生，李德謇、李德獎都在其列。

時序進入武德九年十月。這月初一，朔，日蝕。自古皆將「有蝕之日」，尤其日蝕，視為不吉，帝王往往下詔罪己。這是李世民登基之後的第一個有蝕之日，李藥師早已料到，此日皇帝定會有所舉措。果然此日李世民下詔，恢復李建成宗籍，追封為息王，諡曰「隱」；至於他的太子位分，則要待到貞觀十六年方才得到追贈。皇帝同時追封李元吉為巢王，諡曰「剌」，不過他的宗籍，則要待到高宗李治時期方才得以恢復。此時李世民將他二人及其受誅的子嗣，以禮改葬於長安西南郊的高陽原。發葬之日，昔日東宮、齊府舊屬，包括王珪、魏徵等，皆陪送至墓所。

不數日，皇帝立八歲的嫡長子李承乾為太子。太子是備位國君，最重要的「職責」，便是為繼位做好準備。因此太子之下，也置有完善的文武僚屬，以備將來輔佐新君。然而李承乾年少，此時李世民為他所作的安排，輔導性質大於輔佐。

文職方面，李世民專為太子所設的學館崇賢館，要到貞觀中期方才成立。此時的太子學館，是他先前所立的弘文館。皇帝以竇璡為太子詹事，于志寧為太子左庶子，孔穎達為太子右庶子。竇璡是李淵太穆竇皇后①的族弟，不但家族累世聯姻帝室，自己又虔信佛教。這樣的出身背景，讓他對於藝術的興趣遠高於政治。他精擅書法、音律、構築之學，不久後即轉任將作大匠。因而此時太子身邊諸事，皆以于志寧、孔穎達為首。他二人非但早已躋身「秦府十八學士」之列，于志寧的曾祖父于謹，更與李世民的曾祖父李虎，同居西魏八柱國中的領兵六柱國之位；而孔穎達，則是孔子的三十二世孫。

武職方面，李世民任李藥師以本職兼行太子左衛率。左衛率是太子十率府之首，這是東宮最高的武職官員，理論上負責東宮的軍事防務。然而當時李世民依舊住在東宮，因此東宮的軍防，實質上由皇帝的禁軍十六衛負責。

除此之外，李世民又以三品以上官員長子為太子僚屬，李德謇又在其中。

承載著皇帝恩寵的諭旨，一道接著一道頒下。李藥師的心情，卻一次比一次沉重。因為每一道諭旨，都關係到兩個孩兒。李世民曾命他兄弟入居宮中②，讓他們成為李承乾的玩伴。旬日前他二人進入弘文館，成為太子的同窗。此時李德謇又以高官長子身分，成為太子的僚屬。而皇帝任李藥師為太子左衛率，目的是讓他教導太子兵學。李承乾自小與李德謇、李德獎熟稔，定會要求他們陪自己一同習武。

「寵辱若驚，貴大患若身。」自古即有明訓。李藥師憂患未然的心情，出塵最是清楚。然則聰穎靈慧如她，此情此景也只能陪伴，難以解憂。幸而很快，便有轉機……

為劉文靜等人平反，並表彰裴仁基等人的諭令下達執行之後，各家倖存的眷屬均上表謝恩。劉世讓夫人以及僅存的兩名幼子，當初經李世民安排，以奴婢身分進入李藥師府中。如今獲得平反，闔府均為他們賀喜。而裴仁基遭王世充殺害之後，得一遺腹子裴行儉，此時年方八歲。他由族叔裴思諒陪伴，來到長安，先後前往禮部、刑部辦理一應規程。

裴仁基系出聞喜裴氏。漢代以降，裴氏便是河東士族的顯望，與薛氏、柳氏並稱「河東三著姓」。魏晉之世，聞喜裴氏與琅琊王氏同盛一時，人才輩出，有「八裴八王」之稱。及至北朝，裴氏家族更見興盛，分出中眷裴、東眷裴、西眷裴、洗馬裴等房支。裴仁基出身中眷裴，由北周至楊隋，父祖數代官高爵顯。他曾是大隋的光祿大夫，其後投奔李密、王世充，更得重視。在他遭到殺害之前，中眷裴是裴氏族中最為顯赫的一支。

如此人物得到聖諭表彰，其子嗣來到京師，禮部尚書溫大雅親自接見。其後來到刑部，李藥師也依禮接見。然而當他見到裴行儉時，竟然失驚！

「此兒真乃天上石麒麟也！」這是李藥師回到家中，見到愛妻，脫口而出的第一句話。

「是誰家兒郎，能得『吾兄』如此盛讚？」見到夫婿欣喜，出塵自然也輕快起來。

「天上石麒麟」典出徐德言[3]的祖父徐陵。徐陵年方數歲之時，隨家人往見南朝的有道高僧寶誌上人。寶誌在梁武帝時為帝師，與菩提達摩、傅大士合稱梁代三大士。流傳至今的《慈悲道場懺法》，也就是廣為後人所知的《梁皇寶懺》，即是寶誌率十位高僧，為超度梁武帝郗皇后所作。徐陵往見寶誌之時，上人已年逾九旬，見到此子，極為賞識，手摩其頂而讚曰：「此天上石麒麟也。」貞觀年間姚思廉著《陳書》，李延壽撰《南史》，皆將其事載入書史之中。

此時只聽李藥師說道：「裴行儉，裴仁基之子。」

「裴仁基竟然留有子嗣？」

「是啊，我也是因這次平反表彰之事，方才得知。」

「聽聞裴仁基長子裴行儼，有『萬人敵』之稱。未料他的幼子，竟是天上石麒麟！只不知，『吾兄』意欲如何培植這位石麒麟？」

李藥師深深看了愛妻一眼，自己的心思，伊人在在瞭然於胸啊。他先是遙望玄遠，輕聲引《後漢書．耿弇列傳》嘆道：「所謂『三世為將，道家所忌』④。」隨後注視愛妻：「出塵，吾家已然數代為將，妳我也都不願德謇、德獎再事殺伐。裴行儉則不同，如今他父親雖得表彰，但他自家，畢竟沒有能夠傳承祖上的勳業。縱使仍有家世為後盾，但若希望有所成就，則必須自行奮鬥。」此時他昂首軒聲：「而我，自問在他自行奮鬥的過程中，尚有能力相助一臂。」

出塵緩緩點頭：「想法固然不錯。然則如今，裴氏故舊所在多有啊。」

李藥師注視愛妻：「話是不錯，然則裴仁基出身中眷裴。」

當時朝中位分最高的裴氏族人，首推裴寂，其次則是裴矩，他二人皆出於西眷裴。西眷非但原本便不如中眷，裴寂更只是眷中旁支。然在裴仁基故去之後，中眷失卻支柱。裴行儉的成長環境，雖然仍有家族做為後盾，但在各房支中，中眷卻已不及過往受到推崇。

李藥師、出塵俱出身世家大族，明瞭大姓族中各房支對外共榮、對內較勁的心態。聽聞夫婿此話，出塵當即點頭道：「是了。」接著尋思問道：「不知裴行儉此次來京，在何處落腳？」

李藥師再度深深看了愛妻一眼：「他們借住於禮部官舍中。」

出塵似是有些意外：「當真？如此之多可以落腳之處，他們卻都不去，只往官舍借住？」

裴寂、裴矩之外，裴氏在京城中還有不少族人，比如裴行方，他出身洗馬裴，母親是太穆竇皇后之妹。此外還有姻親，比如魏徵夫人裴氏。又有故舊，比如秦叔寶，他在隋代便是裴仁基麾下的猛將，曾經追隨裴仁基投效李密、王世充。然這許多人物，裴思亮都沒有帶裴行儉前去依靠。

此時李藥師仍深深注視愛妻，緩緩點頭。

出塵也深深注視夫婿：「所以，你打算過去探視？」

「的是。我想他們，或許樂意見到我吧？」李藥師笑逐顏開。

次日午後，公事告一段落，李藥師即前往探視裴行儉。裴思諒也是一代人物，對於李藥師的到來，似乎並不意外，只引領裴行儉依禮參見。李藥師略為寒暄之後，便表明來意，直道自己視裴行儉為「天上石麒麟」，意欲協助培植。

百數十年之後，韓愈《雜說四．馬說》有言：「世有伯樂，然後有千里馬。千里馬常有，而伯樂不常有。」裴思諒雖然未曾讀過後世名文，但此時見到李藥師，卻正是「得遇伯樂」的心情，大喜過望之餘，當即對李藥師誠摯拜謝。不過數日，裴思諒便將裴行儉帶往李藥師府中，將他留下。自己再三拜謝之後，方才依依離去。

且說……

此時東宮儲位砥定，旬日之間，太上皇的後宮也有所晉封。太穆竇皇后早逝，李淵立國之後，曾先後有意立宇文昭儀、崔嬪為后，她二人皆固辭不受；另有楊嬪，她是楊素之女、蕣華之姑，一向善待李世民的眷屬。此時李世民將宇文昭儀、崔嬪、楊嬪等三人晉封太妃之位，這封號相當於，皇帝承認她三人的地位，分屬自己的長輩。

隨後便是皇帝後宮的晉封。初唐皇后之下，有貴、淑、德、賢四妃，俱為一品。此時長孫皇后以北周太傅韋孝寬的曾孫女為韋貴妃，以蕣華為楊淑妃⑤，以陰世師之女為陰德妃，以隋代幽州總管燕榮的孫女、隋代觀王楊雄的外孫女為燕賢妃。武德年間李世民不受待見，他的側妃都是出自掖庭的罪臣眷屬。

如許之多的後宮晉封，出塵自須入宮一一拜賀，當然更為蕣華歡喜。蕣華十分謙遜，只說這是長孫皇后依諸側妃的年齡齒序位分，並非特別恩寵。

後宮定分之後，緊接著便討論宗室的爵封。當初李唐立國，李淵為鞏固皇權，師法炎漢大封宗室。李淵高祖父李熙以降的宗族兄弟子侄，乃至童孺孫輩，數十人皆得封王位。玄武門事件之前，這些宗室王族大都偏向當時的皇帝與太子。如今李世民踐祚，自然有所處置。

這日數位近臣隨侍，李世民似是隨口問道：「遍封宗室，對天下究竟是利是弊？」

房玄齡、杜如晦在秦府日久，親身體驗長年遭受排擠打壓之苦，早已料到皇帝意欲整飭宗室。然左僕射蕭瑀是後梁明帝之子、隋煬帝蕭皇后之弟；侍中陳叔達則是陳宣帝之子、陳後主之弟。他二人出身南朝皇族，立場偏向宗室。於是當日，此事並未達成共識。

旬日之後，定功臣實封食邑的聖詔頒下。名單上共有四十餘位功臣，皆與上月李藥師前往吏部拜會長孫無忌時之所見並無二致。惟有李藥師自己，則如當日所議，「更退一列」，與李孟常、段志玄、張亮、杜淹等同班，各得四百戶。

至於尉遲敬德、侯君集、秦叔寶、程知節等，都是首度見到這份名單。其中尉遲敬德得到一千三百戶，侯君集得到一千戶，秦叔寶、程知節各得到七百戶。尉遲敬德與長孫無忌、王君廓、房玄齡、杜如晦並列，位次僅在裴寂之下，自然沒有異議。秦叔寶在武德年間頗受李淵賞識，他雖曾參與玄武門事件，事前卻並不似長孫、房、杜、尉遲等那般積極，因而此時也不敢爭功。然則侯君集、程知節等，卻認為自己功勳與尉遲敬德相當，尤其不該在王君廓之下，頗為不滿。

不過他們也都見到，這份實封名單上的李唐宗室，僅有李孝恭一位，李神通竟榜上無名！根據月前頒定勳臣爵邑之時的經驗，想來這次李神通必會再度力爭。然而沒有料到，這次不待李神通發難，陳叔達已自不可忍。

將近七十年前，陳叔達的先祖建立南陳，取代蕭瑀先祖建立的南梁。蕭瑀的祖父卻在北朝扶持之下建立後梁，與南陳相抗衡。如此，兩家祖上原有扞格。當時大唐中樞，南朝帝裔以他二人位分最高，自然難免相互較勁。此次實封食邑，蕭瑀得到六百戶，而陳叔達竟未列名！這，對陳叔達是可忍，孰不可忍！於是當殿提出質疑。

蕭瑀時為尚書左僕射，位居百揆之首。然他性格孤傲高亢，當時新進的宰輔，包括房玄齡、杜如晦等，都與他若有隔閡，他原本已然頗為不忿。此次實封食邑，房、杜各得到一千三百戶，遠高於他的六百戶。而今陳叔達還要當殿挑釁，這，對蕭瑀更是此而可忍，孰不可忍！

於是這兩位前朝的皇子、當朝的宰輔，竟爾當著滿朝重臣，在御前相互指摘，漸至忘卻此時已是李唐，而不再是蕭梁、南陳。御座之上，皇帝的臉色愈來愈是凝重，然他二人竟未放在意下。畢竟短短百餘日前，李世民還僅是一介不受李淵待見的皇子。而他二人，不特自出生即是皇子，先前更早已是深得李淵寵信的重臣。

這，對李世民而言，又是是可忍，孰不可忍！日前他二人反對宗室降爵，已讓皇帝不豫；此時終究觸怒龍顏，當殿下旨，責他二人「不敬」，一同罷黜。

面對這一切，李藥師一如月前頒定勳臣爵邑之時，同樣澹然立於殿上，眼觀鼻、鼻觀心，一副垂簾入定模樣，似乎周遭之事，全然與己無關。而侯君集，竟被眼前諸事震懾，未及留意李藥師的神態。

未幾傳出邸報，上載聖諭：「朕為天子，所以養百姓也，豈可勞百姓以養己之宗族乎！」於是除淮安王李神通、趙郡王李孝恭、任城王李道宗等寥寥數位之外，諸宗室封郡王者盡皆降為縣公。

出塵聽聞邸報等事，笑道：「月前頒定勳臣爵邑之時，不是才說淮安王無功於社稷嗎？」

李藥師一指點上伊人螓首，笑道：「妳這娃兒，又來！」

出塵笑得更開懷了：「怎地？尚書大人卻不同意？」

李藥師無言，只是一把將愛妻摟入胸前。

只聽懷中伊人淺笑吟吟：「料想過不多久，淮安王便也能夠得到實封食邑，可是？」

李藥師朗聲笑道：「可不是？」

果然如他夫妻所料，不過數月之後，皇帝便拜李神通為開府儀同三司，賜實封五百戶。

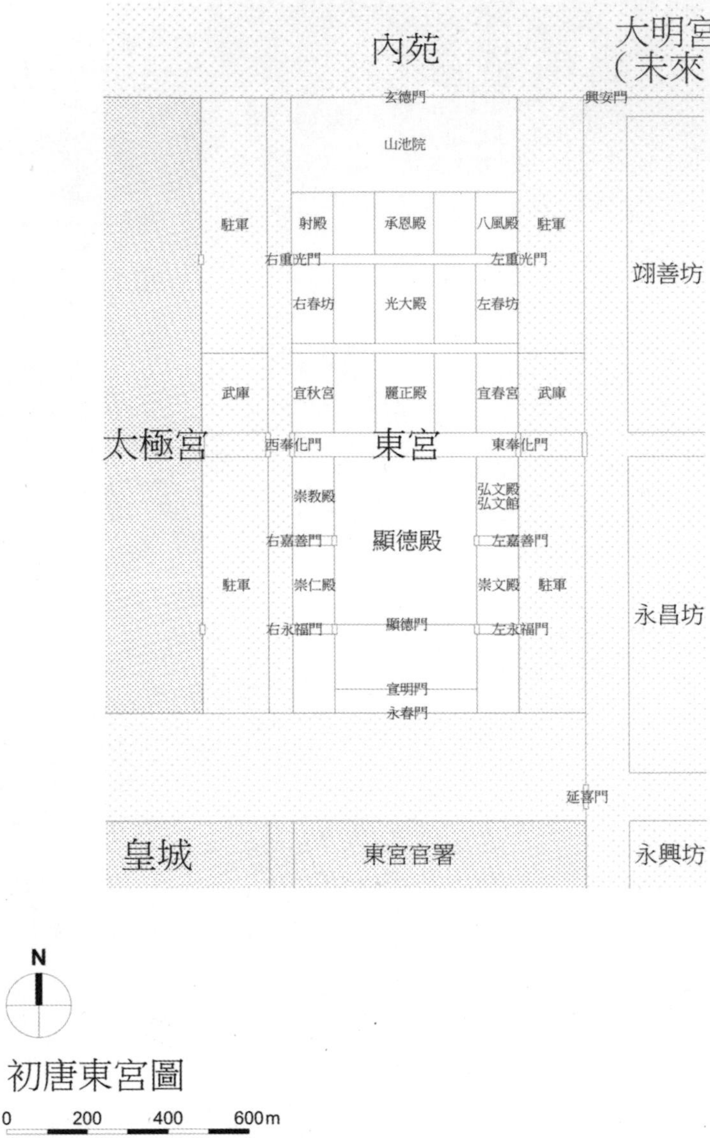

內苑
大明宮
（未來）
玄德門
興安門
山池院
駐軍
射殿
承恩殿
八風殿
駐軍
右重光門
左重光門
翊善坊
右春坊
光大殿
左春坊
武庫
宜秋宮
麗正殿
宜春宮
武庫
太極宮
西奉化門
東宮
東奉化門
崇教殿
弘文殿
弘文館
右嘉善門
顯德殿
左嘉善門
駐軍
崇仁殿
崇文殿
駐軍
永昌坊
右永福門
顯德門
左永福門
宣明門
永春門
延喜門
皇城
東宮官署
永興坊
N
0
200
400
600m

初唐東宮圖

第五十二回　平康建邸

東宮、後宮、勳臣、宗室，人事逐一完善。接下來的兩個月，中樞各部門在新秩序之下運作，開始進入常軌。刑部執掌天下刑法，除本部掌典憲律令斷獄決罪之外，又有都官掌徒隸、比部掌勾覆、司門掌關禁。各部之下所屬，中外百司各有常規。李藥師不須事必躬親，而僅依循政令，總其職務而行其制命。

這段期間李藥師的心力，主要用於東宮。在他心目中，將儲君培育成英明君主，才是重大事業。李承乾承襲雙親的優點，聰敏有識穎悟好學，深得父皇母后鍾愛。這年李世民的諸子中，嫡長皇太子李承乾八歲，蕣華所出的次子李寬早夭，隋煬帝之女楊氏所出的三子李恪七歲，已隨長兄進入弘文館。長孫皇后所出的四子李泰六歲，他，以及更為年幼的其他皇子，都還沒有入館就學。

弘文館的功課，午前主要學文，由左庶子于志寧、右庶子孔穎達主其事。午後則大抵習武，

由左衛率李藥師主其事。此時李世民仍然居於東宮，國是之餘，也甚關心諸子的課業。

這日午後，李世民又來到弘文館。當時李藥師先已教導兵學，此刻正帶著孩子們在庭中排設陣勢、習練武術。這群孩子自然以李承乾居首，他總拉著李德謇、李德獎在身邊。看在李世民眼中，早就習以為常。然而這日，他注意到李德獎身邊還跟著一名眼生的孩子。

弘文館的課業，並不因為皇帝到來而停頓。孩子們排列齊整，揮指踢蹬、提擿伸飛，李世民一見即知，這是《五禽戲》中猿戲、鳥戲的轉折。不過在動作之外，孩子們口中同聲唸唸唱唱，似有「無名」、「鹽梅」等語，李世民一時也無法聽得真切。

告一段落之後，李藥師帶領孩子們過來向皇帝見禮。隨後李承乾上前抱著父親親暱笑道：「爹爹①，近日可有趣了。老師讓我們邊舞步邊唱誦，記得又快，舞得又順。」

「喔？這多好啊！」李世民邊輕撫愛子，邊向眾學子問道：「你們唱的都是些甚麼？」眾學子齊聲唱道：

兵之道・切忌起無名
不止少功虛效力・逡巡反禍復危傾
容易勿言兵
統軍帥・不可比鹽梅
相政乖虧猶可救・朝綱雖失亦能回

這些唱詞自此之後多有續編，後世輯成《李衛公望江南》，亦稱《兵要望江南》。流傳至今，尚存約五百首。②

此時李世民聽得頻頻頷首，對李藥師說道：「學子稚幼，難以理解深奧兵學。如此編成唱詞，邊舞邊誦，確實記得又快，舞得又順。吾兄果然高明！」

李藥師謝道：「臣不敢。臣在家中看孩子們嬉鬧，偶得此想。」

「喔！」李世民邊回應，邊憐愛地望向李承乾。

李承乾見父親望向自己，興奮說道：「爹爹，是啊！孩兒聽說老師家中可熱鬧了。德謇、德獎現在都有同伴，德謇有阿吳，喔，是薛孤將軍；德獎則有行儉。」

「行儉？」李世民望向李藥師。

「裴行儉。裴仁基之子，刻下在臣家中暫住。」李藥師回身命裴行儉上前行禮。

李世民見此子正是適才跟在李德獎身邊，讓自己注意到的那名眼生孩子，笑道：「裴仁基驍武雄健，裴行儼萬人莫敵。看來這孩子，頗有乃父乃兄之風哪！」

裴行儉拜謝。他雖年幼，然得家世薰陶，應對進退中規中矩。

李世民則向李藥師問道：「他刻下住在吾兄家中？」

「是。臣見他資質頗佳，故讓他進入弘文館，侍奉太子殿下。」

李世民見裴行儉與李承乾年齡相若，當即明白李藥師的心意。他所備的教材如果裴行儉能夠接受，大抵便也適合李承乾。對於自己選中如此稱職的太子左衛率，皇帝心下不免平添幾許自豪。然而未料，日後李承乾受家族遺傳的「風疾」所苦，而未能成就大才；裴行儉卻因得此造化，竟成為不世出的一代名將。

且說當時……眾學子童心未泯，李世民又心情甚佳，大夥兒一時言笑晏晏，信誓旦旦。在天真爛漫的童言童語之間，李世民意識到，薛孤吳借住在李德謇的東廂中，裴行儉則借住在李德獎的西廂中，心裡頓時生出一些想法。

于志寧、孔穎達聽說皇帝駕臨弘文館，此時先後趕來。然而他們一到，眾學子頓時收起適才的隨性，變得揖讓有節、行止有序。李世民也不再說笑，轉而展現人君的堂堂威儀。李藥師則指導孩子們排設陣勢、習練武術，繼續當日的課業。

次日即有諭旨，賜房玄齡、杜如晦、李藥師甲第各一區。當時三省諸位閣員大都原是中樞高官，在長安城中已有頗具規模的府邸。惟他三人的居處，與新任職位不堪相稱。於是皇帝賜予甲第，房玄齡得到務本坊內的一區，杜如晦、李藥師各得到平康坊內的一區。三者皆位於皇城東南，出入皇城、宮城甚是便捷。③

李德謇對於構築工事一向極感興趣，聽說自家要建新宅，興奮不已，央著父親請陸澤生進京。然而時序已入雪月，家家戶戶都在準備過年。何況陸澤生先前已奉旨敕，開始徵集為靈州造船所需的材資。因此李藥師給陸澤生的信中，也僅能請他趁公務閒暇之餘，就便進京一趟。

臘月歲除，新春伊始。正月朔日，改元貞觀。

這年天下並不平靜。變亂方面，武德九年玄武門事件之後，李世民雖已曉諭，罪逆僅止於李建成、李元吉，並不及於他人。然而過往與李建成親近的宗室，仍然無法自安。先前已有幽州大都督廬江王李瑗謀反，為手下王君廓所殺。貞觀元年上元甫過，燕郡王羅藝即據涇州謀反，為左右所斬。至四月，又有涼州都督長樂王李幼良謀反，伏誅。至十二月，則有利州都督義安王孝常謀反，伏誅。

這四樁謀反事件背後各有權謀。比如李瑗之事，實是王君廓欲藉除卻李瑗以為自己邀功，事後也如願取得封賞。然他行為放縱，不久便遭彈劾。他欲投奔突厥，卻在途中被殺。又比如羅藝④之事，他在武德後期，原任十六衛中的右武衛大將軍，兼領十二軍中的天節將軍，執掌實質兵權。然李世民踐祚之後，將他明升暗降，致使他在其後突厥入寇之時，按兵旁觀。諸般事故羅藝於心有愧，原已惴惴不安，其後又遭人挑撥，終於起兵。

處遇謀反事件，必定攸關刑部。李藥師雖任刑部尚書，執掌天下刑法，然唐代司法的「大三司」，刑部掌制裁、大理寺掌審判、御史臺掌督察。謀反事件主要由大理寺審判、由御史臺督察其審，刑部則僅依判決循例制裁。武職方面，李藥師雖任太子左衛率，然權責僅止於東宮所屬。因此戡定謀反等事，與他無甚相關。

李藥師的治世大才，早在嶺南桂州、江東揚州時期，已然綽有施展。進入中樞之後，他參圖國政，躋身宰相之實，所參與的機事，則是更為遠大的宏圖偉創。

且說這段時期……

朝政方面，貞觀元年三省重臣迭有更替。先是尚書右僕射封德彝去世，由吏部尚書長孫無忌升任，所遺吏部以杜淹接任。其後戶部尚書裴矩去世，由禮部尚書溫大雅轉任，所遺禮部以李孝恭接任。蕭瑀則在六月復任尚書左僕射，卻在十二月又遭黜免。侍中高士廉、中書令宇文士及亦先後去職。

內政方面，當初隋末豪傑並起，各自擁眾據地。李淵建國之後，全國罷郡置州，為招徠群雄，往往將一郡劃分為若干州，讓投效者多能得授刺史之位。大業年間全國不到兩百郡，武德後期竟然多達五百餘州，而當時轄內不足三百萬戶，僅約一千五百萬人口。李世民長久領兵在外，早已覺察民少吏多之弊。於是這年二月大加省並，依山川形勢將全境劃為十道，是為關內、河南、河東、河北、山南、隴右、淮南、江南、劍南、嶺南。他又深明「官在得人，不在員多」之義，命房玄齡汰除京官，文武總共僅留六百四十三員。

然此時「汰除京官」的目的，遠不僅止於精減人事。數月前刑部尚書、參圖國政李藥師回到長安，邁入朝堂的第一天，首度以閣員身分參與望日大朝之後，曾與李世民論及經略突厥之策，其中包括「賄間」。這番名為「汰除京官」的舉措，實為施行「賄間」的鋪陳。

自從北魏孝文帝推行漢化以來，北方外族大都歆羨華夏的政治體制。於是此時遭到汰除的京官，許多受到突厥招徠，去到北地，為頡利可汗所用。然而這些在名義上遭到「汰除」的京官，其中頗有大唐的情報人員。他們順勢投奔頡利，進入突厥的政軍體系中。

李藥師身為刑部尚書，轄下「司門」掌關禁，這相當於今日的海關。此次混在「汰除京官」中的大唐情報人員，他們分別何時出關？如何出關？出關之後前往何處？等等均須李藥師妥善安排。而後續的通聯等任務，在在更須刑部與兵部、鴻臚寺協同宏觀掌控。

此外還有……

民政方面，大業後期民生凋敝，十餘年間狼煙四起，烽火不絕。如今戰事雖然大抵告一段落，但人民生活尚未能夠安定。這年暮春，長孫皇后率領內外命婦躬親蠶事，以彰顯朝廷對於民生的重視。然而天命不從人願，這年夏季山東諸州大旱，秋季關東、河南、隴右沿邊諸州霜害秋稼，歲末則關中飢餒。凡此種種，均須朝廷賑恤。

李藥師得到四百戶實封食邑，當此荒年歉收，無法徵得稅賦倒是其次。主要問題在於，所屬子民有些無以維生，甚至販兒鬻女，方能勉強存活。如同朝廷須得賑恤各地災民，李藥師也要設法，為治下這四百戶人家尋覓生路。

恰好這年他正營建自宅。

且說，年前李藥師得賜甲第一區之後，當即修書懇請陸澤生得空進京協助。一年多前李藥師由揚州調往安州時，陸澤生並未隨行。他家祖籍吳郡，四百年前祖上為避禍而遷至巴東⑤。直到追隨李藥師，才因緣際會得以返回江東，自有一番認祖歸宗的感慨。其後李藥師前赴潞州、靈州，都不特別須他輔佐，於是他便帶領陸氏子弟留在南方。此時李藥師請他協助，他自是盡速整裝北上。

陸澤生來到北地，首先處理靈州的造船公務。這次的造船工事，與七年之前為圖蕭銑而造船艦的情境，大為不同。當時面臨強悍的山南水師，修建海鶻戰船乃是重大軍事機密。此時則應對不諳水戰的突厥部族，造船工事非但無須隱蔽，公諸於目反能收到震懾之效。他親自去到靈州，觀察山川水文，選定造船處所之後，便將部分陸氏子弟留在當地，準備展開工事。靈州雖有林產，然而木料砍伐之後，須經多年晴雨寒暑之炮煉，方能成材。新斫木料不堪大用，陸澤生已遣部分子弟，兼程將他在南方徵集的造船材資，循序運往靈州。

陸澤生自己，則帶領少數子弟來到長安。李藥師家中早已頗為熙攘，不過陸氏並不須他安排，自行尋了住處。李藥師當時所居的這座十畝宅邸中，正院西齋因為劉世讓夫人母子、薛孤吳都不肯入住，仍然空置。此時則恰能讓陸澤生隨時留宿，只因長安城中有宵禁之法，陸澤生確實偶或須得暫借。

陸澤生到來，最歡喜的自然是李德謇。他早已數度前往平康坊探勘自宅的建地。當時的長安城，是四十五年之前，隋文帝命當時年方二十八歲的宇文愷規畫設計，興建而成，隋代稱為大興城。此城東西十八里百五十步，南北十五里百十五步。東南高而西北低，其間有六道天然隆起的崗阜。

遠自《穀梁傳》以來，華夏一向以山南、水北為陽，這是因為北半球「日之所照曰陽」之故。咸陽就是如此選址，位於九嵕山之南、渭水之北，山、水俱陽，故稱「咸」、「陽」。而隋大興唐長安城則在渭水之陰，東南高而西北低。宇文愷為平衡陰陽，將《周易》乾卦的純陽之象，帶入都城的擘畫之中。

宇文愷當初的設想，是將這六條天然隆起的崗阜圍入城中，以之比作《周易》乾卦的六爻。由低往高，由西北往東南，依序為初九、九二、九三、九四、九五、上九⑥。乾卦的卦象，是「天行健，君子以自強不息」。六爻如六龍，乘之以御天。初九潛龍勿用，陽在下也，於是將這裡設為內苑與禁苑。九二見龍在田，德施普也，於是在此崗上置宮殿，是為宮城。九三終日乾乾，反復道也，於是在此崗上立百司，是為皇城。

外郭城在宮城、皇城之外，是官民生活之處。這裡「九經九緯，經涂九軌」，以條條筆直大道界出形勢方正的勻稱格局，包括東、西兩市，以及一百零八坊。九四、九五、上九三崗，都在這裡。其中九五飛龍在天，大人造也，於是在此崗上置道觀、佛寺以鎮風水，此即崇業坊的玄都觀與靖善坊的大興善寺。上九亢龍有悔，盈不可久也，於是在此修芙蓉園，以平緩盈久之突兀。

至此乾卦六爻已用其五，所餘九四一崗，或躍在淵，進无咎也，成為高官顯貴顒望的寶地。皇帝賜予房玄齡、杜如晦、李藥師的三區甲第，都在這九四崗上，堪稱帝都城廓之內，無與倫比的宅邸位置。

長安城中，南北向正中一條大道，東西廣百步，是為朱雀門街，北起皇城正南朱雀門，南至長安城正南明德門。此街兩側，東西各有兩坊之地，南北則有九坊。這三十六坊因位於宮城、皇城之南，每坊僅開東西二門。其餘七十二坊，每坊則有東西南北四門。

皇城之南，朱雀街東，第一坊為興道坊。往東第二坊為務本坊，房玄齡得賜的甲第即在此坊。務本坊再往東，即為平康坊，杜如晦宅在此坊南門之西，李藥師宅則在東南隅。這三處甲第均形狀方正，每宅東西一百五十步、南北一百五十步，約莫百畝，甚為寬廣。

李藥師目前所居的十畝宅邸，雖然頗為熙攘，但這新得的百畝甲第⑦，卻也大得驚人。當時李藥師初入中樞，心心念念都在國是，對於自宅並無定見。既然李德謇興致勃勃，陸澤生又樂意指導，李藥師便讓他二人主理建設宅邸之事。然而國朝初建，民生並不富裕。為君者意欲營造宮室，尚且斟酌再三，為臣者豈可僭越？因此李藥師諄諄叮囑，一切務必以素樸為要。

這處百畝甲第，東面、南面皆是坊牆。北面是貫通平康坊東門、西門的主要街道，隔街對面是陽化寺。西面則是次要街道，對面是菩提寺以及三曲民宅。長安城內三品以上高官的宅邸，允許在坊牆上開門。這處百畝甲第最理想的大門位置，便是開在南坊牆上。

李藥師同意李德謇、陸澤生所提的開門位置，但對於他們規畫的門樓高度，則有意見。

李德謇不解：「爹爹，這門樓並未逾越體制啊。」

李藥師笑道：「德謇哪，體制所限，只是不可逾越，並非不可退讓啊。」

李德謇仍然不解：「附近不少宅邸，也都是同樣高度呢。」

李藥師仍然笑道：「旁人所做所為，咱們何必亦步亦趨？」

李德謇望向陸澤生，希望他為自己說話。

陸澤生卻笑道：「是啊，咱們何必亦步亦趨？」他轉向李德謇：「德謇哪，這門樓不必盡往高處設想。若是規畫得當，略低一些，同樣可以大氣磅礡，態勢恢弘。」

陸澤生不肯違逆父親，李德謇也只得順從。他們謹遵李藥師要求的素樸，將這百畝甲第由西至東分為長形的三塊。東、西兩塊暫且擱置，只將居中一塊規畫出來，房舍足敷使用而已，另加簡單的庭園。畢竟這是皇帝的恩賜，過於侷促也不合宜。

待得規畫完善，已是春耕之期。李藥師雖有四百戶實封食邑可供役使，但考量農時，一時不予差遣。李德謇則在陸澤生指導之下，開始蒐集營造所須的材資。

然而這年夏季，山東諸州大旱。關中雖未成災，卻也受到牽累。秋季沿邊諸州霜害秋稼，關中再度受到影響。雙重的天災，渭水流域雖都不是主要災區，但兩者重疊之下，卻讓這自古即有「金城千里」、「天府之國」美譽的八百里秦川，嚴重遭受殃及。

入夏之後，李藥師已命李德謇增加庭園中軒閣亭臺的規畫。李德謇不解，而父親不說，他只得去問母親：「阿娘，如今天災頻仍，咱們營建宅邸，應當更為簡約才是。爹爹怎地原本要求素樸，此時卻反其道而行？」

出塵只說道：「你爹爹行事，必有其深意。咱們雖然一時不解，日後當能明瞭。如今你只須依你爹爹之命放手去做，無須多慮。」

庭園，後世稱為園林，隋唐時期則稱「山池院」，是華夏建築文化的精髓特色之一。早在殷商姬周，已有苑囿池沼。及至秦漢，這類建設已不限於帝王宮禁，而開始出現少數私家園林。魏晉時期，山水詩人、清談隱士更將庭園的風貌，從傳統的對稱莊嚴，帶往自然隨性的韻致。初唐山池院的規畫，雖尚不如兩宋明清成熟，卻已和合儒家「智者樂水，仁者樂山」、道家「天地與我並生，萬物與我為一」、醫家「與天地相應，與四時相副」的精神，展現出天人合一的格局。

初唐賦役施行租庸調制⑧。李藥師的四百戶實封食邑，依律應在秋收之後，向他繳納糧食布帛。然而這年秋季歉收，不少人家甚至難以餬口，哪有能力繳納糧食？歷朝歷代每逢荒年，人民無以為繼之時，大約只有兩條出路。一是販兒鬻女，二是賤售農地。如此一方面損失丁口，漸至無人種田；另一方面損失農地，漸至無田可種。長久以往形成惡性循環，終究造成民變，導致亡國。

然則貞觀一朝，君臣勵精圖治。對於夏季山東大旱、秋季諸州霜害秋稼，皇帝一方面開倉賑恤，另一方面免除租賦。領有實封食邑的朝臣，包括李藥師，大都上行下效。李藥師則更進一步，秋季農閒之後，他開始大興土木，營建自宅。

出塵立即明白夫婿深意，笑道：「晏子因路寢之役以振民，尚書大人已然『遠其兆』，想來必也『重其賃，徐其日而不趨』？」

這裡所引，出於《晏子春秋．齊饑晏子因路寢之役以振民》。所謂「重其賃」，意為提高匠人的工資；「遠其兆」，意為增加營建的工程；「徐其日」，意為放緩修造的進度；「而不趨」，意為也不催促完成的日期。如此，災民能有收入，家戶得以維生。後世「以工代賑」的概念，即源自於此。

此時李藥師頷首：「的是。」然又笑道：「僅止於此？」

出塵略為尋思，笑道：「是了。當初退讓門樓高度，更有遠見。日後無論何人，尋常路過，觸目所及，首先便是較同儕略低的門樓。如此先入為主，其後入內，縱使見到重重院落、疊疊山池，也不至於另生他想。」

李藥師舒揚欣悅，徐緩展臂，輕柔將愛妻摟入懷中。

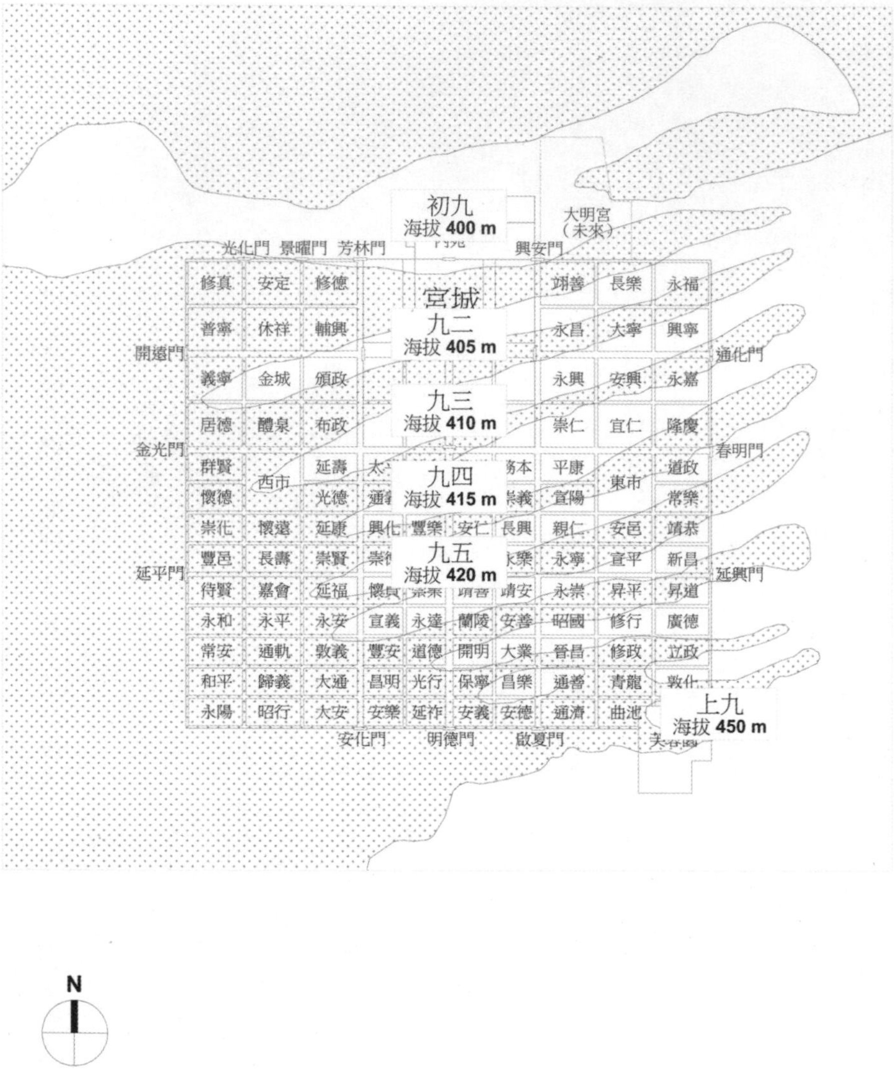

隋大興唐長安城六爻地勢圖

0 1000 2000 5000 m

第五十三回　出將入相

時序進入貞觀二年。開春之後，內閣人事又有一番異動。長孫無忌自請去職，史書記載的原因，是他於公於私皆與皇帝過於親暱，非但朝臣側目，他自己也覺不妥，固求遜位。長孫皇后又為之力請，李世民只得允准。

於是長孫無忌卸下尚書右僕射的職事官位，成為開府儀同三司，更能將時間精力專注用於制訂律法。他以《武德律》為基礎，至貞觀十一年將《貞觀律》編定完成。其後又在唐高宗永徽年間重修，撰成《永徽律》，並在律條之後附上注疏。後世將《永徽律》與注疏合稱為《唐律疏議》，這部律法完善結合華夏文化中的「禮」與「法」，其影響之深遠，不但及於兩宋明清，延續至今，甚至廣及於東亞、東南亞的許多國家。

此乃後話，且說當時……

月前左僕射蕭瑀遭到黜免，此時右僕射長孫無忌又已去職，大唐中樞居首的兩席宰輔之位，

俱皆懸闕。皇帝以兵部尚書杜如晦檢校侍中，然因吏部尚書杜淹患疾，又以杜如晦兼攝吏部。此時天子仍在東宮作息，因此仍以兵部尚書總監東宮兵馬事。與此同時，皇帝並以刑部尚書李藥師檢校中書令，仍兼領太子左衛率。杜如晦、李藥師二人原有參圖國政之銜，此時非但成為名副其實的宰相，更是朝中兼職最多的閣員。

然而李藥師不只成為正職宰相，他很快又要再度將兵，「入相」的同時，亦且「出將」。只因過去這年秋冬，大唐固然霜害秋稼，關內旱荒；突厥更遇寒災，平地大雪數尺，羊馬多遭凍死，人民飢餒萎頓。頡利可汗擔心大唐見其國力疲弊，惟恐竟要乘機興師北上，因此以會獵之名，率先領兵進入馬邑境內。

遠自戰國時期，趙國將馬邑納入版圖以來，這裡就是中土、北狄相爭之地。歷經嬴秦、兩漢、三國、兩晉、北朝、楊隋，直至初唐，依然未曾稍改。此時頡利雖然聲言會獵，貞觀君臣卻很清楚，他其實是在兩國交界之處設置軍備。於是李世民遣鴻臚卿鄭元璹出使突厥，核實消息。

游牧民族國運之興衰，耑視其羊馬之多寡。鄭元璹來到塞外，但見其部民飢畜瘦，乃是將亡之兆。他回朝稟報，認為突厥已然日薄西山，諒其所餘歲月，不會超過三年。

朝臣中也頗有人建議，乘突厥疲弱之機發兵襲擊。然李世民並未採納，而說道：「不過年餘之前，朕才與突厥結盟，如今反覆背棄，是為不信；因彼人之災為己方取利，是為不仁；乘彼人之危為己方取勝，是為不武。」他環視眾臣，語音鏗鏘：「因此，縱使突厥種落盡叛，六畜無餘，朕終究不予襲擊。必待其有負於我，然後討伐。」

眾臣聞言，不免紛紛讚歎天朝有道，人君聖德。

這日退朝之後，皇帝又將李藥師留下。他隨李世民步出顯德殿，越過橫街，行入麗正門。一踏進這燕朝前庭，李世民立時停下腳步，轉身對李藥師說道：「吾兄今日，又是眼觀鼻、鼻觀心，恂恂然似不能言呵！」①

李藥師只得躬身謝道：「臣不敢！」他深切明白，刻下梁師都尚未剿滅，弓刀尚未齊備，馬匹尚未健壯，因此擊討突厥的時機，也尚未成熟啊。

李世民輕嘆一聲，轉身繼續前行。不過他並沒有走進麗正殿，而往西步入宜秋宮。李藥師隨皇帝進入宮中，只見這裡的陳設，卻與往日不同。殿堂正中布置一鼎碩大盤案，其中貯滿粟米。

李世民笑道：「吾兄可還記得，當年徇地東都，你我駐紮在洛陽城西。吾兄曾就著案上積塵，圖畫敵我形勢？」②

李藥師躬身笑道：「歷歷如在目前哪！」

李世民指著那碩大米盤，笑道：「如今，你我便可以此為案。」

自從馬援為東漢光武帝劉秀「聚米為山谷，指畫形勢」以來，六百年間，米盤推演已是兵家常事。然宜秋宮中這一米盤，卻與尋常迥異。除其特為碩大之外，案上有一河套形勢的曲流，不在米盤西北，而在南方。

李藥師一見即知，皇帝意欲討論突厥形勢。他非常清楚，面對突厥，李世民心中有不少痛處。首先，太原起事之初，李淵曾對突厥稱臣，此事絕不適合此時碰觸。其次，李世民數度拒絕眾臣擊討突厥之議，都是因為大唐戰備尚未完善，故爾此時論及，並無效益。其三，梁師都仍在突厥奧援之下，盤據勝、夏二州。其四，楊廣之孫楊政道亦在突厥扶持之下，成立傀儡政權。其五，李世民原與西突厥統葉護可汗議定和親，卻因頡利阻撓，以致未能成真。而後三者，都與「分化離間」、「遠交近攻」的策略有關。

於是此時，李藥師躬身領命，闊步上前。米盤之側有筒，筒中貯有小旗。他取出一把小旗，說道：「四十餘年之前，突厥二分之後，東突厥與大隋為鄰。啟民可汗倚恃楊隋暗助，居於磧口，與西突厥相抗衡。」他邊說邊將一面小旗插在今日內蒙古二連浩特西南。大漠中部有陰山橫亙東西，將戈壁分隔為漠南、漠北兩部分，磧口是兩者之間的重要通道。

李世民微微頷首，示意繼續。

「啟民之後，其三子繼立，是為始畢、處羅、頡利。只因始畢、處羅皆不永年，所遺諸子年幼，尚不足以獨當一面，是故兩度皆以弟繼兄位。如今頡利在位八年，始畢、處羅諸子已逐漸成長，各自皆有所部。」

「始畢長子泥步設的領地在東方，是為突利可汗；次子欲谷設的領地在北方。處羅長子郁射設在南方；次子拓設亦在北方。」李藥師邊說邊在第一面小旗的三方，插上四面小旗。其中拓設即是阿史那社爾。

「啟民另有幼弟沙缽羅設，其領地在西方。又有三名幼子，其中叱吉設、步利設亦在南方，延陀設則在北方。」他邊說邊在第一面小旗的三方，又加上四面小旗。其中沙缽羅設即是阿史那蘇尼失。

此時米盤之內，在中央小旗四周，共有八面小旗，東、西各一，南、北各三。李藥師將手中所餘小旗置回筒中，指著米盤說道：「如今頡利四方八設，並無一設是其嫡系啊！」

聽到此處，李世民擊掌讚道：「吾兄這一席話，放眼突厥洞若觀火啊！」李藥師趕緊謙謝。

李世民則點頭說道：「突厥新立可汗，大抵均須年滿十八。頡利繼位之時，泥步設已經十七，接近可立的年齡。當時必有始畢嫡系意欲擁立泥步設，因此頡利必須以他為突利可汗。」

李藥師道：「是。頡利初立之時，郁射設年方十四。兩年前他已二十，必須有所建樹，方能在諸部之間奠定威信。處羅可汗曾經戮力經略河套地區，因此當時郁射設渡河進入河套。」③

至此，米盤上的小旗皆在河套之外。這時李藥師雖沒有將郁射設那面小旗移至河套之內，但僅僅在米盤上一點，造成一指印記，已令李世民頗有怵目驚心之感，說道：「不只是郁射設，如今欲谷設、拓設、叱吉設、步利設、延陀設，也都已經二十了。」他邊說邊逐一指向米盤上的諸設小旗。

李藥師道：「是。突厥諸部年輕一代已漸掌權，如若同心協力，確是我國大患。然則眼前形勢，卻並非如此啊！」

李世民點頭道：「的是。兩年之前，頡利與突利已有芥蒂，對諸部亦有戒心。因此一旦得到華人趙德言，當即寵信有加。趙德言恃寵弄權，變更突厥舊俗，疊加煩苛政令，致使子民生怨。於是造成諸部與頡利更加疏離，也讓頡利益發忌憚諸部，反倒信任羈縻諸胡。諸般種種互為因果，猜疑疾忌每況愈下哪！」

李藥師躬身道：「是。頡利若是兵強馬壯，也還罷了。如今寒害成災，內外用度均陷於匱乏，使他必須加重對於諸部的聚斂。這造成諸部更加難以存活，只得叛離啊！」

此時他走到米盤另一側，由另一只小筒中取出一把顏色與先前不同的小旗。先在北方插上數面：「磧口之北，有十五部鐵勒，以薛延陀、回紇為盛，依違於東、西突厥之間。」又往東方插上數面：「突厥之東，有奚、霫、契丹、室韋、靺鞨諸部。」再往西方插上數面：「其西則有西突厥，西南又有吐谷渾、高昌、罽賓、葉護④諸部。」

此時李世民笑道：「吾兄之意可是，於其內部分化離間，於其外部遠而不可攻者，則可以利相結？」

李藥師深深一揖：「陛下聖明，洞悉臣意。」與這樣一位皇帝問對，委實舒暢！他心下不禁暗讚。

此時他將手中所餘小旗置回筒中，指著米盤北方說道：「鐵勒十五部中，以薛延陀為最盛，諸部皆以其為馬首。如今頡利強勢徵斂，諸部不服，臣以為正可以結交薛延陀。」

他又指著米盤東方說道：「東方諸部以室韋、靺鞨為大，然皆甚為湮遠，臣以為不妨以結交突利為先。」

他再指著米盤西方說道：「吐谷渾向與頡利交好，所幸往返二國之間，或須經由我隴西諸州，或得取道於西突厥。因此臣以為，在此當以斷其交通為要。」

李世民聽得擊掌而讚：「吾兄大有所見！」

李藥師謙謝之後，再度指著米盤，朗然說道：「突厥起於西海之右，其後遷至金山之陽，原是北涼匈奴沮渠氏之下的一部。歸於柔然之後，便專事鍛鐵。當時柔然括有瀚海之濱、劍河之源⑤，東至契丹、室韋，西至吐谷渾、高昌，漠北之境無有強於彼者。然則突厥，卻能滅此無比強盛之國。」他語音鏗鏘，說到柔然疆域時，手掌由米盤西端直畫向東端；說到突厥攻滅時，手掌再由東端直往西端，畫向米盤上原屬柔然的大片土地。

他走到李世民身前，軒聲而道：「夏之『天下』，只在中原。商之『天下』，則及於山東。周之『天下』，不但括有中原、山東，又及於吳、楚。秦、漢之『天下』，則更及於隴西、交趾。如今我朝雖已戡平大江大河，廓清四海，然則，仍未脫出漢之『天下』啊！」

李世民聽得豪情萬丈，慨然說道：「當年啟民內附楊隋之後，曾以『聖人可汗』之號上隋文。」他伸手握住李藥師雙手，語聲昂揚：「朕又豈能瞠乎其後！」此時他君臣二人，不但四掌緊緊相握，眼神竟又再度忱忱熾熾地對視。

這日李藥師回到家中，將與李世民問對之大略，說與愛妻知曉。

出塵聽畢，俏臉含哂，說道：「你對突厥與諸胡的瞭解，也忒清楚了吧？」

李藥師微笑道：「妳，這是擔心？」

出塵依然含哂：「你，卻不擔心？」

李藥師輕嘆一聲：「擔心，又有何用？」他深深凝視愛妻：「我等亂世出世，乃是以平天下、積功德為目的，豈能因為擔心而有所踟躕？」

出塵仰望夫婿，滿眼又是崇拜，又是疼惜。

在貞觀君臣以分化離間、遠交近攻之策應對頡利可汗的同時，頡利也以同樣策略應對西突厥。當時西突厥統葉護可汗在位，他同樣以遠交近攻之策應對鄰國。他在東方與大唐交好，聯手抗拒頡利；在西方則與拂菻⑥結盟，共同征伐波斯。一時其北方的鐵勒、其南方的罽賓盡皆歸順，統葉護將西突厥帶入極盛，成為西域強國。然而……

頡利成功離間西突厥諸部，統葉護遭到暗殺。原本臣附於西突厥的諸國一時大亂，紛紛叛離。鐵勒諸部向以薛延陀為首，此時便推薛延陀的夷男為共主。

消息傳到長安，李世民大喜，遣使冊封夷男為真珠毗伽可汗。夷男得鐵勒推為共主，原本還頗忐忑。此時得到大唐認許，欣喜過望。他遣使向大唐進貢，並在郁督軍山⑦下建立牙帳。不過雙方遣使往還，頗費時日。夷男的使節，要到來年初秋方才抵達長安。

且說當時……

頡利得到夷男成為共主的消息，大怒，遣欲谷設討伐，被夷男擊敗。夷男乘勢進攻，頡利的北方三設無一能敵。頡利又遣突利出師，再度失利。此時臣附於薛延陀的諸部，版圖東至靺鞨、西至葉護、南接沙磧、北至俱倫水⑧，疆域約相當於今日蒙古國的範圍。

北境之外諸國之間，局勢如此波譎雲詭，於是皇帝緊急下詔，任李藥師為「關內道行軍大總管，以備薛延陀」。⑨

再度得到軍職任命，原在李藥師意料之中。然而這「關內道行軍大總管」……

初唐府兵，在武德後期，皇帝領有十六衛、十二軍。十六衛中，十二衛統領天下府兵，其餘四衛統領宮禁府兵。而十二軍，或稱關中十二軍，則統領關中府兵。其中軍區職權，無疑有所重疊。李淵喜用制衡之術，讓臣下一則競逐、一則牴牾。

李世民在武德時期，深受父皇制衡之苦。登基之後，當即有所舉措。他在房玄齡、杜如晦輔佐之下，不動聲色地將關中十二軍的將領或外調，或架空，或除名。年前羅藝謀反，便因為他當時已意識到兵權逐步遭到稀釋，僅餘虛銜。

在關中十二軍已退出中樞政治舞臺的此時，李世民竟然將「關內道行軍大總管」的職權，交給李藥師！這裡「關內道」與「行軍大總管」兩者，都有開創歷史的意義。

一年之前，李世民將全境劃為十道。「關內道」是其中第一道，所轄領地基本上就是先前的「關中」。他原已將關中十二軍的兵權悉數釋除，此時竟又全部交予李藥師！

而「行軍大總管」的職銜，更是前所未有。李淵時期曾在上州設大總管府，平時只掌軍政，沒有兵權。戰時則另任命元帥或大元帥，而這頭銜只授予近支宗室。有些實際節度兵事，以李世民為代表；更多則只是掛名，其下設置實際節度兵事的行軍總管，比如李孝恭之於李藥師。

也就是說，李淵時期，近支宗室之外的朝臣，戰時的最高職銜僅止於行軍總管。因此這次行軍大總管的任命，可是有唐立國以來，首度以非宗室成員，出任名副其實的戰事主帥！

李藥師接到這樣的任命，自然立即入宮謝恩。

李世民問道：「對於薛延陀的兵備，吾兄可有規畫？」

事實上，「關內道行軍大總管」的職權，與「以備薛延陀」的職責，是有所矛盾的。大唐與薛延陀之間隔著突厥，如何能以「關內道行軍大總管」的兵備，應對薛延陀？

如果此時皇帝問的是關內兵備，則表明職權與職責之間，以前者為要。然而此時皇帝問的是薛延陀兵備，也就表明，兩者之間以後者為重。

當時薛延陀與大唐之間非但並無衝突，而且同與東突厥為敵，彼此實為盟友。不過不久之前，李世民才在朝堂之上當眾說過，「縱使突厥種落盡叛，六畜無餘，朕終究不予襲擊。必待其有負於我，然後討伐」云云，豈可不過旬月，便成為自己口中「不信、不仁、不武」之徒？所以這裡的任命，其名雖為「以備薛延陀」，其實則是「以備突厥」。

於是此時，李藥師回道：「欲規畫薛延陀兵備，必先對其深入瞭解。欲交通薛延陀，則向西可出涼州，向東可出營州。營州渺遠，臣意先往東方一行。」

李世民略為詫異：「吾兄意欲親自前往？」

「是。」李藥師躬身回應之後，隨即侃侃說道：「山東、河北原是竇夏故地，竇建德、劉黑闥敗後，其眾將不得進用，居於閭里，為患鄉民。然臣以為，其故將之中頗有能人，若可擢為陛下所用，亦可免其鄉人之患。一者為國再者為民，豈非善哉？」

李世民略一尋思，便知李藥師心意，笑道：「吾兄所指，可是當年先取宗城，再下洺、相、黎、衛諸州的蘇烈？」

李藥師回道：「陛下明鑑，正是蘇烈。」
李世民點頭道：「確是不可多得的猛將啊！」

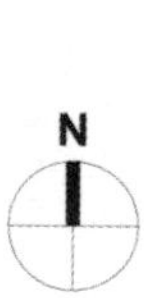

突厥諸部與諸胡圖

0 500 1000 2000 km

第五十四回　軒車東訪

二月二日新雨晴
草芽菜甲一時生
輕衫細馬春年少
十字津頭一字行

白居易這首〈二月二日〉輕盈鮮妍，全然青春年少的清新爽澈。

二月二日江上行．東風日暖聞吹笙
花鬚柳眼各無賴．紫蝶黃蜂俱有情

李商隱這首〈二月二日〉的前四句則旖旎綺麗，滿是春暖花開的溫柔嫵媚。

二月二日成為文人墨客踏青賦詩的佳節，是中唐之後的風流。①然而初唐的仲春，天候同樣東風日暖，地氣同樣芽甲時生，萬物同樣無賴有情。這，乃是「農人告餘以春及，將有事於西疇」的時節啊。

而今，渭水之上，正有一葉孤舟順流下行。舟上兩位中年士人引觴對酌，上首一位氣定神閒，卻隱隱然不怒自威，正是李藥師；下首一位溫文爾雅，卻難掩其傲骨嶙峋，乃是陸澤生。②

水濱另有一隊巾車隨行，領隊一位青年將軍英姿勃發，卻藏不住赤子可掬之態，則是薛孤吳。他從來不喜陸澤生那孤介離群的習性，此時見舟中二人引觴對酌，他雖有軍令在身，不便飲酒，卻舉著一只空觴，向天猛翻白眼。詩聖如若見到此時的薛孤吳，只怕竟會早百數十年，便譜出「阿吳韜羽美少年，舉觴白眼望青天」的情景。

只聽李藥師笑道：「咱們此行或命巾車，或棹孤舟，真是既窈窕以尋壑，亦崎嶇而經丘啊。」

陸澤生含笑應了一聲「是」，側身取過一張瑤琴，隨手撫弄。

李藥師傾聽琴韻，和著音律吟道：「木欣欣～以向榮，泉涓涓～而始流。」隨即擊掌讚道：「高啊！可是先生新作？」

陸澤生謙謝一聲：「不敢！」隨後邊繼續撫奏，邊說道：「陶令〈歸去來兮〉立意高遠，僕已苦思數月，卻仍無法將其整曲譜就。」陶淵明曾任彭澤令，故爾世稱「陶令」。③

陸澤生邊說邊將已譜成的半曲重新演繹，彈到「或命巾車，或棹孤舟」，琴音便戛然而止。

只聽他說道：「令君，咱們這孤舟午後即到潼關，明日將到陝州，屆時就得換乘巾車了。」李藥師此時檢校中書令，部屬稱他為「令君」。

李藥師點頭道：「的是。陝州之後這段水程，可不適宜行舟。」

陸澤生點頭道：「是。陝州之後，即到砥柱、三門。大禹治水，在此遇山陵阻隔，將之鑿穿以通大河。然後河水分流，包山而過，山在水中宛然砥柱。」

李藥師點頭道：「的是。大禹前後三鑿，三穿既決，水流疎分，猶如三門。」「砥柱」、「三門」的名稱原由俱見於《水經注．卷四．河水》，當時尚沒有「三門峽」的名稱。

陸澤生點頭稱是，繼續引《水經注》說道：「『自砥柱以下，五戶已上，其間百二十里，河中竦石傑出，勢連襄陸……其山雖辟，尚梗湍流，激石雲洄，澴波怒溢，合有十九灘，水流迅急，勢同三峽，破害舟船，自古所患。』這段水程，確實不適宜行舟啊。」

李藥師點頭道：「江淮糧食運往長安，多可經由水路。惟這一帶必須轉為陸路，最為耗時耗費。」

陸澤生再度點頭稱是，說道：「我陸氏於造船，雖說略有心得，然若想在三門砥柱溯河上行，仍無法單憑舟楫，而必須借助縴挽。如運糧食，船載過重，無法縴挽上行，則必須將整船所載轉為陸路。行過此程之後，再轉回水路輸送。如此來回負荷，確是全程途中，最為耗時耗費的節點。」

貞觀之後，大唐國勢鼎盛，關中人口遽增，造成長安數度缺糧。數位皇帝，包括武后，都曾親率百官前往洛陽就食。其中關鍵，就在於這三門砥柱水陸道途轉運糧食的耗時耗費。

此乃後話，且說當時。

在他二人聊談之間，船行已到潼關。此次東訪，以陸澤生銜命前往盤龍山建寺為名，並未驚動地方官府。一行人在潼關過夜之後，次日經過崤山、函谷關，即到陝州。再次日改行陸路，百二十里途程之後即到澠池。其後或命巾車，或棹孤舟，經過洛陽、鄭州。

洛陽原是楊隋的東都，其繁華曾經猶勝於西京長安。然而隋末幾經戰亂，早已頹敗蕭條。其後成為王鄭的首府，七年前李世民討滅王世充之後，即命斲毀洛陽宮室，因而此時，此地仍是滿目瘡痍。他們途中匆匆路過，並未多留。鄭州之後轉往北行，便到相州、洺州。

洺州是竇夏故都，蘇烈的家鄉冀州武邑就在左近。他二十歲時，已領兵為家鄉清剿賊寇，名傳四里，不少鄉民前來投靠。其後他投效竇建德，也是因著地緣關係。因此李藥師推測，竇建德、劉黑闥覆滅之後，蘇烈必仍留在當地，且能擁有自己的勢力。這次出行之前，他已命人探訪。果如所料，蘇烈在洺州、冀州一帶混跡江湖，宛然當地一霸。不過他不再以蘇烈為名，而改以字行，是為蘇定方。

數年之前，李唐戡平竇建德、劉黑闥之後，李淵以鄭善果招撫山東，並未能夠處理妥善。竇夏眾將不得進用，居於閭里，為患鄉民。官吏動輒以法繩之，或加捶撻，致使眾皆驚懼不安。於是蘇定方招攬舊部，一則協力抗衡官府，二則也為眾人謀求生路。李藥師得知，此時蘇定方手下，已有一班工匠。只是他們對於李唐怨念甚深，若想直接招撫，只怕不易成事。所幸恰好……

四十年前，李藥師曾在薊州盤龍山巔邂逅禪宗二祖慧可大師，因緣際會，一同經由《楞伽經》參悟《易筋經》。當時他便發願重修大師曾經駐錫的小廟，以便日後供奉。④於是此時，不妨便以建寺為名東訪，一則得償夙願，再則或能因此請得蘇定方出世。

陸澤生早已備妥重修小廟的圖樣，來到洺州，便將有意鳩工施作的訊息釋出。這兩年關東先遭大旱，又遇蝗災，中樞雖已減免稅賦，開倉賑濟，但人民生活仍然備極艱辛。此時聽說有貴人還願修廟，不但供食宿，還能掙工資，各地工班紛紛摩拳擦掌，躍躍欲試。

只是多數工班見到圖樣之後，均搖頭退出。這圖樣繪製得詳細無比，莫說每一根梁柱的用材、尺度，要求得鉅細靡遺，甚至每一出斗拱中的每一處榫卯，都標示得詳實精微。

「那樣的要求，根本無人能做。」這般風評傳到蘇定方耳中，激起他好勝的天性。「怎會無人能做？蘇某偏要試試！」

然而當他見到圖樣，一時也懵懂了。「是何等人竟能繪出這般圖樣？好似每一敲槌鑿都無法脫出他的筆下！」蘇定方一則好奇，再則想為手下兄弟尋些活路，三則自忖，屆時若真出現矛盾，就憑自己以及手下兄弟，用強也能鎮住這幫外來勢力。畢竟依他的經驗，這些新朝貴人，最擅長的便是欺壓百姓。

「我蘇某人可不像你想的那般容易欺壓！」基於這樣的信念，蘇定方與陸澤生簽了合約，帶領眾兄弟來到薊州盤龍山。

盤龍山有五峰、八石，向以「上盤之松、中盤之石、下盤之水」的三盤勝境名聞遐邇。當年慧可大師曾經駐錫的小廟，便在西峰山巔的么矯巨松之間。若論覽風掠景，這裡無疑是讓人心曠神怡的勝境；不過若論施作工程，可就令人望峰嗟嘆了。

蘇定方早已知曉盤龍山的景況，且他手下兄弟也頗有些能人。加以陸澤生給的工資甚為豐厚，雖然規則條列繁瑣，但一開始，蘇定方的工班卻也尚能忍耐。

然而旬日之後，陸澤生愈來愈是吹毛求疵。東邊嫌炊煙燻了松針青翠，西邊厭吆喝擾了琴韻清幽。對於施作過程更加不通情理，只消一處細節沒有經他過目，便動輒要求拆卸，重行審視方罷。許多設計尤其迂迴曲折捨本逐末，簡直自尋煩惱，完全沒有必要。

蘇定方已數度試圖與陸澤生協商，以求或可略為變通。陸澤生非但不依不饒，反而一派爾等粗鄙無可救藥的態度。若是尋常工班，此時中斷工作打包回府也就罷了。然則蘇定方何等人物？他豈肯半途而廢！

這日蘇定方終究忍無可忍，來找陸澤生理論。兩人爭執不下，甚至拍案指畫。薛孤吳擔心陸澤生安危，也趕過來。蘇定方全然不為所動，氣勢愈來愈高，聲音愈來愈大。

就當這劍拔弩張之際，內間步出一位王者風範的人物，對蘇定方拱手說道：「蘇將軍！」

蘇定方洶洶問道：「你是何人？」

「在下三原李藥師。」

「你……你怎會在此處？」

「這小廟原是在下發願重修。」

蘇定方若有所悟：「所以這陸某人，乃是為你辦事？」

李藥師點頭道：「正是。」

蘇定方聞言，又驚又怒：「你……蘇某一向敬你英雄，然你可知，這陸某人……」

李藥師淡然含笑：「蘇將軍可是要說，這位陸先生吹毛求疵，不通情理？」

蘇定方忿忿說道：「不僅如此。他那圖樣荒誕虛妄，任誰也無法造得出來。我等與他商榷，盼能改用可行之法，達成相同效果，可誰知他……」此時他見李藥師依舊淡然含笑，突然明白了：「你……你早已知他如此行事？」

「正是。」李藥師仍是淡然含笑：「蘇將軍，錯非如此，怎能請得尊駕出世？」

蘇定方聞言一怔，當下怒道：「你……你是有意難為蘇某？」

「是耶？非耶？」李藥師收起笑顏，正色說道：「蘇將軍，你大好人才，難道願意終身埋沒於此？」

蘇定方登時沉默。半晌方才低聲說道：「墨翟、魯班皆以工技傳世，得為匠人，未必便是埋沒。」

李藥師凝視蘇定方，莊容說道：「同為匠人，墨翟解帶為城，以牒為械，與魯班設攻城之機變，掌指言笑之間，便左右一國之存亡。⑤尊駕屈居於此，卻如何能夠為國為民？」

蘇定方長嘆一聲：「為國為民！蘇某也曾有此宏願哪。然則……」他原本避開李藥師的目光，此時卻轉為直直對視，沉聲說道：「值得蘇某效命之國，如今安在？」

李藥師目光轉為柔和，溫顏說道：「當年銜命招撫山東的欽使，確實未能善盡宣達聖意之責，致使將軍受累。如今此人已入縲絏，將軍何必囿於往事，定要畫地自限？」這裡欽使指鄭善果，當時他已遭罷黜，身陷囹圄。

蘇定方聞言，尋思片刻，沉吟須臾，方才緩緩說道：「『日出而作，日入而息……帝力於我何有哉。』蘇某如今胼手胝足，自得其樂，何須出世，為貴人所驅策？」

李藥師見蘇定方原本已有些許轉圜之意，卻又遲疑不前。他早已琢磨過蘇定方可能會有的疑慮，此時笑道：「尊駕這是譏訕李某了？蘇將軍啊，人生在世，何能不受驅策？縱使得能闊有天下，也須受天下人之驅策啊！」

蘇定方低頭不語。如他們這般胸懷天下的英豪，非常清楚若在其位須謀其政的道理。

李藥師溫顏說道：「將軍當年先取宗城，再下洺、相、黎、衛諸州。如今朝中多少貴人，都曾於你手下落敗。李某不敢保證，他們心中毫無芥蒂，但至少能盡己之心，力求將軍得到公允對待。」

蘇定方依舊低頭不語。

李藥師繼續溫顏說道：「蘇將軍，功名利祿、榮華富貴，比比皆不在你意下，李某佩服！然這許多兄弟跟著你，難道你竟打算，讓他們全數終老於版築之間？」

這話深深打動了蘇定方。他可以一生瀟灑，快意江湖，然而跟著他的這些兄弟……他抬頭望向李藥師，啞然說道：「驅策！能夠驅策我等者，惟有不忍人之心哪！」此時他的眼眶，已然隱隱泛紅。

李藥師盯著這雙泛紅的眼眶，讚道：「不忍人之心者，天地浩氣之所存！」他上前一步，伸手拍在蘇定方肩頭，誠摯說道：「李某適才所謂盡己之心，力求公允，一諾既出，決無反悔！」

蘇定方卻側身脫開李藥師的手掌，盯著他冷然說道：「李令君，如今大唐之患，首在北境。朝中這許多貴人，個個能征善戰，驍勇威武，難道不足以克敵制勝？何須令君舟車勞頓，親來河北，定要尋得蘇某？令君自身，難道便無其他顧慮？」

李藥師微微一驚，沒有料到這蘇定方居於閭里，竟將朝中諸事看得如此透澈！皇帝以自己為「關內道行軍大總管，以備薛延陀」，又與自己詳推突厥情勢，其意非常明顯，日後面對突厥，將以自己為主帥。屆時麾下，若全是舊日天策府的嬌矜悍將，如何能服自己統御？回想當年輔公祏之戰的景況⑥，便是前車之鑑哪。

想到這裡，李藥師深深再看了蘇定方一眼。此時他改口稱自己為「令君」，終究算是承認了大唐的官方身分，於是點頭說道：「李某此行，確有其他考量，不敢有瞞。」

蘇定方雙手抱拳：「令君行事坦蕩，胸懷無愧，蘇某佩服！」此時他直視李藥師：「然令君在朝中，自主尚且未必，縱使盡心，又何能護得蘇某公允？而蘇某，又豈肯讓他人護得公允？」他略一停頓，望向李藥師：「如今蘇某願隨令君入朝，但仍有一不情之請。」

李藥師揚臂一揮：「儘管直言。」

蘇定方抬頭挺胸，昂然矗立，凜凜說道：「將來首戰所獲，須歸我兄弟所有。」這次李藥師不再是微微一驚，而是大為失驚：「你……你這是……你可知……」將征戰所獲中飽私囊，可是重罪啊！

蘇定方依舊抬頭挺胸，昂然矗立，豪不退讓。

李藥師遲疑片刻，方才長嘆一聲，點頭緩緩說道：「好，我答應你。」

蘇定方倒身下拜：「蘇定方叩見令君，拜謝令君！」

「定方請起！」李藥師邊伸手扶起蘇定方，邊說道：「李某痴長年紀，如此稱呼，盼不見怪。」

蘇定方甚是激動，躬身叫道：「令君！」

李藥師再度拍上蘇定方肩頭，只感覺他微微一顫。李藥師笑道：「定方，你且收拾收拾，便帶領兄弟隨我進京吧。」

蘇定方卻瞥了陸澤生一眼：「令君，定方在此，尚有工作啊。」

李藥師朗聲笑道：「有陸先生在此，這小廟卻不須你掛心。」

蘇定方躬身道：「是！」他又瞥了陸澤生一眼，卻轉身向薛孤吳抱拳見禮：「薛孤將軍！」

薛孤吳笑道：「你沒見他們都稱我『阿吳』嗎?定方，咱倆歲數相當，就以名字互稱，可好？」

蘇定方再度抱拳，叫道：「阿吳兄！」他較薛孤吳年長，但薛孤吳追隨李藥師日久，且早有正式官職。

「可別！」薛孤吳暗暗指向陸澤生，悄聲對蘇定方說道：「我鬍子有那麼長嗎？」

蘇定方開顏笑道：「阿吳！」

薛孤吳拍拍蘇定方臂膀，笑道：「咱們這位陸先生，正如令君適才所說，吹毛求疵、不通情理。他那股荒誕虛妄的勁兒，可不僅是對你一人！」說著向陸澤生作一鬼臉，拉著蘇定方出去了。

陸澤生望著兩人背影，無奈嘆道：「哈疼暖咯！」⑦

李藥師也不禁失笑。

陸澤生面色卻轉為凝重，對李藥師緩緩搖頭：「王翦要賞、蕭何貪贓，令君哪……」

王翦要賞、蕭何貪贓，均是功高震主，自汙以求免禍的故事。前者見於《史記・王翦列傳》：「今空秦國甲士而專委於我，我不多請田宅為子孫業以自堅，顧令秦王坐而疑我邪？」後者則見於《史記・蕭相國世家》：「上所為數問君者，畏君傾動關中。今君胡不多買田地，賤貰貸以自汙？上心乃安。」

此時李藥師面色也轉為凝重，問道：「先生可有更好的法子？」

陸澤生緩緩搖頭，眼神中既是欽佩，又是不忍。

只聽李藥師嘆道：「唉……定方……這可要耽誤他的前程哪。」他眼神中也滿是不忍。

然而蘇定方所思所念，則全是竇建德、劉黑闥敗後，自己兄弟所受的屈辱。他定要在首戰之後，便讓這些兄弟得以安頓家小，再無後顧之憂。至於往後，那是往後之事。於是次日，他便特意來向陸澤生賠禮。陸澤生豈是狹隘之人？彼此前嫌盡釋，相與盡歡。

區區建寺工事，卻不勞陸澤生親自坐鎮，他讓身邊數名陸氏子弟接手。這座寺廟建成之後，矗立千載幾經更名，直至大清康熙年間，方才定為「萬松寺」。近代重修，成為盤龍山群寺中最大的廟宇。如同《重立宗派碑記》所撰：「青山綠水，夢月松風，廟貌之威赫，佛像之莊嚴，居然幾東一梵剎也。」

且說……李藥師待陸澤生將諸事安排停當，準備一同返回長安。臨行之前，卻收到營州都督薛萬淑遣使送來書信。

日前李世民與李藥師論談兵備，曾經提及欲交通薛延陀，向西可出涼州，向東可出營州云云。此時涼州都督李大亮、營州都督薛萬淑都已接獲相關旨敕。薛氏兄弟三人⑧，薛萬淑居長，薛萬均行次，薛萬徹最幼。薛萬均、薛萬徹當初都在羅藝帳下，羅藝敗後，薛萬均入秦府，薛萬徹則入東宮。玄武門事件之後，薛萬均得到封賞；薛萬徹雖獲赦宥，卻並未得進用。如今薛萬淑既知李藥師東訪，便致函請他將薛萬徹留在帳下，希望將來能有機會立功。而攜此函前來的信使，正是薛萬徹。

李藥師正值用人之際，自是應允，當即回函致意。

於是此行回程，薛孤吳可歡喜了。他不再「舉觴白眼望青天」，而與蘇定方、薛萬徹空觴代美酒，劍歌渭水湄。詩仙如若見到此情此景，只怕也會早百十數年，便譜出「五陵年少灞橋東，銀鞍白馬度春風」的意興。李藥師、陸澤生看在眼中，也自欣慰。

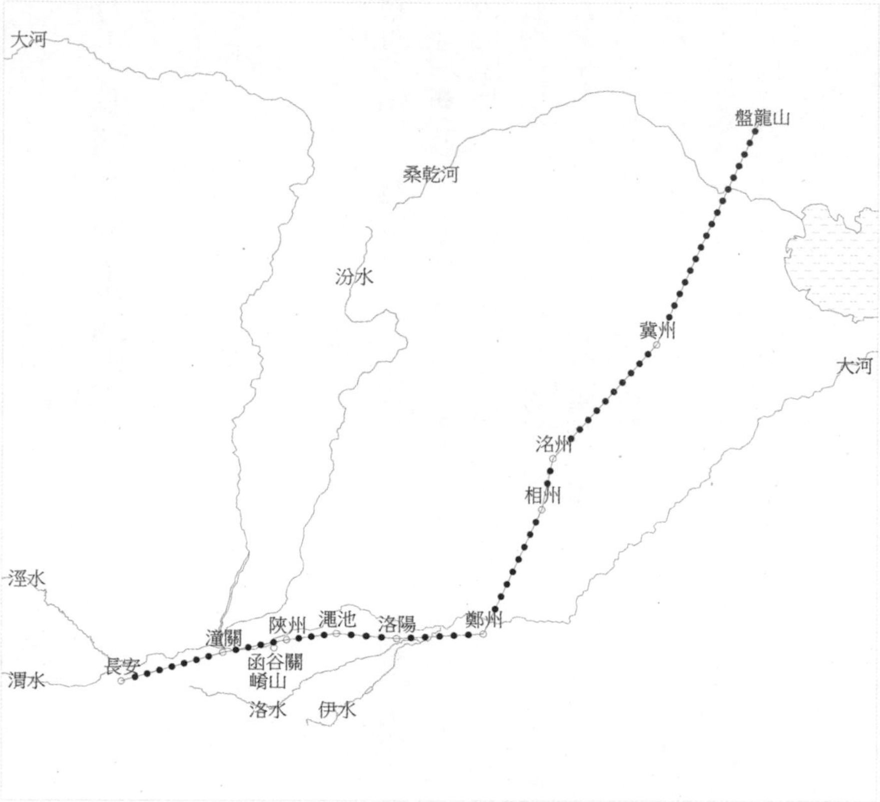
大河
盤龍山
桑乾河
汾水
冀州
大河
洺州
相州
涇水
陝州
澠池
洛陽
鄭州
潼關
長安
函谷關
崤山
渭水
洛水
伊水

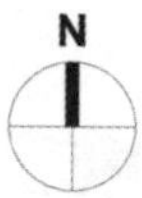
N

東訪行跡圖

0 100 200 300km

第五十五回　外弛內張

待得李藥師一行回到長安，已是三月下旬。他將蘇定方等人名字報予兵部，讓他們入了兵籍。方才安頓妥善，便得到頡利可汗發兵擊討突利可汗的消息。

兩個多月之前，涼州都督李大亮、營州都督薛萬淑接獲備戰突厥的旨敕之後，均從分化離間、遠交近攻雙管齊下。突厥東方的奚、霫等數十部率先叛離，降於大唐。突利主領東方，這次諸部叛離，頡利大怒，責怪突利。隨後突厥北方的薛延陀、回紇等部發兵，擊敗欲谷設、拓設。頡利遣突利領兵出討，突利又敗，輕騎奔還。頡利益發震怒，將突利拘捕鞭撻。突利原已甚為怨忿，頡利又數度向突利徵兵。突利忍無可忍，於是上表大唐，自請入朝。

李世民閱畢表奏，對眾臣說道：「已往突厥國勢強盛，綽有百萬勝兵，恃之侵我中土，凌我華夏。對內又驕矜傲慢，不知仁愛其民，以致失卻人心。如今突利自請入朝，若非窮途困頓，迫於無奈，豈肯如是？朕聽聞此事，一則以喜一則以懼。突厥勢衰，則我邊境可得稍安，故以喜；

以輔朕之不逮！」

然朕若失道，他日亦將步突厥覆轍，能無懼乎？」此時他殷殷叮囑群臣：「眾卿但宜不惜苦諫，

至於頡利發兵擊討，突利遣使求援之事，皇帝與眾臣研議：「朕與突利結為兄弟，有急不可不救。然朕與頡利亦有盟約，奈何？」

杜如晦認為：「戎狄無信，遲早定會負約。今日倘若不因其亂而取之，終將追悔莫及。所謂『兼弱攻昧，取亂侮亡』，此古聖賢之道也。」「兼弱攻昧，取亂侮亡」出於《尚書．仲虺之誥》。

與此同時，契丹酋長率其部落來降。契丹原為突厥屬地，如今叛入大唐，頡利大怒。他知梁師都是大唐的心腹之患，必欲剷滅，於是遣使入唐，希望能以梁師都換取契丹。

李世民不允，對使者說道：「契丹與突厥乃是不同部族，如今前來歸附我朝，汝等沒有理由阻撓。梁師都則是中國之人，盜我土地，暴我百姓，突厥卻庇護於他。我朝興兵征伐，汝等竟屢次救援，實不足取。而今梁師都已如魚游釜中，何患不能為我所有？縱使一時無法拿下，也絕不會以歸附我朝的子民來與汝等換取。」

李世民所謂「魚游釜中，何患不能為我所有」等語，絕非虛言。一年半前靈州開始建造船艦、訓練水軍，此時均已有成。這讓河套之外的突厥與河套之內的梁師都，往來的交通幾乎全遭截斷。如今頡利表示願以梁師都換取契丹，便在無意之間洩露軍機，他已無力庇護夏州。於是李世民當即派遣柴紹出擊梁師都，頡利雖然發兵聲援，卻無法渡河南進。套內只有郁射設部落的少數兵力，輕易便遭唐軍擊潰。柴紹麾軍包圍梁師都的根據地朔方，突厥無法來救。未幾城中食

盡，梁師都的從弟梁洛仁襲殺梁師都，降於大唐。

八年前唐軍擊潰劉武周之後，其副手苑君璋依附突厥，造成劉武周的根據地馬邑，在大唐、突厥之間輾轉易手。①一年前苑君璋雖然歸降，馬邑卻大抵仍為突厥所據。鑑於未能一舉取得馬邑的前車之鑑，這次李世民在遣柴紹出擊梁師都的同時，更以關內道行軍大總管李藥師，擁整個關中軍備為其後盾。頡利不敢蠢動，於是夏州順利括入大唐版圖。

至此，大唐立國第十一年，終於將隋末群雄盡數平滅，自皇帝至百姓皆大歡喜，歌舞以慶。李世民命太常寺修定《唐雅樂》，兼採南朝梁、陳的吳、楚之音，以及北朝周、齊的胡、夷之韻，交相斟酌，考以古聲，宛然大焉！

這年正值出塵四旬之壽，平康坊府邸又方將落成。當此舉國歡騰之期，李藥師設新居安宅之宴。此宴不以壽辰為名，然親朋好友除賀喬遷之喜外，也都備了壽禮。李世勣、李道宗、李大亮等邊將，張寶相、席君買等舊屬，雖然不在長安，無法親自道喜，卻都提前著人送來賀儀。

及至正日，李藥師新宅之內布置得玉屏煥彩，寶鼎焚香，鉞旄臚列，金鼓並陳，既彰顯文相的雍容高華，又展現武將的肅穆威儀。府前大街兩側駐滿羽衛，直排列到長安城中軸線的朱雀大街上。

房玄齡、杜如晦等宰輔，長孫無忌、李孝恭、尉遲敬德等勳貴，孫思邈、袁天綱等高逸，都攜家眷先後蒞臨。冠蓋繁華、衣香鬢影之際，李藥師與出塵都留意到，李德謇與杜如晦之女杜徽音之間的兒女情致，不免想到三十餘年之前，楊素壽宴席間的李藥師與出岫。②杜如晦夫婦同樣看在眼中，兩家索性當場論親，更是喜上加喜。房玄齡也有女兒，長女已內定為李淵第十一子李元嘉的王妃，次女則尚年幼。他雖也有意與李藥師結親，但見李德獎不時去到孫思邈身邊，與這位大國手之女孫蘭方多所互動，只得作罷。

不多時，于志寧、孔穎達隨李承乾一同到來。宰輔、勳貴子弟，包括李德謇、李德獎，都前趨陪侍太子。其後，李世民也率皇后長孫無垢、淑妃楊蕣華一同駕到。

李世民命皇后的鳳輦、淑妃的鑾輿先行入內，自己則在府門之前步下御輅。他先抬頭看看門樓，隨後轉身朝西望去。這裡是長安城內里坊之間的主要大街，按律只有寺廟、官署，以及三品以上顯貴的宅邸，才得以在坊牆上開門。因此平康坊南牆上，除坊門外只有三門，由東往西依次是李藥師府門、菩提寺山門、杜如晦府門。平康坊之西是務本坊，此坊沒有南門，南牆上只有二門，房玄齡府門與國子監南門。再往西則是興道坊，已在視線之外，無法看得真切了。

李世民邊瞻望邊點頭，對李藥師說道：「常人建造宅邸，總是力求宏偉，不達體制之限必不肯止。惟有吾兄，卻將門樓建得謙遜。朕先前聽聞，原本不解，如今一觀方才明白。城東地勢略高於城西，若盡體制所限而建……」他抬手遙指西方，笑道：「則吾兄府第的門樓，將高於國子監的門樓了。」

李藥師躬身謝道：「臣不敢！」

房玄齡宅、杜如晦宅都在李藥師宅西方，地勢略低。因此門樓雖盡體制所限而建，也不至高於國子監的門樓。

此時李世民進入府內，並不傳步輦，只聽李藥師之所薦，信步遊觀，還特意命李孝恭隨行。三人都不免想起十年之前，李藥師十畝宅方將建成，相與暢遊的往事。如今這百畝甲第雖然開發不及其半，卻已是舊宅的數倍。而三人的身分，更遠非昔日可比。然則此時，卻無法如當年那般隨興，或踏苔痕曲徑，或穿翠嶂洞門，或越白石小橋，或登八角高亭……不免略有惆悵之意。③

李藥師見狀，使一個眼色，薛孤吳便命人放出玉爪白鶻。但聞眾家賓客一陣喧譁，只見一尾白鶻由日邊劃空而來，瞬息卻又搏扶搖而上九霄，倏忽已至萬里之遙。長安城上渺遠的碧空，經牠橫飛而過，竟似乎有蕭蕭寒意，肅肅出乎天。

左右奉上護臂，李藥師戴上之後，便召玉爪下來。這白鶻雖然生性兀傲已極，卻至有靈性。見李藥師將牠帶到李世民跟前，便也不拒皇帝撫觸。李世民見這鶻鷹翎翮喙爪盡皆雪白，愛不忍釋。又聽說牠名喚玉爪，更加歡喜。

此時內侍上來提點時辰，他君臣便放開玉爪。李世民由李藥師前引，來到中堂。入座之後，即命隨行太常演奏新編的雅樂。李藥師呈上酒餚，他特意仿效當年之會，玉壺斟酒、金盤獻膾。酒，仍是劍南春；膾，則不用鯉魚，而改用鱖魚。只因「鯉」、「李」諧音，天家雖未禁食鯉魚，然而臣下以之獻上，畢竟有失恭謹。

酒餚之後移步高軒，再進茶食。薛孤吳率領馬隊，在軍樂伴奏之下，舞步向皇帝致敬。其後又進果點，一班勳貴子弟蹴鞠為戲，李世民親擊羯鼓助興。終席之後，皇帝頒行賞賜，隨即離席起駕。

然李世民並沒有直接回宮，而是前往李藥師宅西的菩提寺捻香。菩提寺是隋文帝開皇二年，大興城建成之後，首先修築的廟宇之一。如同其他佛寺，前庭也是東有鐘樓、西有鼓樓。李世民見此鐘樓、鼓樓並不高大，不致窺伺李藥師宅院，於是厚加賞賜，方才回宮。

皇帝離開之後，勳貴宰輔相繼告辭。或由李藥師親送，或由李客師代行。惟有袁天綱，直至傍晚，仍毫無請退之意。李客師知他有事要與李藥師聊談，便自先行回府。

李藥師領袁天綱進入書齋，崑崙奴奉上茗飲。當時和璧雖然仍在府中，但他已有正式官職，不合繼續執役。他已訓練出一批崑崙奴，服侍李藥師左右。崑崙奴只粗通言語，於中土文化浸淫甚淺，對外往來又頗單純。由他們日常隨侍，倒能省卻暗通消息的顧慮。

袁天綱率先開口：「令君哪……」邊說邊緩緩搖頭。

李藥師微笑道：「道兄可是對於今日結親之議，不盡認可？」

袁天綱仍然搖頭：「令君既知，卻又何必？」

李藥師收起笑顏，輕嘆一聲：「兒孫自有天命。這段姻緣並非我定，既是天命，何由我為？」

袁天綱也輕嘆一聲：「日前泓師雲遊至京，盛讚尊府門樓，曰居於此者，必能旺壯五世。④貧道今日來此，原欲為令君賀。」

李藥師拱手謝道：「多承金口！」

「不敢！」袁天綱說道：「誠如陛下所言，尊府門樓若盡體制所限而建，則將高於國子監門樓。而房相、杜相二府的門樓皆盡體制所限而建，實測或並未高於國子監，然因宅邸地勢略高，已與國子監形成競逐之氣。房、杜俱是文相，宅邸卻與國子監相扞格而不相倚持，只恐未能旺壯子嗣哪。」

李藥師只是緩緩點頭。

袁天綱輕嘆一聲，繼續說道：「杜相宅邸的地勢又略高於房相，競逐之氣，應驗之期，只怕更為緊迫啊。」

袁天綱之言，日後果真逐一應驗。杜如晦次子杜荷、房玄齡次子房遺愛皆尚公主，先後捲入謀反事件，遭到處決，且都牽累二人之兄杜構、房遺直。李藥師的爵位則依律傳承五世，其後這座府邸為李林甫所得。李林甫不但加高門樓，甚至西鄰菩提寺的鐘樓，都因憚其權勢而移到廟庭西側。爾後李林甫遭到籍沒，未嘗不可說是因果。⑤

此乃後話，且說當時。

平康坊府邸既成，陸澤生便來辭行。鍾鼎山林各有天性，他終究無意仕途，但願回歸故里，甚至皇帝也無法相強。貞觀年間編修《晉書》，一百三十二卷中，李世民僅為四篇紀傳親自撰寫史論。其中晉宣帝司馬懿、晉武帝司馬炎的歷史地位無庸贅言，其餘兩篇，一是王羲之，另一則是陸機、陸雲兄弟。李世民酷嗜二王行草，世所盡知。然他對於陸氏兄弟的重視，或與陸澤生不無干係。

劉世讓夫人也帶兩個兒子前來辭行。劉世讓得到平反之後，他們不必再以奴婢身分寄居李藥師府中，但也不願返回故里。只因當年劉世讓蒙冤受戮，他們遭到劉氏族人摒棄。這些年來，倒因為隨李藥師去到揚州，劉世讓的兩個兒子跟著陸澤生辦事，學了不少生計。於是此時，他們決定跟隨陸澤生前往南方。李藥師、出塵雖然十分不捨，卻只能深予祝福，並厚贈財資。

遷入嶄新府邸之後，李德謇、李德獎都有了屬於自己的院落。當年李藥師的十畝宅原是李世民所贈，此時便轉贈予薛孤吳。裴行儉本就只是暫時借住，他裴氏家大業大，早在長安增置了產業。當初只因不願與裴寂走得太近，方才應允李藥師之議，借住在他府上。此時裴寂已遭罷黜，奉敕返回故里，裴思諒便讓裴行儉遷入自家的宅第。

於是，這新居雖比舊宅大了將近十倍，府中人數卻少了許多。李藥師在新居中闢了別院，讓薛孤吳、蘇定方、薛萬徹等人隨時可以留宿，因為……

貞觀初期，朝中風氣崇尚簡素。而今李藥師卻設新居安宅之宴，李世民也御駕臨幸，盡歡半日。他君臣如此高調作態，無非是要讓消息傳至突厥，令頡利可汗以為大唐平滅梁師都後，已然心滿意足，多少減緩防禦之心。實則此時，大唐備戰並無一日鬆懈。

將近兩年之前，李藥師首度以閣員身分參與望日陛見，其後與李世民談及「機勢成熟，突厥可取」。當時李藥師曾說：「所謂『機勢成熟』，乃是賄間、招慰有成，弓刀悉備，士卒勁勇，地勢、天候有利於我軍。」如今賄間、招慰已有所成，當前之首要，在善備弓刀、精練士卒，以待地勢、天候之有利。

及至此時，軍器監造弓、鍛刀、製甲，太僕寺養馬，都在如火如荼地搶進。這些事務的進程，都須經常與李藥師參議。李藥師便以薛孤吳協調造弓，以蘇定方協調鍛刀，以薛萬徹協調訓馬。因此他們三人，都不時須在李藥師府中留宿。

也是將近兩年之前，首次顯德殿庭教射，李世民見到「弦墊」之後，就已下旨，讓薛孤吳參與庫部造弓等事。一張良弓的製造，動輒費時經年。

造弓須要「六材」，是為幹、角、筋、膠、絲、漆。弓的構造，則包括弓背、弓面、弓弦。弓背指射時面向目標的一面，又有三部分，兩側一對弓臂，中間一段弓弝，均為木製，即六材中的「幹」，好的幹材能讓箭射得遠。弓面指射時面向射者的一面，以獸角製成，即六材中的「角」，好的角材能讓箭飛得快。弓背貼上獸的腱筋，即六材中的「筋」，好的筋材能使弓有彈性，讓箭射得深。弓背、弓面以獸膠黏合，即六材中的「膠」，好的膠材能使兩者和合，讓射者容易控弦。「絲」用於製造弓弦，「漆」則修飾並保護弓的表面。

六材悉備之後，才有條件開始製造良弓。冬季斫幹、春季煮角、夏季治筋，至秋季，再以膠將前三者結合成弓，隨後上漆。待得隆冬冰凍之時，檢視弓體是否變形、髹漆是否剝裂。如果一切符合要求，來年春季便可安弦。弓臂末端安弦之處裝有弓弰，可以增強弓弦的蓄勢，並減低拉弦所須的力道。這次新造之弓，弓弰之側又加弦墊。這樣的製程，前後須時超過一年。[6]

而步兵與騎兵，所用的弓又不相同。步兵使用長弓，以射程為優先考量。騎兵則用角弓，因其較短，便於騎馬攜帶。為方便騎射，角弓的上弓臂長於下弓臂。凡此種種，李藥師只與薛孤吳討論，將需求繪成圖樣，交予庫部造弓。除非李世民動問，對外並不多做解說。

冷兵器時代的戰陣之間，遠程兵器首重弓弩，近戰則須長兵器。長兵器中以「矛」最早出現，商代已有，最初只是將兩頭削成銳利的長木杆，其後才在木杆一頭綁上鋒利的金屬。漢代中期出現「槍」與「槊」，後者因為適合騎兵使用，亦稱「馬槊」。南北朝至隋、唐之間，「矛」與「槍」的名稱已逐漸混用，不做區隔。

此時李藥師讓蘇定方協調鍛造的，則是一種全新的特殊長兵器，稱為「陌刀」。此前的長兵器，包括矛、槍、槊、戈、戟、鈹等，金屬部分大抵形如短劍，既不長也不寬，使用時著重擊、刺，而非劈、砍。這次新造的陌刀，則同時適合擊、刺、劈、砍。

四年之前，在剿滅輔公祏的戰事中，李藥師曾經見到闞稜⑦使用一柄長約一丈的兩刃刀，這種長兵器殺傷力極強。闞稜來自齊州，當地後來曾為竇建德、劉黑闥所據，於是李藥師詢問蘇定方，是否知道這種武器？果然，蘇定方對此並不陌生，他曾在軍中遇到幾位來自高句麗的同僚，也使用類似的長兵器。這種剽悍利器與矛、槍之類長兵器的差別在於，其金屬刀頭特別長，足占全長之半，一丈長的陌刀，刀長五尺、杆長五尺。兩側開刃如劍，而其寬度若刀，故稱「陌刀」。

陌刀雖然殺傷力極強，但也有不少缺點。首先，鍛造費工費料，極為昂貴。其次，使用之人必須魁偉雄健，比如闞稜就以魁偉著稱，高句麗民族也多雄健。而且，使用之人須要經過嚴格訓練。⑧

於是此時，李藥師不僅以蘇定方協調鍛造陌刀，更讓他將所帶來的兄弟組建成陌刀隊。如同七年之前，李藥師以經過特殊訓練的特種水軍部隊擊潰蕭銑，現在他要組建特種騎兵部隊，加以特殊訓練，以期擊潰頡利。

無論步兵、騎兵，都得仰賴馬匹。步兵至少一人一騎，騎兵則至少一人二騎。貞觀初期，可供繁衍的母馬數量嚴重不足，全國「鳩括殘燼，僅得牝牡三千」。幸好當時，太僕寺有位少卿張萬歲，他是中國歷史上最為傑出的養馬專家。

十餘年前，李藥師任職馬邑郡丞時，張萬歲也在馬邑。當時他追隨劉武周，斬殺馬邑太守王仁恭。劉武周敗亡之後，張萬歲與尉遲敬德、尋相等一同入唐，起初並未得到重用。李世民登基之後，以他為太僕少卿，負責廄牧、典廄、典牧，以及各地監牧。在他治理之下，從貞觀初年至唐高宗麟德年間，短短四十餘年，便讓可用之馬從七千匹激增到七十萬六千匹！李世民用人惟才，在在可見一斑。

張萬歲進入太僕寺，不到兩年時間，已將可用之馬從七千匹繁育為三萬匹。料想再過一年，當可增至六萬匹。不過馬匹中的多數，只能用為馱馬、挽馬、乘馬，惟有最為精良的駒駿，才可用為戰馬。而戰馬，不但須要訓練，更得與騎士經由互動相處，形成穩定情誼，方能在戰事中發揮最佳功效。這協調選馬、馴馬方面的工作，李藥師交予薛萬徹負責。

至於甲冑，屈原《九歌．國殤》：「操吳戈兮被犀甲，車錯轂兮短兵接。」早在春秋戰國時期，已有犀牛皮製成的玄犀甲與朱犀甲。漢代則有玄甲，南北朝至隋唐又有黑光鎧。李世民為討竇建德、王世充而創建的特種部隊，也以玄甲名傳後世。古代無論皮製或鐵製的甲冑，大抵皆呈玄色或朱色，這是因為「髹漆」。

《韓非子．十過》：「堯禪天下，虞舜受之，作為食器……流漆墨其上……禹作為祭器，墨染其外，而朱畫其內。」早在三代之前，華夏髹漆技術就已十分成熟。除用於食器、祭器、家具、樂器等木胎器皿之外，也將甲冑層層髹漆，如此更能防禦敵方兵器的砍刺。

漆樹自古遍布黃河流域、長江流域、珠江流域。然而突厥所領的地區卻不生長，無法製作髹漆甲冑。因此相對於突厥，中土的甲冑具有莫大的優勢。不過玄甲造價過高，只能留給少數精銳。李藥師計畫讓蘇定方的陌刀隊使用，甚至為戰馬也配備相應的具裝馬鎧。這方面的協調工作，他則交由和璧負責。

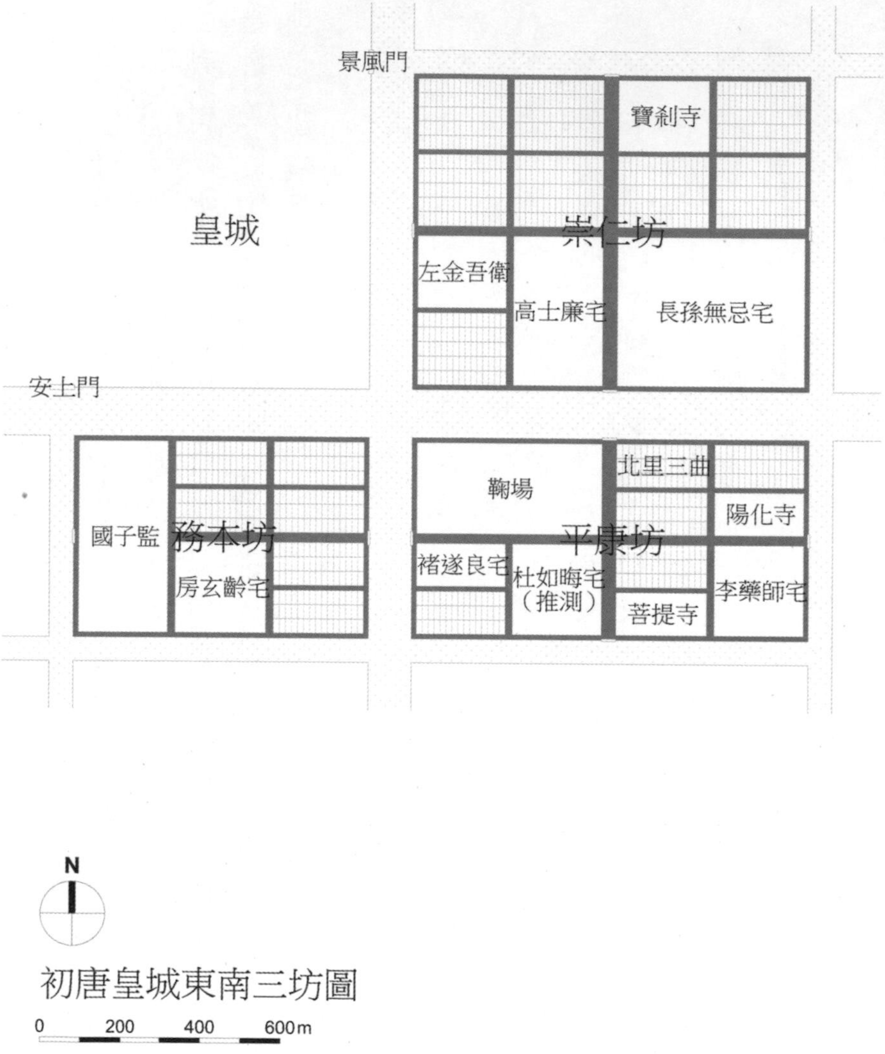
景風門
寶刹寺
皇城
崇仁坊
左金吾衛
高士廉宅
長孫無忌宅
安上門
北里三曲
鞠場
陽化寺
國子監
務本坊
平康坊
褚遂良宅
杜如晦宅
（推測）
房玄齡宅
菩提寺
李藥師宅
N
0
200
400
600m

初唐皇城東南三坊圖

第五十六回　玄奘度關

貞觀二年九月，突厥再度寇邊。朝中畢竟並非人人知曉，李藥師這位「關內道行軍大總管」，究竟計畫如何「以備薛延陀」？於是便有輔臣建議修繕古長城，以作為防禦。

長城的修築，始於春秋戰國時期。《詩經．小雅．出車》記載：「天子命我，城彼朔方。赫赫南仲，玁狁於襄。」當時的長城，除用於抵禦遊牧民族入侵之外，也用於各國彼此互防。秦代、漢代為強化邊防，也均修築長城。

李世民的視野，則遠不僅止於防禦。年初他曾與李藥師在宜秋宮中作米盤推演，李藥師綜論突厥諸部與諸胡之後，便即暢言夏之「天下」、商之「天下」、周之「天下」，以至秦、漢之「天下」。當時李世民曾嘆，突厥以「聖人可汗」之號上隋文，自己豈能瞠乎其後！

於是此時，矢志揚旗北指的大唐天子對群臣說道：「突厥災異頻仍，天象示警。頡利卻不知所畏怯，反躬自省，敬天修德，依然暴虐無度，以至於骨肉相攻。他的敗亡，已在旦夕之間。如

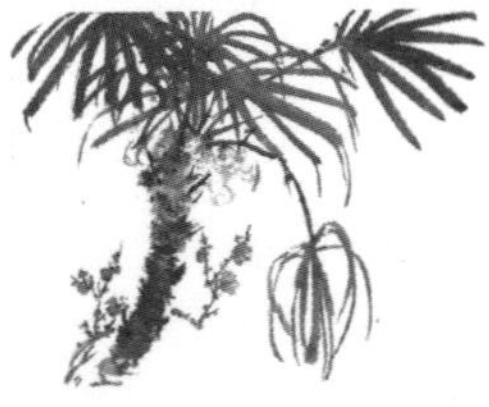

今朕正有意為我大唐掃清沙漠，哪須勞民傷財，遠赴北境修築障塞！」自此而後，有唐一代便不再有修繕長城之議。

時序進入貞觀三年。這年二月，皇帝以房玄齡為尚書左僕射，以杜如晦為尚書右僕射，並將李藥師由刑部尚書遷為兵部尚書①。又以魏徵為祕書監，參豫朝政，加上王珪守侍中，李藥師檢校中書令，「貞觀之治」的執政團隊，正式上位。

在李世民心目中，宰相班底其實有明顯的排序，依次為房玄齡、杜如晦、李藥師、王珪、溫彥博、戴胄、魏徵等。只因魏徵在後世的名聲太盛，以致讓人容易忽視，在他之前尚有多位貞觀賢相。比如戴胄，他和魏徵同樣經常犯顏直諫。此時戴胄雖然尚未參豫朝政，但先前他任正四品上的尚書左丞時，魏徵任正四品下的尚書右丞。如今戴胄升任正三品的戶部尚書，魏徵則升任從三品的祕書監。魏徵的仕途並非一蹴而躋，他也是在貞觀體制之下，按部就班循序漸進。

然而這次調整執政團隊，另有更重要的原由，只因李世民必須將李藥師調任兵部尚書。前此杜如晦任兵部尚書，他雖並不擅長行軍作戰，但對於軍政後勤等方面的工作，執行能力綽綽有餘。與他同時，李藥師任刑部尚書，負責安排情報人員出關，混入突厥體系等工作，都與杜如晦協力同心。此時先前的任務已經蔚然有成，接下來，李世民準備投入軍事力量，戮力經略突厥。這個工作，除備戰之外，更須繼續遙控情報人員。而這兩方面，李世民都只信任李藥師。因此，他必須將排序在李藥師之前的房玄齡與杜如晦，提升一個層級。

這日早朝之後，皇帝又將李藥師留下，再度討論備戰突厥等事。告一段落之後，李藥師躬身說道：「臣另有一事，欲請恩旨。」

李世民含笑說道：「吾兄從來不請恩旨，今日此事必是大事！」

李藥師長揖謝道：「臣不敢！」

原來……四年之前，李藥師曾在揚州見到玄奘。②當時玄奘已表示有意遠赴西天，求取佛法典，嗣後其志更堅。貞觀元年，玄奘來到長安之後，便求見蕭瑀，請求出關。蕭瑀不但崇信佛法，且是當時的尚書左僕射。玄奘前去見他，可謂深得其人。然而……

楊堅、楊廣、李淵都不喜僧、道，認為他們不事生產，出家只為逃避賦役。因此不但對於出家的條件限制嚴苛，而且出家之後的駐錫之所，皆由官方造冊註記，不得私自遷徙。武德七年，玄奘欲由益州大慈寺前赴荊州天皇寺說法，卻未請獲允准，只得私自出行。因此他來到長安之後，向刑部司門司申請出關，受到前科影響而未能如願。其後他向蕭瑀求助，蕭瑀也曾向李世民請求恩旨，但是未得允准。

年前玄奘也曾來向李藥師求助，不過當時李藥師身為刑部尚書，不好自己破例。如今他轉為兵部尚書，便將此事當成兵部公事處遇。他知李世民已聽蕭瑀陳述玄奘意欲西行求法等事，於是只將玄奘的人品志節，擇要加以強調。隨後說道：「武德七年，玄奘未經允准，私自由益州大慈寺前赴荊州天皇寺。有此前例，臣供職刑部之時，依律不得予他度關過所。」「過所」相當於今日的護照。

李世民只緩緩頷首，示意繼續。

李藥師微微躬身，繼續說道：「年前汰除冗官之後，頗曾有人並未請得過所，便私自度關，前往北地。當時玄奘若有私度之念，當能成行。然他並未循此途徑，便知其心昭昭，天日可表。」

他見李世民依然只是緩緩頷首，沒有接口，於是再度繼續：「如今我朝不以閉關自守為意，而將放眼西域。臣以為經略西域，必先明晰當地地理民風。玄奘若由長安出發，前赴天竺，途中佈道講經，非但深入接觸各國地方士庶，而且出家人徒步苦行，恰可以計步數而推里程……」

李藥師一語未畢，已被李世民朗笑打斷：「好一個『計步數而推里程』！如此，但凡玄奘行經之地，皆可以繪製成地圖，可是？」

李藥師躬身稱是。

此時皇帝凝視眼前這位「吾兄」：「藥師，兩年之前時文也曾對朕提及此事。可他只知講論玄奘西行對於佛法有大助益，並未能夠議及宏圖國是，讓朕無法允准。如今朕若准你之議，只怕難杜悠悠之口哪！」「時文」是蕭瑀的字。

李藥師笑道：「臣不敢請陛下准臣之議，但請允准玄奘度關。」

李世民笑出聲來：「吾兄這是讓朕准你便宜行事呵！」他略一尋思，便即點頭：「甚好！甚好！如此安排，玄奘便非由官方所遣，不致讓外邦生出戒心。」他抬手一揮：「朕准了。」

李藥師長揖至地：「臣代玄奘拜謝陛下恩旨！」言罷便欲告退。

「且慢！」李世民哪能忍得住好奇？問道：「不知吾兄打算讓他如何度關？」

李藥師微微一笑：「如今李大亮為涼州都督，玉門關在他轄下。臣的二子與他的二子久未相敘，意欲前往瓜州，一同出關狩獵。」

「出關狩獵！」李世民眼神瞬時閃起光亮，迅即卻又黯淡下來：「如今朕即便有意狩獵，也不得如願哪！」

李藥師私心裡對於眼前這位「虬鬚龍子」雖然難免疼惜，但是當著他面，仍然謹守人臣之禮：「陛下善重龍體，實乃社稷之福！」

且說……

李德謇、李德獎得知可以出關狩獵，興奮不已。然則他們此行，奉有聖諭父命，要將玄奘蒙混送出玉門關。

既是狩獵，自然要帶玉爪白鶻同行。此外，六年前在桂州所得的金絲小猴、華南幼虎，雖然曾隨他們兄弟前赴揚州、靈州，此刻卻並未在身邊。只因小猴、幼虎都已成長，而先前的長安宅邸不過十畝，又位於帝都繁華之域，不宜豢養野生動物。金絲猴原本隨在薛孤吳身邊，其後他為殿庭教射而匆匆進京，便將金絲猴與三隻華南虎一同留在靈州，託李道宗關照，由數名通曉虎性的崑崙奴調教飼養。③

此時張寶相、席君買都在靈州，他們與薛孤吳聽說出玉門關狩獵之行，人人心癢難搔。無奈李藥師不允准，他三人也只得作罷。李道宗就不同了，他是當今天子的族弟，少年時期便隨李世民討劉武周、平竇建德、滅王世充，一直是皇帝最為親近的皇族成員之一。何況李世民非常清楚，李德謇、李德獎此行，隨行人員愈龐雜，愈容易讓玄奘蒙混度關。於是李道宗上書請旨，輕易便得到允准。

此行李道宗不但臂鷹攜犬，還帶上金絲猴與華南虎，並有數名崑崙奴隨行。他們從靈州南下，至雄州轉向西行，前往涼州。李德謇、李德獎、玄奘一行則由長安西行，經過秦州、蘭州，抵達涼州，與李道宗會合。

當時李大亮任涼州都督，甘州、肅州、瓜州、沙州都在其轄下。其中涼州、甘州、肅州、沙州即是漢代的河西四郡，依次為今日甘肅的武威、張掖、酒泉、敦煌。瓜州則是今日的甘肅瓜州，玉門關即在此地，這裡是出入西境的襟喉。

李德謇、李德獎與李大亮之子李守一、李奉一重聚，無比興奮。李道宗與李大亮之子雖不相識，但彼此都是二十上下的青年，其中又以他年歲居長，很快便熟稔起來。然而李道宗畢竟是靈州大都督，又是郡王，於是李大亮親自排宴款待。一時廳堂之上絲竹雜陳，鼓樂齊鳴；觥籌交錯，滿座盡歡。都督府另為隨行人等在外廂設置筵席，眾人也都興致高張，熱鬧非凡。

此行玄奘④⑤混在李德謇、李德獎的親隨衛隊中，他常年勤於行腳，膚色、體能都與武人無異。何況當時出家人剃度之後並不燒燙戒疤，因此縱使不戴巾冠，也沒有暴露身分之虞。不過出家人戒葷戒酒，玄奘自己雖無所求，然在筵宴之際，他杵在歡歌暢飲的眾人之間，卻不免有損大夥興致。於是他自請隨至廳堂服侍，李德謇便答應了。

席上李大亮將李道宗延至上座，又請李德謇、李德獎兩側相陪，自己則居於主位。酒過三巡，李大亮告罪離席，於是李奉一、李守一得以入座。此時席上全是年輕人，或仗劍謳歌，或踏鼓闊論，委實豪情干雲，逸興遄飛。

詎料此時，外間急報御史駕臨。這位御史不待延請，直趨堂上。但見一群年輕後生酒酣耳熱，餚核狼籍，登時面現不豫之色，指名要李大亮來見。

唐代的御史臺是中央政府的監察機構，在御史大夫、御史中丞之下，設有六名侍御史，掌風聞奏事，糾舉百寮。李世民登基之後，特別重視官箴，更耳提面命，要求眾臣「不惜苦諫，以輔朕之不逮」，於是御史的實質權限大幅提升。這位御史的品秩雖然只是從六品下，李大亮卻不敢怠慢，趕緊出來接待。

筵宴雖不違法，但被御史撞見，畢竟有些尷尬。何況還是一群年輕人，夸踞中堂謳歌闊論。那御史氣勢洶洶，沉聲說道：「堂堂涼州都督府上大堂，豈可毫無章法，任由一群後生喧譁？」

李大亮不亢不卑，微笑說道：「大人且請息怒！這裡並非涼州官衙大堂，而是下官內邸中堂。在此宴飲，並無不妥。」

那御史卻仍聲色俱厲：「若是大人在此宴飲，自無不妥。然而眼下，席上並無大人。」御史如此咄咄逼人，李大亮不便駁斥，李道宗卻已心生不滿。他對隨侍在側的崑崙奴使了一個眼色，這名崑崙奴名喚馬里庫多，當即領命退下。

李道宗則對御史說道：「御史大人，本爵任城王李道宗，在涼州都督席上宴飲，不知是否有違法紀？」

那御史沒有料到竟有郡王在座，先是一怔，躬身行禮：「見過王爺！」旋即恢復逼人語氣，對李大亮說道：「本史今日前來，另有要事。日前京都莊嚴寺走失一名僧人，名喚玄奘。他早有意西行，欲闖度玉門關，不知李都督可曾聽聞？」

李大亮故作驚駭之態：「闖度玉門關！下官職責所在，若是由他度關，可是失職！多承御史提點，大亮無任感念！」

那御史「哼」了一聲：「可如今李都督府上人馬雜沓，怎知那玄奘並未混在其中？」

李大亮尚未回答，一旁李道宗早已聽不下去了。他起身上前，沉聲說道：「大人所謂『雜沓』人馬，皆隨本爵由靈州前來，怎能混有京都莊嚴寺僧人？」

他隨即喝道：「來人！」此時只見三隻華南虎在馬里庫多導引之下，迆迆進入堂上。

那御史大驚！

李道宗哂然笑道：「御史大人想必亦曾聽聞摩訶薩埵太子『捨身飼猛獸』之事？倘若真有佛子在此，當效七地大菩薩之悲心，不會吝惜一己之皮囊。如此，則縱有猛獸當前，亦不至於為難大人。大人何驚之有！」為避李淵祖父李虎之諱，有唐一代皆稱虎為「猛獸」。

馬里庫多聽得此言，便特意讓三隻華南虎步向那御史近前。

御史邊閃躲邊說道：「好說！好說！顯見那玄奘並未在此處，本史告辭便是。」

李大亮則不願開罪於那御史，親自將他送出。豈料一出中堂，玉爪白鶻似是有意，朝那御史直衝過來，驚得他閃躲不及。金絲猴也在一旁咧嘴嬉鬧，學那御史閃躲走避的狀貌，似是嘲笑其人窘態。

御史益發慍怒。

玉爪先前早已搏扶搖而直上，此時卻又出於九霄，騰乎雲氣，翩翩駐落在李大亮飼養猛禽的架上，驚得其餘鷹隼一陣騷動。

那御史心念一動，對李大亮說道：「李都督，本史見你所飼這許多猛禽中，就屬這白鷹最是雄健，如此名禽，豈可不獻予陛下？」

鷹飛翔時，前臂與翅尖線條和緩；鶻⑥飛翔時，兩者之間的翼角則甚明顯。而這御史，竟然鷹、鶻不分。李大亮心中暗笑，口中卻只說道：「大人所見甚是！感謝賜教，大亮這就上表獻鷹。」

那御史離開之後，李大亮當真上表。不過表奏所言並非獻鷹，而是：「陛下久絕畋獵，而使者求鷹。若是陛下之意，深乖昔旨；如其自擅，便是使非其人。」

李世民見到表奏，也自搖頭。他怎會不明御史所求之「鷹」，乃是何人所有？於是下了一端詔書給李大亮，後世稱為〈賜涼州都督李大亮詔〉：

以卿兼資文武，誌懷貞確，故委藩牧，當茲重寄。比在州鎮，聲績遠彰，念此忠勤，無忘寤寐。使遣獻鷹，遂不曲順，論今引古，遠獻直言，披露腹心，非常懇到，覽用嘉歎，不能已已。有臣若此，朕復何憂，宜守此誠，始終若一。《詩》云：「靖共爾位，好是正直。神之聽之，介爾景福。」古人稱一言之得，侔於千金。卿之此言，深足貴矣。今賜卿金壺瓶金碗各一枚，雖無千鎰之得。是朕自用之物。

其中所引「靖共爾位，好是正直。神之聽之，介爾景福」之句，御史若是見到，當不明瞭意何所指。

此乃後話，且說當時。

那御史離開之後，李大亮問李德謇：「此行出關狩獵，你們打算何時回來？」

李德謇恭謹回道：「家父有命，三月底前回到長安。」

李大亮點頭道：「甚好！」他與李道宗對望一眼，對李德謇、李德獎說道：「令君既有交代，你們就別誤了行期。」

李德謇、李德獎一同躬身答道：「是。侄等必不敢有誤行期。」

李大亮點點頭，又對李奉一、李守一說道：「你二人可聽到了，三月下旬之前回來，不要誤了兩位李公子的行期。」

李守一、李奉一一同躬身答道：「是。孩兒必不敢有誤行期。」

在場一眾人中，只有李大亮、李道宗明白，此次出關狩獵，為何李藥師不允許張寶相、席君買、薛孤吳同行，還要求李德謇、李德獎必須在三月底前回到長安。

眾人商議行程。此時已入二月下旬，若要在不到四十天內，由涼州出玉門關，然後返回長安，時間非常緊迫。這次李道宗帶金絲猴、華南虎南行，目的是將牠們交還予李藥師。若攜牠們狩獵，非但沒有助益，反倒影響行進速度。於是李道宗命馬里庫多等人，先行將金絲猴、華南虎送入長安。

第五十七回　瀚海河西

李德謇、李德獎、玄奘一行原本有二十餘人，如今加上李道宗一行，李守一、李奉一一行，合計足有五、六十人。他們浩浩蕩蕩，駁駁雜雜，一同出了涼州府衙，往西前行。

這五位同宗的年輕人只知要送玄奘度關，並不知他身負「計步數而推里程」的任務。玄奘的初衷雖是徒步苦行，但由涼州經甘州、肅州，至瓜州出玉門關，若是步行，單程便須二十餘日。回程縱使策馬疾馳，也須十餘日方能抵達長安。而這只是途中，尚未計入「出關狩獵」的時程。他想玉門關之內，各地里程早已熟知，並不須他再行計步。於是姑且應允這群王孫公子，與他們一同以馬代步。

一群年輕人大喜。他們雖有要務在身，但這「要務」名義上是出關狩獵。幾位好友難得相聚，怎肯將這大好機緣，全然用於趕路？於是商議之下，決定先往大馬營一行。

漢代霍去病擊敗匈奴之後，河西走廊歸入華夏版圖。這帶地區有多座西北、東南走向的山脈，其間形成狹長平原，如同走廊，故名。河西走廊中段西南側，祁連山與焉支山之間，地勢平坦水草豐美，艮古以來便是羌、月氏、匈奴等部族馴養良馬的草場。其地又產紅花，可製染料與胭脂。因此匈奴戰敗，失去這帶草原，哀戚而歌：

亡我祁連山，使我六畜不蕃息

失我焉支山，使我婦女無顏色

霍去病取得河西走廊之後，以這片草原為基礎，始創軍馬場，是為「大馬營」。其後直到現代，這裡仍是繁育、馴養軍馬的基地，山丹軍馬場更是目前全世界歷史最久、面積最大的軍馬場。由漢至唐，這帶地區能夠出現名震天下的「隴西鐵騎」，就因為具有大馬營的良馬。當時太僕少卿張萬歲繁育馬匹，也以大馬營為根據地。

由涼州直至瓜州、沙州，整個河西走廊都在李大亮轄下。因此李守一、李奉一的隨從中，自有精熟地理的嚮導，帶領他們前行。眾人一路攀山越嶺、涉水度澗，三日之後，來到一處天然石埡。遠望似乎山窮水盡，再無道途，未料爬上埡口，眼前竟出現大片草原。這裡今日稱為「祁連山草原」，名列「中國最美六大草原」之一，而當時，其餘五大草原都尚未括入大唐版圖。

過此埡口，往前便是一帶緩降草坡。時值仲春之末，山中觸眼仍大抵是一片枯黃，其中僅冒出點點嫩綠，間有三五成群的牛羊，直綿延至渺遠。兩側則是橫看成嶺側成峰的巍峨大山，矗立在萬年冰封的銀妝素裹之中。

張萬歲已親自在此等候。畢竟他們一行，李道宗是靈州大都督，李德謇、李德獎是兵部尚書關內道行軍大總管的公子，李守一、李奉一則是涼州都督的公子。他們此行，想來必有兵機要務，更不要說，還奉有出關狩獵的聖諭。

張萬歲倬是一代人物，可不似先前那位御史一般眼拙。他依禮接待這幾位王孫公子，不多問也不聒絮。李道宗表明來意，要尋幾匹上好的乘馬與馱馬。他五人雖有各自的寶駒，但隨行人眾的馬匹不夠精良，難免耽擱行程。只消他們要的不是戰馬，張萬歲便毫無懸念，一切應允，更讓他們在往返玉門關途中，可到驛站更換馬匹。

他們一行隨張萬歲前往馬場。先來至山巒高處，但見一望無際的谷地，遍野皆是青綠，靜謐地徜徉在兩側大山之間，完全不似他們原先預想，以為可以見到萬馬奔騰氣勢磅礴恢弘大器震撼乾坤。

張萬歲見這幾位王孫公子眼神中明顯透出疑惑，當即笑道：「所謂『牧馬』，每年春、秋兩季須得『轉場』。仲春由谷中轉移到高坡處放牧，仲秋再轉回到谷中過冬，如此牧草才有機會生長。旬日之前方才轉場，因此谷中無馬，牧草也才開始萌芽。」

眾人紛紛點頭。李道宗則問道：「這牧草，可是博望侯通西域，為飼養天馬而帶回來的苜蓿？」「博望侯」指張騫。

張萬歲笑道：「是，苜蓿實乃牧馬雋品。高陽太守有言：『長宜飼馬，馬尤嗜。此物長生，種者一勞永逸。』」「高陽太守」指北魏時期《齊民要術》的作者賈思勰。

張萬歲見他五人聞言之後，各自若有所思，便知他們想著《齊民要術．種苜蓿》中所言：「春初既中生噉，為羹甚香。」於是笑道：「如今雖已是仲春之末，然若想摘幾葉嫩苜蓿和羹，倒還是有的。」

他五人聞言大樂。李道宗拊掌笑道：「閣下真不愧是當今的金日磾、卜式！」①

張萬歲躬身笑道：「不敢承殿下謬讚。」

他們一行隨張萬歲前行個把時辰，方才來到高坡馬場。張萬歲已著人備妥苜蓿羹，搭配簡單麵餅，讓這幾位王孫公子嘗鮮。他久經官場，知道這些出身貴冑的年輕人慣見甘旨膏腴，珍饈美饌並不容易討好，山家清供反倒能邀青睞。

其後來到馬廄，這裡有無數良馬。張萬歲知他五人俱皆熟讀《齊民要術》，於是帶領他們邊瀏覽馬匹，邊引書中之言，讓他們由實物中明白甚麼是「頭為王，欲得方」；甚麼是「目為丞相，欲得光」；甚麼是「脊為將軍，欲得強」；甚麼是「腹脅為城郭，欲得張」；甚麼是「四下為令，欲得長」。同時明白甚麼是「三羸」，甚麼是「五駑」。

他五人雖然自幼嫻習騎術，然而慣常所見全是良駒。此時聽張萬歲月旦眾馬，尤其「三羸」、「五駑」之論，著實有趣。不過這裡可用的馬匹太多，他們也不知該當如何擇取。於是便聽張萬歲之議，選了足夠的乘馬與馱馬。

除此之外，李道宗還為玄奘要求一匹曾經往來瓜州、伊吾之間的識途老馬，這可讓張萬歲為難了。大馬營是繁育馬匹的馬場，育成幼駒之後，擇其優者遷至關中，再經調教訓練，供應朝廷之需。已堪使用的馬匹不會再回到大馬營，更不要說歷經風霜的老馬了。不過張萬歲自有管道，可以取得這樣的馬匹，於是應允待他們抵達瓜州之後，便著人交付一匹識途老馬。

次日一早，一行人離開大馬營，繼續西行。再次日便抵達甘州，此地漢代、今日均稱張掖。隨行的那位嚮導對幾人說道：「甘州城西有黑水，亦稱弱水，相傳『其力不能勝舟』，卻也未必盡然。」

李道宗笑道：「的是。突厥未嫻造船之術，只將河水視為弱水，以為『其力不能勝舟』。」他轉頭對李德謇、李德獎說道：「大總管則著人在靈州造船，阻擋突厥渡河，以切斷梁師都外援；又擁關中軍備為其後盾，我軍方能順利取得夏州。」這裡「大總管」指李藥師，李道宗語氣中滿溢對於他的欽佩與景仰。

李德謇趕緊謙謝：「小弟代家父謝過殿下謬讚！」他繼續說道：「然《山海經・海內西經》有言：『海內昆侖之虛……洋水、黑水出西北隅……弱水、青水出西南隅……』似言黑水、弱水未必是同一條水？」

此言一出，這群年輕人登時興奮起來，競掉書袋。

「《史記・夏本紀》曰：『黑水西河惟雍州，弱水既西，涇屬渭汭。』」

「《水經》云：『弱水出張掖刪丹縣西北，至酒泉會水縣入合黎山腹』。」

「《史記・夏本紀》又曰：『道九川，弱水至於合黎，餘波入于流沙。道黑水，至于三危，入于南海。』」

「鄭氏引《地理志》曰：『弱水出張掖。』」「鄭氏」指鄭玄。

「《淮南子》則云：『弱水源出窮石山。』」

凡此種種，不一而足。還不時問那嚮導，究竟誰說得有理？那嚮導頻頻又擺手又搖頭：「諸位盡皆滿腹經綸，哪是小人所能企及？」

這嚮導書讀得雖然不多，卻甚有社會歷練，知道若再任由這群年輕人繼續掉書袋，遲早要起爭執。於是他話鋒一轉：「小人雖不清楚黑水、弱水之源，卻知道甘州城西這條水，近日恰有魚汛。」

「魚汛！」一群年輕人更興奮了：「今日可有？」

那嚮導笑道：「白天肯定是沒有的。至於今夜是否能有？」他略為沉吟：「雖不確定，但若想過去看看，亦無不可。」

五個年輕人同聲歡呼，毫無異議，準備前往水邊宿營。

只聽那嚮導又笑道：「每年秋冬候鳥南飛，都在此地暫駐。春夏北返，又來此地停歇。待咱們從玉門關回來，或能見到成千上萬的候鳥遷徙哩。」

五個年輕人再度同聲歡呼，決定當天便在水邊紮營。這條水，無論稱為黑水或是弱水，源出於崑崙山，往北流出祁連山後，隨著山勢漸緩，在河西走廊的平原中流淌，形成多片綠洲。其中第一片便是甘州，水流所經，頗有幾處濕地與湖泊。那嚮導尋了最大的一處湖泊，讓各家隨從在靠近河流入湖之處紮營，說是魚汛若來，溯流產卵，將會在這湖泊河流交匯之處爭湧，最有可觀之處。

趁著尚有天光，那嚮導又帶眾人前往坡邊、水湄摘採野菜。其他人倒還罷了，惟有李德獎最是興奮。值此仲春下旬，遍地皆有野菜萌芽。他隨甄權、孫思邈習醫已有一段時日，只見這些野菜，頗有一些是可以入藥的時鮮。

比如他們日前才嘗過的苜蓿，草芽清嫩可食，且有益利五臟、輕身健人之效。又比如薺菜，非但甘芳鮮美，更有利肝和中、明目益胃之功。還有蕨菜之鮮、胡荽之香、酸莧之酸②、苦菜之苦、椒芽之辛……真可謂是三甘皆備，五味俱全。

又有各色春菌地衣。那嚮導十分謹慎，不讓他們碰觸，只自己偶或擷取一二，輕手放入腰間小籃中。李德獎探頭看時，只見其中竟有幾枚珍貴的羊肚菌，不免嘖嘖稱奇。

非但地面有野菜，樹上也有春鮮。比如楤木，其樹多刺而無枝，山人謂之「鵲不踏」。其樹頂部叢生葉芽，鮮嫩可折，爽脆適口。又比如槐樹、柳樹、胡桃樹，此時正值著花季節，槐花、柳葚、胡桃紐皆是甘芳時鮮。還有榆錢、松樹葉尖、柏樹葉尖……在在皆是觸手可擷的美食。③然而河西不生椿樹，因此在中土綽有「開春第一鮮」之譽的香椿嫩芽，卻不見於此地。

夕陽黃昏之際，一行人在水岸生起篝火，一則煮水，一則取暖。各色野菜雖可當成「春日春盤細生菜」，捲餅而食，然樹芽、花序、葉尖等等，則須經過爨燙，方才適合供食。不過篝火之旁，只有他們五位王孫公子興奮大嚼，玄奘以及隨行人眾，卻只在一旁圍觀。蓋因野菜樹芽，皆是庶民在饑荒時節聊以果腹之微物，只有這些出身世家大族的簪纓貴胄，才會將之視為難得的美食。

那嚮導則在岸旁尋了幾塊石頭，自顧研磨。李德獎過去看時，不覺驚喜，興奮叫道：「這是戎鹽？」引得大夥兒都聚過來。

古代將西境外族稱為「西戎」，當地自鹽澤中提取的食鹽，稱為「戎鹽」。因含有不同的礦物質，形成顏色美麗的結晶。李德獎能夠識得，因其也可入藥，有卻血益氣、明目固齒之功。

「戎鹽」是西境所產結晶食鹽的泛稱，那嚮導手中這幾塊，則是羌族所製，細分則稱「羌鹽」。不過他有先前「黑水」、「弱水」的經驗，此時不再多作介紹，只點頭說道：「是。公子所見極是，此物正是戎鹽。」

李守一以手指沾了些許鹽末，入口略嘗，問那嚮導：「適才怎不取來，讓我們就野菜而食？」那嚮導笑道：「大公子，小的身邊就這幾塊戎鹽，現在磨碎了，耽會兒好就魚鮮哪。」眾人方才罷了。

此時天色已然全黑，除玄奘外，沒有一人肯安分就寢。只見漫天星斗，閃爍夜空。李奉一取出一支羌笛，吹將起來。

及至午夜時分，下弦月④才由東方緩緩升起。那嚮導請五人各攜水盆，涉水來至河流入湖之處，噤聲靜候。

銀色月光掩映的湖面原本一平如鏡，待不多時，先是遠方水花揚潑，細碎的浪聲由遠而近，原來魚汛已至。那嚮導示意眾人繼續噤聲靜候，猶如埋伏俟敵。轉瞬之間，開闊的湖面出現一整片鰭鱗激濺出的粼光濤音，霎時眾人周身全是魚群，隨手一舀，就可以舀上整盆整盆滿抱魚卵的魚鮮。

但見月色之下湖水之中，魚群蜂擁人眾歡騰，滿盆滿盆的魚鮮，絡繹送來篝火之側。數量委實太多，也不及逐一剖腹刮鱗，只將魚身裹滿碎鹽，便以細杆串起，圍著篝火，在沙地上插成一圈。原來這位嚮導，稍早已著人取來未上箭鏃、箭羽的箭杆，用於串燒魚鮮。

待得五位王孫公子換上一身乾爽，尚未來到篝火之旁，燒烤魚鮮的香腴，早已飄入營帳。他們先後趕過來，眾隨從取了魚串，首先奉予李道宗。

李道宗正要入口，那嚮導連忙制止：「殿下請稍待！」他快步上前：「這魚沒有經過剖腹刮鱗，還裹滿戎鹽，若是直接入口，只怕全是苦味。」他邊說邊剝開一尾魚腹，指著其中魚卵說道：「這魚如此燒烤，只有魚卵可口。」

李道宗看時，但見那魚腹中的卵囊十分飽滿。取出一嘗，連聲喊道：「你們快嘗，這滋味也太美了！」

眾人嘗時，果然鮮美無方，紛紛笑道：「佐酒尤其難得！」

那嚮導又取來燒烤的羊肚菌，請五人品嘗。其鮮美甘芳腴潤，讓李德謇連聲大讚：「實乃天下珍味啊！」

不過羊肚菌甚少，尚不夠他五人淺嘗，隨行人眾只能聞香。幸而美酒倒是豐足，眾人就著或盈或罄的缾罍，拍擊詠讚。所謂「擊缶而歌」，「缶」原是盛酒漿的瓦器。《舊唐書．音樂志》記載：「缶……古西戎之樂，秦俗應而用之。」於此古西戎之域，擊此古西戎之樂，佐此古西戎之鹽，嘗此……古西戎想必也曾嘗過的魚鮮。當年穆天子駕八駿西巡之酣暢，諒也不過如此。

次日眾人晏起，拔營繼續西進。行不多時，但見左首大山隱約煥彩，宛如色幡當空飄颻。一時眾人不免恍惚，是否昨夜酒喝多了？相互徵詢，確定並非眼花之後，發現愈往前走，大山高下層疊的顏色，竟爾愈見絢麗！

原來此時，他們正行經祁連山北麓紅色砂礫岩系堆積增生，形成特殊地貌景觀的區域。這種地貌的色彩，若在正午炎陽之下，只能見到隱約層疊。然待日光西斜之後，顏色卻益發明豔。於是此時，他們決定當晚在此紮營。

這五名年輕人雖是王孫公子，卻都受過嚴格的軍事訓練。日昨熬夜烤魚，耽誤了作息，當晚便早早入眠。次日昧旦即起，卻見玄奘起得更早，已自進入早課。

他們不去驚擾玄奘，只再遠望煥彩的祁連山。但見微明之際，朝雲映著晨曦，夾著初升殘月，托在半空之間。而那露蒸霧繞的山色，較前一日黃昏時分更加錦繡斑斕，灼豔明煥，燦若七彩丹霞！

不知哪位引了一句曹丕的〈芙蓉池作〉：「丹霞夾明月，華星出雲間。」

又一位接道：「上天垂光采，五色一何鮮。」

隨即，又是充滿青春朝氣的歡言：

「丹霞固然不錯，此時卻是殘月。」

「華星亦非出雲，而是即將沒入。」④

「鮮妍何止五色？七彩璀璨繽紛！」

「如此，僅有『上天垂光采』一句應景！」

幾人朗笑聲中，各去開始自己的早課。

其後繼續西進，不日抵達肅州。這裡是河西走廊括入大漢版圖之後，所置河西四郡中的第一郡，漢代、今日均稱酒泉。《漢書．地理志》應劭注：「其水若酒，故曰酒泉也。」此水即今日流經酒泉市區的北大河，唐代稱為金河。顏師古注：「舊俗傳云城下有金泉，泉味如酒。」相傳霍去病取下其地之後，傾酒於此泉中，與眾軍士同飲。泉邊景色清佳，有「半畝澄潭，一汪皺綠」之譽。

出肅州往西，即是河西走廊戈壁灘間最為狹窄的山谷，是為石關峽。漢武帝所築的第一處玉門關就在此處，明代則在此設置嘉峪關。當時漢關僅餘遺址，明關尚未建成。他們途經此地，但見山勢險要，巍峨雄踞，景色絕是壯觀。

又行數日，便到瓜州。《漢書．地理志》記載：「古瓜州地生美瓜。」此地至今仍然出產名聞遐邇的蜜瓜，不過他們行經之時，蜜瓜尚未結實，僅有瓜花。李德謇、李德獎想起，四年前在富春江中，徐德言、樂昌公主席上，曾經見識釀有小蕈、蒼耳之屬的瓜花，此時便讓人依法備製。⑤李道宗、李守一、李奉一品嘗之下，紛紛盛讚不已。

唐代的玉門關為東漢明帝時期所建，位於瓜州城西。⑥他們來到瓜州之時，已有一老者在此等候，說是張萬歲著他交付一匹識途老馬。這馬看來比那老者更老，通體赤紅如鐵，甚是羸瘦。莫說眾人，連玄奘也不免懷疑，如此老瘦之馬，如何能夠越渡沙磧？

那老者見眾人遲疑，當即笑道：「此馬其身赤者，蓋往返伊吾已十有五回。其羸瘦者，則所耗糧秣僅常馬之半。」眾人方才罷了。

這日一行人住在瓜州城中，卻聽說涼州又下達追緝訪牒：「有僧字玄奘，欲入西蕃，所在州縣宜嚴候捉。」

李守一嘆道：「不知家父又是受到何人催促！」

李道宗點頭道：「令尊向以惠政知名，曾因百姓饑荒，賣所乘之馬以濟助貧弱。剿滅輔公祏後，因功得賜奴婢百人，令尊又不忍以衣冠子女為賤隸，一皆放遣。」此時他緩緩搖頭：「如今卻須應對此等胥吏之咄咄！」

李守一趕緊謙謝：「小弟代家父謝過殿下謬讚！」他躬身說道：「如今能隨殿下為陛下辦事，得嘗所願！」

玉門關之名，乃因古來商賈為將玉石由西域輸入中土，大都取道於此，故稱。這裡是北道絲綢之路的必經之地，商隊使節麇集。他五人既然來到這西域美石的貿易樞紐，自然也要四處遊觀，把翫于闐美玉，以盡「王孫公子」在世人心目中的天職。他們甚至有意張揚，以使路人盡知，靈州大都督任城郡王，率兵部尚書檢校中書令的二位公子、涼州都督的二位公子，將於次日出關狩獵。如此，自然無人能夠設想，這行人中竟然有位「隨從」，即是涼州都督戮力追緝的僧人玄奘。而在片刻之前，那位交付識途老馬的老者，已將這名「隨從」引介認識一隊駱駝商賈，讓他們結伴西行。

於是次日一早，玄奘與那識途老馬，便隨同商隊出關，朝西北前赴伊吾。五位王孫公子則鮮衣怒馬，臂鷹攜犬，在眾多隨從簇擁之下高調出關。關外便是冥水，也就是今日的疏勒河。冥水之外已是大唐與東、西突厥之間，三方領地彼此渾沌之域。他五人無意引起爭端，於是止步水濱。彼岸漫眼盡是戈壁瀚海、莽莽黃沙，遠處沙丘則是赭紅顏色。他五人望著玄奘與那駱駝商隊渡水之後漸行漸遠，直到莽莽戈壁與赭紅沙丘相連之處，逐漸消失在那一線之間……⑦

目送玄奘遠去之後，他五人決定沿冥水南岸西行。由此往西約莫四百里，另有一處漢關遺址，乃是漢武帝所築的第二處玉門關。霍去病取下河西走廊之後，漢武帝「列四郡，據兩關」，「四郡」即河西四郡，「兩關」則是這先後兩處玉門關。兩關都在其南另建副關，以形成守禦的犄角之勢。第一處玉門關的副關是鎖陽城，因其盛產漢藥鎖陽而得名。第二處玉門關的副關則是陽關，因其位於玉門關之南而得名。

他五人往西，沿途「狩獵」二三日後，便在冥水之濱見到漢代為儲備糧秣而建的昌安倉。由此往南約莫二十里處，便是沙州，此地漢代、今日均稱敦煌。至今聞名寰宇的敦煌石窟雖在十六國時期便已開鑿，然直至武則天時期方才臻於鼎盛。何況時序已入三月中旬，一行人無暇遊訪石窟，當下勒馬兼程折返涼州。至於去程途中那位嚮導提及的候鳥遷徙，更無緣顧及欣賞。李道宗旋即往東北馳赴靈州，李德謇、李德獎則向東南趕回長安。

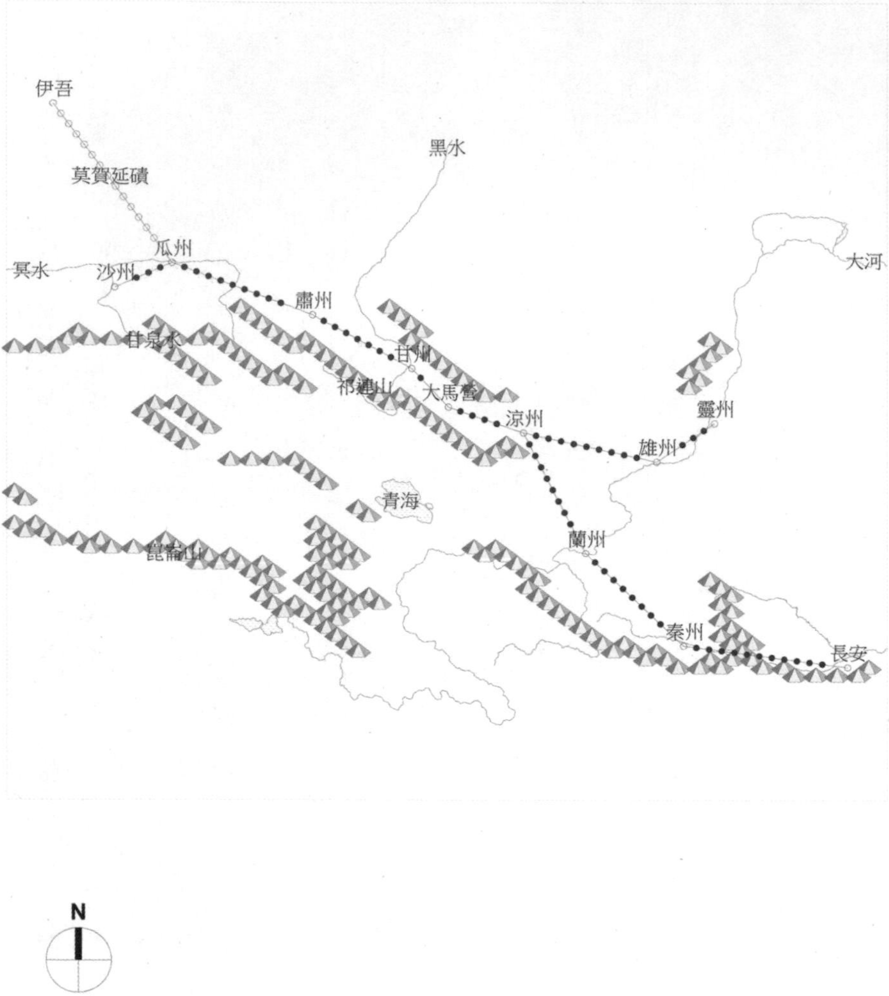

河西走廊圖

0 100 200 500 km

第五十八回　六道行軍

李德謇、李德獎趕回長安覆命，原想好生休息幾日。卻發現非但家中，甚至整個京師，隱隱都有肅殺氣氛。原來……

將近兩個月前，房玄齡、杜如晦、李藥師、王珪、魏徵上位，組成新的宰相團隊。這代表李淵時期的宰相班底無一留任中樞，李世民完全掌控朝堂。更重要的是，李淵最親密的老戰友裴寂已被免職，甚至不准留在京師，敕令返回故里，隨後又遭流放。這意味李世民作為大唐君主的威望已然根深柢固，遠非太上皇所能撼動。

李德謇兄弟回到長安時，李世民曾經居住的弘義宮，亦即西宮，已經整理完善，準備「請」太上皇李淵遷入。此時他二人方才明白，原來父親要求三月底前回來，其實是為讓李道宗能夠及時趕赴靈州。畢竟這等大事，須得防備突厥乘機滋事。

貞觀三年四月，太上皇李淵「下詔」，將弘義宮更名為大安宮。他將李世民的政績好生誇讚一番之後，隨即宣布遷入大安宮。此宮位於整個宮城，不，整個長安城地勢最為低窪的西北方。當初李淵「以秦王功大，賜嶄新宮室」，在太極宮北、內苑之西修建此宮，自成一區，將李世民遷入。此舉非但令李世民的宮室遠離朝堂，更讓他居住於整個長安城最為低濕溽熱的位置。如今，李淵自己卻遷入這「以功大而新修建」的「自成一區」。①

由此開始，李世民正式入主太極宮。這月望日大朝，李藥師與三省僚友一同步入太極殿陛見。端坐龍御的不再是太上皇李淵，而是今上李世民。心情無比激動的，絕不僅李藥師一人。

此時的宰相團隊中，房玄齡端揆最早。他一向夙夜盡心，惟恐一物失所。及至杜如晦與他同任僕射，二人最是相得。皇帝與房玄齡謀畫國是，房玄齡往往回應：「非如晦不能決。」待得杜如晦到來，卻又表示：「當用玄齡之策。」所謂「笙磬同音，惟房與杜」，房玄齡善建佳謀，杜如晦能斷大事，此即後世稱道的「房謀杜斷」，千百年來豔羨讚歎之聲，不絕於耳。

李世民則認為，宰相之職首在廣求賢士，隨才授任。至於聽受辭訟，日不暇給，對於朝廷求賢並無助益，因此頒下敕書：「尚書細務屬左右丞，惟大事應奏者，乃關僕射。」

李藥師與出塵聊談此事，說道：「如此甚好。兩年多前汰除京官之後，房相、杜相多所兼行，著實過於勞累。」李藥師早就看出，杜如晦身兼多職，精神體力皆已透支。他既與杜府論親，對於這位未來的親家，自會多一分關切。

出塵卻深深凝視夫婿，問道：「你當真僅作如是觀？」

李藥師也深深凝視愛妻：「莫非妳並不僅作如是觀？」

出塵仍然緊盯夫婿，緩緩點頭。

李藥師溫柔伸手，將愛妻摟入懷中，輕聲一嘆。他夫妻心下都很清楚，皇帝已然開始著手整頓中央政府的權力結構。

周代以「三公」職權最高。兩漢以降，三公漸次成為優禮重臣的虛位，有名而無權，實權逐步轉由尚書執掌。及至魏晉南北朝，尚書令成為職權最高的朝臣。李世民即位之後，不再有尚書令，而以尚書左、右僕射職權最高。貞觀元年十二月，左僕射蕭瑀遭到罷黜；貞觀二年正月，右僕射長孫無忌自請去職。其後超過一年，尚書省左、右僕射之位懸闕，而以左、右丞代為處理尚書省的常務。尚書左、右丞職位不高，並無僕射決策國是之權，只能代行常務之職。

年初李世民以房玄齡、杜如晦為左、右僕射，此時卻又下敕諭：「尚書細務屬左右丞，惟大事應奏者，乃關僕射。」也就十分明顯，意在壓縮尚書省的決策權。唐代尚書省的權力逐漸向門下省、中書省轉移，甚至大權日益收攏於皇帝一人掌握，即是由此開始。回頭去看長孫無忌的「自請去職」，長孫皇后的「為之力請」，實則都是為君分憂啊。

且說……李世民對於李德謇、李德獎將玄奘送出玉門關，順利完成任務，十分欣慰。他已親眼見到李藥師的嶄新府邸，知道李德謇曾深度參與修建過程，便命他拜將作大匠竇璡為師。

將作大匠執掌將作監，負責宮室、宗廟、陵寢等皇室以及中樞的興建修造工程，兼領百工，相當於國家首席建築師。而竇璡，他是太穆竇皇后的族弟，母親又是隋文帝楊堅的大姊，前朝的成安公主。他河南竇氏在隋、唐兩代，出過多位皇后、駙馬，顯赫無比。竇璡的大哥竇抗，在武德時期也曾任將作大匠，其後入相；竇氏後代亦有子侄成為將作大匠。

李世民知道李藥師服膺「道家忌三世為將者」的思維，不願自家子孫再度為將。此時這番安排，等同明白曉諭，未來將讓李德謇循竇氏途徑，成為將作大匠，進而入相。至於李德獎，他已拜一代醫家甄權、一代藥王孫思邈為師，將來可以順利進入殿中省。

皇帝也為李藥師安排了幾位學生。李世勣、李道宗與李藥師的關係，李世民相當清楚。此時則命數名天策府舊部，包括侯君集、張公謹、劉師立等，拜李藥師為師。當時張公謹為代州都督，劉師立為岷州都督，接到聖諭都極欣喜。他們早已服膺李藥師的治軍之道，對他衷心敬佩。侯君集則是右衛大將軍，他私心裡自詡並不遜於李藥師，頗為不服。李藥師雖認為侯君集頗賦才具，但若希望成為傑出的軍事統帥，有才固然重要，有德卻更為關鍵啊！

當時李藥師最主要的工作，便是經略突厥。他以兵部尚書、關內道行軍大總管的身分，總領賄間、招慰、軍備等各方面的機事。大者與皇帝討論戰策，中者與宰輔研議戰略，小者與諸將詳參戰術。張公謹、劉師立身處邊塞，尚經常來函請益；侯君集人在長安，倒總是顯得漫不經心。

幾個月間，大唐在賄間、招慰兩方面皆有重大斬獲。賄間方面，貞觀元年以「汰除京官」身分投奔北地的情報人員，不少獲得頡利重用。他們傳來的資訊，讓大唐全盤掌握各部族內政、經濟、兵力的詳細狀況，以及相互之間的外交關係。更重要的則是，頡利的親信康蘇密，已接受大唐貨賄。

招慰方面，貞觀二年，西突厥統葉護可汗遭到暗殺。原本臣附於西突厥的諸國，推薛延陀的夷男為共主。李世民遣游擊將軍喬師望攜詔書、鼓纛前往，冊封夷男為真珠毗伽可汗。東、西突厥位於大唐與薛延陀之間，喬師望低調輾轉，由玉門關出境，行經兩突厥交界的雙邊模糊地帶，戮力完成使命。夷南遣其弟攜貢品隨喬師望入朝，抵達長安之時，已是貞觀三年初秋。李世民大喜，賜薛延陀寶刀、寶鞭，命之曰：「卿所部有大罪者斬之，小罪者鞭之。」這代表薛延陀已成為大唐藩屬，頡利大懼，遣使稱臣，請求和親。

薛延陀的形勢一旦穩定，張公謹立時上表，條陳突厥可取之狀，此即後世所稱的《條突厥可取狀》②：

頡利縱慾肆情，窮凶極暴，誅害良善，暱近小人，此主昏於上，其可取一也。其別部同羅、僕骨、回紇、延陀之類，並自立君長，將圖反噬，此則眾叛於下，其可取二也。突利被疑，輕騎自免；拓設出討，匹馬不歸；欲谷喪師，立足無地，此則兵挫將敗，其可取三也。塞北霜早，糧餱乏絕，其可取四也。頡利疏其突厥，親委諸胡，胡人翻覆，是其常性，大軍一臨，內必生變，其可取五也。華人入北，其類實多，比聞自相嘯聚，保據山險，師出塞垣，自然有應，其可取六也。

李世民見到這摺表奏，龍心大悅。將近三年之前，他曾與李藥師討論經略突厥之策。當時李藥師表示須待「機勢成熟」，亦即賄間、招慰有成，弓刀悉備，士卒勁勇，地勢、天候有利於我軍，方是進討之時。如今各方面的機勢，都已成熟啊！於是大唐皇帝對眾臣說道：「頡利欲與我朝和親，卻又聲援梁師都，甚至數度寇邊。如此背信棄義，實不可取！」當即任命李藥師為代州道行軍總管，以張公謹為其副，北伐突厥。

這「代州道行軍總管」之任，與先前的「關內道行軍大總管」相較，非但低了一個層級，而且權責範圍縮減許多。李藥師非常清楚，對於全面與頡利開戰，李世民其實並沒有多大把握。畢竟突厥，是與七百餘年之前的匈奴一般強盛，常年縱馬馳騁的善戰民族啊。遙想漢武帝北伐，前後五十年間，消耗巨資，靡費天下，將國庫由極盛帶入衰頹，猶不能將匈奴蕩平，導致晚年下詔罪己。而此時的大唐國庫，相較於漢武帝初期的大漢國庫，根本無從望其項背啊！

過去十餘年，不，過去數十年，突厥的勢力遠盛於華夏中土之內的任何一個政權。與突厥相鄰的隋末群雄，包括李淵，都曾向突厥稱臣，那是何等屈辱！武德年間李唐將中土群雄逐一戡定，聲勢愈來愈強，致使突厥感到威脅。因而從武德七年開始，突厥犯境的力道便一年強似一年，最後兩年甚至必得將李藥師由南方調到北方，直接與頡利對壘，方才能將突厥阻於北境之外。李世民登基之後仍須隱忍，在渭水便橋之上，對頡利屈辱求和。

李世民、李藥師都非常清楚，這多年的屈辱隱忍，所待便是厚積薄發，以期終有一天，大唐有能力直面突厥，全方位開戰。過去三年秣馬厲兵，所圖也都在此。然而眼前，這最佳時機是否終於到來？當時朝中幾經參議，並未能夠達成共識。畢竟這是無與倫比的大事，李藥師教導稚齡學子，開宗明義也諄諄叮囑：「相政乖虧猶可救，朝綱雖失亦能回，兵敗國傾危。」

這次由代州都督張公謹條陳突厥可取，實是他君臣商榷之後，做出的投石問路之策。兩年半前苑君璋歸唐，馬邑卻仍為突厥所據。當年大唐擊潰劉武周之後，雖曾將馬邑改置為朔州，但其後此地又歸突厥掌控，改回馬邑舊稱。代州則是隋煬帝時期的雁門，與馬邑相距不過百里，兩地隔桑乾河對望，自然各設軍備，時有摩擦。

大唐平滅梁師都，取得夏州之後，曾經大肆歡慶，包括李藥師設新居安宅之宴、讓五位王孫公子「出關狩獵」等等高調作態，目的都在為使頡利鬆懈防備之心。這次出兵則以張公謹上表請戰為名，李藥師遣人將消息傳予康蘇密，表示此舉只是代州都督意欲掌控當地邊境局勢，讓頡利以為大唐並沒有更進一步的意圖。

在李藥師接下代州道行軍總管的任命，率軍出發之前，他與李世民又作了一次米盤推演。只因平滅梁師都至今，不到兩年期間，局勢已然大有變化。

北方戈壁大漠，中部有陰山山脈橫亙東西，將之分隔為漠南、漠北，磧口是兩者之間的重要通道。突厥強盛之時，大汗居於磧口。然則此時，漠北大部分已成為薛延陀的勢力範圍。頡利北方的欲谷設、拓設、延陀設，都已退至漠北南緣，陰山北麓。因此頡利的牙帳，只得往南移至定襄。而在梁師都覆亡之後，頡利南方的郁射設，在河套之南的勢力可說已不復存，叱吉設、步利設更沒有能力南進，只得蟄居河套之北。東方的突利則已與頡利決裂，自請歸附大唐。惟有西方的沙鉢羅設，尚有能力聲援頡利。是以此戰，大唐只須在西面遏制沙鉢羅設的援軍，在東面則監控突利，並抑止東方諸羈縻部落的干擾，便可直搗定襄牙帳，云云……

這次的米盤推演，李世民只默聽李藥師闡述，除頷首贊同而外，幾乎沒有接口。

李藥師分析大漠形勢之後，接著便強調，基於後勤、馬匹等等考量，此番出征必須速戰速決。畢竟早在千百年前，《孫子》便已提出「千里饋糧……日費千金……故兵貴勝不貴久」，以及「兵之情主速，乘人之不及，由不虞之道，攻其所不戒」等原則。

他見李世民仍自頷首贊同，便又舉薦東、西兩翼適任的將領。

李世民聽取李藥師對於財務、人事等各方面的建言，始終只是頷首贊同。告一段落之後，皇帝親筆書寫一紙手詔，交予這位自己心目中的「吾兄」：「兵事節度皆付公，吾不從中治也。」短短十餘字，展現出多少毫無保留的信任！

李藥師接過這端手詔，感動莫名。然他除領旨謝恩之外，也沒有多言。畢竟此時君臣之間的莫逆，豈是言語所能表述！

這年九月，李藥師率軍來到代州。隨行不但有薛孤吳、和璧，還多了蘇定方、薛萬徹。他與張公謹會師之後，首先便往桑乾河推進。

因著大唐情報人員兩年多來的分化，桑乾河上游一帶早已對頡利離心離德。聽說天朝大軍到來，附近九位突厥俟斤，亦即部落首領，便率所屬三千騎兵請降。消息很快順著桑乾河傳往東方，十餘日後，原屬突厥的四個東方部落，包括拔野古、僕骨、同羅、奚，均由酋長率眾來歸。

於是李藥師順利取得朔州，亦即馬邑，及其周邊地區。

戰事的順利超出李世民的預期，於是他在西方另闢戰場，遣柴紹出擊勝州。勝州在夏州之北，位於河套前套地區的東北角。這帶地區原為郭子和所據，其後降於大唐。然而武德後期，李建成認為其地絕遠，居民與突厥交相往來，官吏無法禁止，因此議請廢棄城廓，將百姓遷至靈州。李淵竟然照准，於是河套一帶的大片土地，包括勝州、夏州，便被突厥所據。

一年半前，大唐已將梁師都擊潰，取得夏州。此時李世民再遣柴紹出擊勝州，並不只為奪回這片土地，更因為這裡距離頡利的牙帳定襄，也就是今日內蒙古的和林格爾，尚不及二百里。從勝州渡過大河之後直驅定襄，其間一馬平川，皆是適宜疾馳的草原地形。而朔州，與定襄距離將近四百里，其間多有丘陵山地，頗不利於行軍。

此時頡利終於意識到事態的嚴重性，然而他的處置方式，卻出乎李世民、李藥師的意料。頡利並沒有將重兵調至定襄，準備決戰，而遣西方的沙鉢羅設進犯河西。涼州都督李大亮只以當地駐軍抵禦，輕易便將之擊退。

頡利反常的處置方式，讓貞觀君臣意識到，突厥的疲弱，超出他們最樂觀的評估。於是，大唐貞觀三年十一月二十三日，日次庚申，李世民以頡利進犯河西為理由，正式下達全面討伐突厥的詔令。他依李藥師先前的舉薦，任命六道行軍總管，分道出擊突厥，由西至東依次為：

靈州都督李道宗為大同道行軍總管

左武衛大將軍柴紹為金河道行軍總管
兵部尚書李藥師為定襄道行軍大總管
并州都督李世勣為通漠道行軍總管③
幽州都督衛孝節為恆安道行軍總管
營州都督薛萬淑為暢武道行軍總管④

六道大軍中，李道宗的大同道、柴紹的金河道屬於西北的關內道軍區；李藥師的定襄道、李世勣的通漠道屬於北方的河東道軍區；衛孝節的恆安道、薛萬淑的暢武道則屬於東北的河北道軍區。這六道大軍橫跨整個大唐北境，動員十餘萬人馬，是大唐立國以來最大的一次軍事行動。而參戰的將領，非但是當時最理想的陣容，更可說是中國歷史上其他時代盡皆難以望其項背的極致組合！

五道行軍總管統率大軍十餘萬，均受大總管李藥師節度。在這五位行軍總管中，李道宗、柴紹、李世勣都與李藥師熟識。將近兩年之前，薛萬淑將薛萬徹薦入李藥師麾下，也算有舊，何況這次出師，薛萬均又是柴紹的副將。有趣的是，李道宗是從一品的任城郡王，序位在國公之前；柴紹是從一品的霍國公；李世勣是從一品的曹國公；薛萬淑是正二品的梁郡公；甚至李藥師的副將張公謹，也是正二品的定遠郡公。當時他們每一位的爵封，都高於李藥師從二品的永康縣公。

至於衛孝節，史書對於他的記載鮮少。只知他出身夏縣衛氏，是西晉著名美男子衛玠的後人。最初仕隋為將，唐軍進攻長安城時他曾出戰，為唐軍所敗。歸唐之後隨李世民出討劉武周，在美良川擊破尉遲敬德，可知也是一位驍將。而幽州，原是羅藝勢力的根據地，且經過李瑗、王君廓兩次叛亂事件。其後衛孝節出任幽州都督，顯然甚得李世民信賴。

六道行軍各有不同任務。李道宗的大同道為左翼，他的副將是張寶相。這裡「大同」並非山西大同，當時的大同城位於今日內蒙古烏梁素海南端烏拉特前旗附近，在此可以遏制頡利西方的援軍，包括沙鉢羅設。

柴紹的金河道為左軍，他取下勝州之後，渡過大河來至套外，沿金河，也就是今日內蒙古的大黑河，一路往北推進，目的是由西面威脅定襄牙帳後方。

李藥師的定襄道為中軍。他所率的代州道部隊在取下馬邑之後，便改置為定襄道，即將穿越呂梁山，由南面向定襄牙帳前方推進。

李世勣的通漠道為右軍。他先出并州往北，再往西穿越呂梁山，目的是由東面威脅定襄牙帳後方。

衛孝節的恆安道為右翼，恆安位於雲中之北，在此可以震懾頡利東方的援軍，包括突利。

薛萬淑的暢武道為再右翼，在此監控東方各處的動靜，可以掩護稍早降附大唐的部落，同時抑止其他部落馳援頡利。

果如李藥師先前的推演，李道宗一出靈州，便遭遇沙鉢羅設。李道宗何等人物，將之擊退之後，順大河先往北、再往東推進。

突利得知大唐出師，當即上表歸附，不久郁射設亦率所部來降。李世民甚為感慨，說道：「往者太上皇以百姓之故，稱臣於突厥，朕常痛心。今單于稽顙，庶幾可雪前恥。」

還有党項、靺鞨、東謝、南謝、牂柯……諸多湮遠部落，都遣使前來朝貢。各族服裝迥異，或熊皮為冠，或金銀絡額，或身披毛帔，或韋皮行縢而著履……不一而足。中書侍郎顏師古上奏：「昔周武王時天下太平，遠國歸款，周史乃書其事為〈王會篇〉。今萬國來朝，此輩章服實可圖寫。」於是李世民命大畫家閻立本將此景象繪製成《王會圖》，直留傳至今日。

然而人世間的事務，終究無法全美。在諸多捷報之際，難免也有缺憾。杜如晦十餘年來朝乾夕惕，宵衣旰食，心力早已透支。如今經略突厥的前期工作告一段落，稍微輕鬆下來，隨之當即病倒。只得辭去全部職位，在家調理休養。

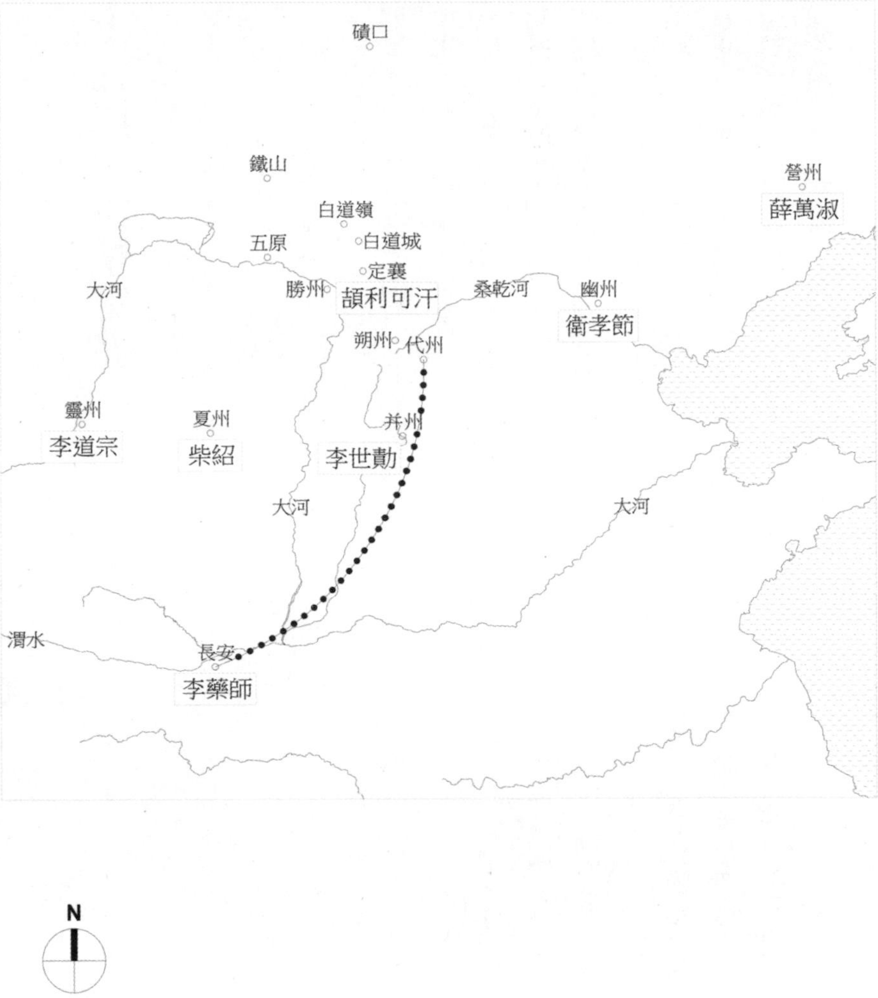
磧口
鐵山
營州
白道嶺
白道城
五原
定襄
薛萬淑
大河
勝州
頡利可汗
桑乾河
幽州
衛孝節
朔州
代州
靈州
夏州
并州
李道宗
柴紹
李世勣
大河
大河
渭水
長安
李藥師
N

東突厥之戰六道行軍圖

0 100 200 500km

第五十九回　突擊定襄

貞觀三年十二月之後有閏月。若依現代曆法，不可能出現「閏十二月」①，只是初唐曆法與現代有所出入。無論如何，這都是一年之中最為寒冷的時期。

兩個月前李藥師取下馬邑，所領部隊由代州道改置為定襄道，但他並沒有即刻麾師往定襄推進。因為過去十餘年來，馬邑在大唐、突厥之間數度易手。一旦率軍離開，當地很可能又遭突厥進占，如此，便會讓他陷於腹背受敵之境。是以在北進之前，李藥師必須先將馬邑的局勢穩定下來。②

馬邑與代州之間是桑乾河上游，由此順流而下，各部落的勢力都屯駐於此河兩岸。李世民下詔，以六道行軍討伐突厥之後，李藥師當即以大總管身分下令，命李世勣率軍由并州北上，前往桑乾河中游，掌控這一帶局勢。又命衛孝節率軍由幽州出兵，前往桑乾河下游，掌控那一帶局勢。然後李藥師率軍離開馬邑，便不再有後顧之憂。

當時頡利西方的沙缽羅設③已被李道宗擊退，南方的郁射設則已降唐，東方的突利以及許多從屬部落也已歸附。如今柴紹正由西面威脅頡利的右後方，李世勣即將由東面威脅其左後方。而頡利的正前方，李藥師則準備由南往北推進。

頡利的情資僅止於此。在桑乾河上游、中游、下游都被唐軍掌控之後，他就無法獲知對方的確切動向。不過頡利對於這帶地區極為熟稔，李藥師雖已渡過桑乾河，取下馬邑，但他倘若試圖北上，威脅定襄，首先必須穿越呂梁山。其後又有三道天險，由南至北依序為善陽嶺、紫河、惡陽嶺。這三處都在今日內蒙古的和林格爾縣境，其中紫河即是烏蘭木倫河，亦名渾河。三者之所以稱為「天險」，因其周遭地形崎嶇破碎，原本便是定襄南面的天然屏障。加以時值嚴冬，道途全被大雪掩埋，縱使熟悉地貌的當地居民也不敢輕易出行，何況遠從南方數百里外北上的唐軍！至於李世勣，他與定襄尚有一段距離，眼下還不致於造成燃眉的威脅。

頡利認為，當前最為緊要的，是防禦由西面迫近的柴紹。柴紹一旦由河套的東北角渡過大河，便進入白道川。這裡距離定襄僅有百餘里地，其間一馬平川，不消一日奔馳，便能進逼定襄。

當時的頡利，除固守定襄之外，其實尚有另一種選擇：暫且放棄白道川，退守漠南、漠北之間的磧口。不過，他卻有其他考量。若是兩、三年前，他會毫不猶豫便退守磧口。因為當時突厥強盛，唐軍縱使一時攻下白道川，也難以久守。然而此時……

北朝有一首〈敕勒歌〉，直流傳至今。當年北齊神武帝高歡為振奮軍心，曾命丞相斛律金歌詠，並親自與之唱和：

敕勒川．陰山下
天似穹廬．籠蓋四野
天蒼蒼．野茫茫
風吹草低見牛羊

歌中「敕勒川」即是白道川，也就是今日的土默川平原，或稱前套平原、呼和浩特平原。這是黃河及其支流金河，也就是今日的大黑河，沖積而成的平川，幅員廣袤，地勢平坦，土壤肥沃，水源豐富，氣候相對溫和，至今仍是內蒙古的「米糧川」。

春秋戰國以來，這裡即是華夏農耕民族與北方遊牧民族相爭的重要據點。此前數百年間，這片豐美的平川，數度輾轉於北朝、突厥之手，勢強者得之。突厥農耕雖不發達，但部族經濟仍須仰賴這片望眼無垠的蒼茫沃野之上，「風吹草低見牛羊」，宛若翻風綠浪一般的茵茵牧草。

兩、三年前突厥強盛之時，漠南、漠北都在頡利掌控。在當時的情況下，戰時如果退守磧口，還有整個漠北作為後盾。然而如今，漠北絕大部分已經淪為薛延陀的勢力，北方的欲谷設、拓設、延陀設，都被逼至退居陰山北麓的狹小地帶，並不足以用為生聚教訓的基地。更何況，過去兩、三年間反常的酷寒嚴冬，使得漠北環境更加不適宜生存。如今若讓唐軍取得白道川，頡利非常清楚，反攻的機會至為渺茫。

回想當年，頡利之父染干得隋文帝楊堅封為意利珍豆啟民可汗之後，東突厥便以漠南、漠北為其根據。三十年來，經過父子兩代，啟民、始畢、處羅、頡利四位可汗的戮力經略，國勢曾經盛極一時。如今漠北已失，若再失去漠南，莫說反攻，甚至族群的血統與文化，都將難以傳承延續。待得那時，就要輪到他們悲歌「亡我敕勒川，使我六畜不蕃息；失我白道川，使我青史無顏色」了。

此時的頡利，實有存亡續絕的莫大壓力，幸好手邊仍掌握十餘萬大軍。依他判斷，大唐六道行軍除柴紹外，距定襄最近的李藥師，縱使穿越呂梁山，仍在三、四百里之遙。其間既有三道天險的地勢為其阻隔，又有飆風暴雪的天候為其屏障。頡利認為，無論李藥師如何用兵如神，也不可能霎時間便出現在舉目觸及的眼前。而柴紹頂多領有二萬兵員，過去三、四個月間，這路人馬先取下勝州，再渡過大河，此時雖不至於兵困馬乏，卻也不能讓頡利聞風喪膽。

李藥師的目的，便是誘使頡利作出這樣的錯誤判斷。他遣人將消息傳予康蘇密，讓他以及其他情報人員向頡利進言，於是頡利將主要戰力調往定襄西方，抵禦柴紹的迫近。

李藥師自己，則率三千輕裝騎兵，先跨度酷寒嚴凍的呂梁山，再挺過冰封雪埋的善陽嶺、紫河，疾速進屯惡陽嶺。這三千輕裝騎兵，實是李藥師刻下所能動用的全部兵力。只因目的是要造成「迅雷不及掩耳」的效果，必須讓全部戰士策馬疾行，這得調度三千戰馬、三千乘馬、三千馱馬、一千挽馬。而當時，大唐全境可用的馬匹，總共只有六萬！除提供北方六道大軍的作戰調度之外，這六萬馬匹同時必須顧及西境的邊防。

此番突擊定襄之戰，李藥師並沒有讓蘇定方的陌刀隊同行，因為重裝騎兵的玄甲以及具裝馬鎧過於沉重，難以疾行強度關山。他命張公謹統領定襄道的其餘部隊，與蘇定方一同隨在他親率的三千驍騎之後，穿越呂梁山。

這樣的用兵方式，全然出乎頡利所能想像。因此當他接獲李藥師已率軍進屯惡陽嶺的消息時，全然無法置信！他認定唐軍不可能在那等天候之下，如此迅速便越過三道天險，因此毫無準備。實則這是我大唐軍神衛景武公用兵的慣常，從面對神農架的鄧世洛、開州的冉肇則、山南的蕭銑、江東的輔公祏，到抵禦潞州、靈州的頡利，一向都是出乎意料之外，卻似又在情理之中。④

李藥師知道頡利必定大為震駭，於是又讓康蘇密等進言，使得原已陷入慌亂的頡利相信，若非大唐傾國而來，否則堂堂主帥，絕不可能僅率區區三千輕裝騎兵，便敢貿然孤軍深入。此時定襄西方，柴紹已與突厥遭遇戰事；定襄東方，李世勣迫近的訊息也已傳入頡利牙帳。李藥師非常清楚，必須在頡利有機會調度更多兵馬之前，率先發動攻擊。於是他讓全軍休整一日，次日平明便特意放出風聲，讓頡利以為唐軍已經蓄勢待發。

北緯四十度的大雪節氣，辰初方才天明，申末便已日落。李藥師只有三千人馬，而對方則有數萬。因此他得虛張聲勢，讓頡利以為自己在等李世勣大軍到來。而張公謹、蘇定方所率，包括陌刀隊重裝騎兵在內的人馬，穿山越澗所造成的動靜，恰讓頡利的斥候以為，正有數萬大軍銜枚疾走。

此行玉爪白鶻也隨李藥師來到前線，這日李藥師放牠直上霄漢。鶻鷹是塞外民族特為鍾愛的狩獵臂助，對之極其熟稔。頡利早已得知李藥師擁有一尾翹楚白鶻，敏銳非凡。當時大汗牙帳從上到下，原已軍心潰散。倉皇準備遁逃之際，卻不停接獲唐軍重兵壓境的消息，又見白鶻凌空呼嘯巡弋，不免一日數驚。

待得天色漸暗，李藥師方才開始整隊。他在發兵之前激勵士氣：

「過去多少時日逞弓磨刀，枕戈待旦，為的就是眼下這一刻！」

「諾！」

「前方的平川，烙著衛將軍、霍驃姚的馬蹄！」

「諾！」

「大漢的青史，刻著他們的功勳！」

「諾！」

此時李藥師語調益發昂揚：「大唐的榮耀，則等著我們！我們！我們！去！開！創！」

三千驍騎群情亢奮，齊聲高呼：「諾！」「諾！」「諾！」

李藥師一聲令下，人人揮鞭呼喝，排列齊整的方陣，一陣接著一陣，依序朝向頡利的牙帳奔馳而去。然則此時，頡利已率本部人馬一路北撤，竄入陰山山脈，準備將牙帳暫設於鐵山。

中唐詩人盧綸工於寫景，他的邊塞詩氣勢非凡，綽具盛唐意象。他有〈塞下曲〉六首傳世，其中第三首，寫的就是此時的李藥師：

月黑雁飛高
單于夜遁逃
欲將輕騎逐
大雪滿弓刀

李藥師何嘗不曾「欲將輕騎逐」？然則此刻，他必須先行穩住定襄。他率軍入城，頡利雖已遁逃，康蘇密卻仍在城中。十年之前，處羅可汗將隋煬帝蕭皇后及其幼孫楊政道迎至突厥，建立傀儡政權，其行政中樞「大利城」即在定襄之北。流亡突厥的大隋百姓均奉楊政道為主，與中原相抗衡。此時康蘇密便執蕭皇后、楊政道來向李藥師請降。

時序進入貞觀四年。這年大唐中樞的新春，與過去頗為不同。往年皇帝又是祭祀太廟，躬耕藉於東郊；又是大宴群臣，奏《秦王破陣樂》。這年則因出動六道大軍擊討突厥，儀式一概從簡。然而開年之後，李世民接獲的第一道表奏，竟是李藥師的捷報，何其振奮人心！

此時在定襄前線，張公謹、蘇定方已率大隊人馬抵達。然而緊隨其後，出乎李藥師意料之外，竟見到出塵率李德謇、李德獎，隨同欽使一道前來。

欽使宣讀聖旨。皇帝晉封李藥師為代國公，賞賜六百段官絹，以及多匹名馬、諸般寶器。

李藥師拜受之後，欽使笑道：「陛下還說：『往昔李陵提步卒五千，不免身降匈奴，尚得書名竹帛。如今卿以三千輕騎深入虜庭，克復定襄，威振北狄，實古今所未有，足報往年渭水之役。』」李藥師再度拜謝。

欽使又道：「陛下命二位代國公子奉代國夫人前來，迎前隋蕭皇后進京。」李藥師敬謹領旨。

將欽使安排妥善之後，他夫妻進入後帳。李藥師不及敘懷，便忙問道：「陛下只命妳迎蕭皇后進京？」

「還有楊政道。」出塵完全明白夫婿何以有此一問，因此重複強調：「陛下只命我來迎蕭皇后與楊政道。」

李藥師點頭道：「明白了。」當時頡利帳中，尚有楊隋的義成公主。她於隋文帝開皇年間進入突厥和親，三十年來，先後成為啟民、始畢、處羅、頡利四位可汗的可賀敦，屢次運用權勢影響可汗決策，支援劉武周、竇建德、王世充、梁師都等隋末勢力，與李唐相抗衡。至於蕭皇后，她雖在突厥十年，卻未曾有此等舉措。如今李世民特意遣愛妻前來，只命她迎蕭皇后進京，便已明確表示，萬乘之尊並無意讓義成公主入朝。

李藥師接著又問：「那麼永康縣公？」縣公雖然僅是從二品的爵封，這次討伐突厥的每一位行軍總管，甚至副將，爵位都高於縣公。然而對於這百餘年來家傳數代的公爵，李藥師不免另有一番情感。

只見愛妻笑道：「陛下將之贈予大哥了。」

李藥師聽說，心中感懷之深，幾乎哽咽。李唐建國之後，李藥王不曾出仕，身後也未得到封贈，讓李藥師頗為遺憾。如今李世民將永康縣公這家傳的爵位，贈予他一向尊崇的大哥，對李藥師而言，遠比自己晉爵添祿，意義更為重大。

與此同時，頡利也遣執失思力前來，向李藥師謝罪請降，表示願意舉國內附。這已超出李藥師所能決斷的權責範圍，於是他讓執失思力隨同欽使，以及愛妻、愛子，一道送蕭皇后與楊政道進京。

蕭皇后祖孫入唐，代表楊隋殘餘的政治勢力，終於消亡盡淨。李世民十分重視，親自接見。十八年後蕭皇后去世，她臨終上表，請求與隋煬帝合葬，得到李世民允准。於是她能夠以皇后身分，葬入當年李藥師任職揚州之時，在雷塘為楊廣所修的墳塋。

頡利既已遣使請降，李藥師便將兵馬暫駐於定襄。這裡原先既是頡利的牙帳，又有楊政道傀儡政權的行政中樞「大利城」，當地派系勢力、族群結構均甚為複雜。李藥師進駐之後，首先廓清各方勢力，安撫閭里士庶，將局勢穩定下來。

定襄之北百餘里處，便是白道。不數日，李世勣已率通漠道大軍穿越呂梁山，沿陰山南麓西進。他的任務原是由東面威脅定襄牙帳的後方，此時李藥師既已取下定襄，他便進攻白道，順利將之取下。

李藥師得到消息，心下暗笑。李世勣肯定也已得知頡利遣使請降等情事，然他腳步並不停歇，反倒繼續西進，攻取白道。而柴紹，他的任務原是由西面威脅定襄牙帳的後方，此時則已暫駐兵馬。他們幾位將領對於戰事原本早有默契，頡利倘若誠心歸附，何必逃離定襄？如今他卻竄入鐵山，只遣執失思力前來請降，若非緩兵之策，豈能另作他想？不過，執失思力銜命前赴定襄的途中，必然經過柴紹布防的戰區。此時柴紹若持不知其事的態度，委實說不過去。

李世勣則不同，他大可當成未得停戰軍令，繼續推進。此時他既已取下白道，李藥師便率部北上，前往白道城，與李世勣會師。

白道是一條穿越陰山的古道，白道川即因此道而得名。陰山山脈東西綿亙二千餘里，位於白道川之北的一段是其中段，狹義的陰山即指此段，今日則稱之為大青山。這一帶的陰山山脈，南坡甚為陡峭，北坡則較平緩。南坡這段至為艱險的爬坡山道，沿途山石皆呈白色，因而自古即稱之為「白道」。

《水經．河水注》記載：「白道南谷口，有城在右，縈帶長城，背山面澤，謂之白道城。自城北出有高阪，謂之白道嶺。」白道城即是今日內蒙古的呼和浩特，位於白道南端的山腳下；「高阪」上的白道嶺位於白道北端的山頂上，在今日內蒙古的武川縣境內。而白道，則大約相當於今日呼和浩特與武川之間的呼武公路。

漢代古樂府詩〈飲馬長城窟行〉的背景，就是白道。此詩《昭明文選》注曰：「長城，秦所築以備胡者。其下有泉窟，可以飲馬。」《水經注．河水三》則形容：「沿路惟土穴出泉，挹之不窮。」當年酈道元來到此地，歎道：「余每讀《琴操》，見琴慎相和，《雅歌錄》云：『飲馬長城窟。』及其跋陟斯途，遠懷古事，始知信矣，非虛言也。」

戰國時期趙武靈王「胡服騎射」，擊敗林胡、樓煩之後，便在白道南方山腳下興建雲中城，並在北方山頂上修築趙長城。其後秦代、漢代的雲中郡，便是這帶地區。北魏早期的都城「盛樂」，其故址即在楊政道傀儡政權的行政中樞大利城。

當年北魏太武帝拓跋燾創設「六鎮」，其中的武川鎮，即是鎮守白道嶺的軍鎮。其後西魏、東魏、北周、北齊、楊隋，以至李唐六代的皇室，都是「六鎮」後裔。楊堅的父親楊忠、李淵的祖父李虎，更曾隸屬於武川軍鎮。對於初唐府兵而言，出白道上武川擊突厥，綽有莫大的家國歷史情愫。

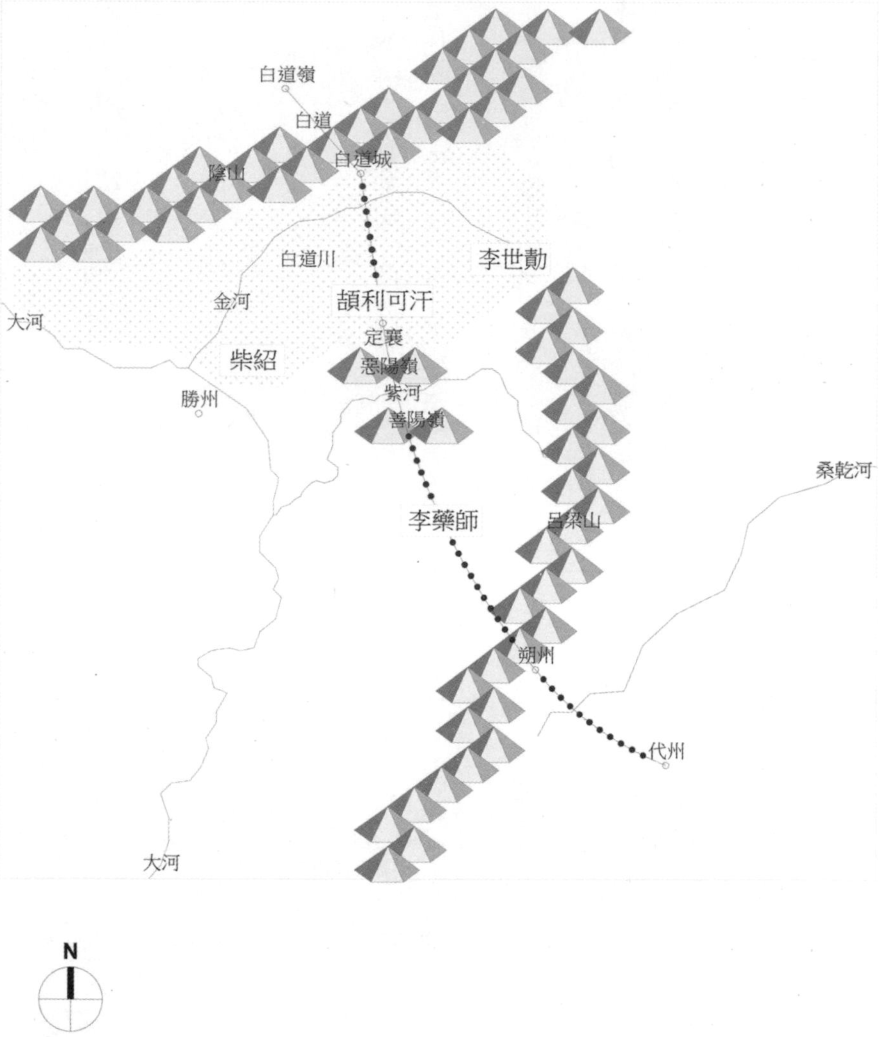
白道嶺
白道
白道城
陰山
白道川
李世勣
金河
頡利可汗
大河
定襄
柴紹
惡陽嶺
紫河
勝州
善陽嶺
桑乾河
李藥師
呂梁山
朔州
代州
大河
N
0 10 50 100km

突擊定襄路線圖

第六十回　夜襲陰山

貞觀四年正月下旬，白道城中，李藥師、李世勣接獲聖詔。皇帝已接受頡利請降，遣鴻臚卿唐儉前往鐵山，協商歸附事宜，鴻臚卿相當於今日的外交部長。同時命李藥師率領兵將，往迎頡利入朝。

李藥師拜受之後，前來宣詔的欽使卻又笑道：「陛下於此期望甚殷，鴻臚卿離京之前，陛下曾問：『卿觀頡利可圖取否？』」

李藥師連忙問道：「不知鴻臚卿看法如何？」

欽使說道：「鴻臚卿對曰：『銜國威恩，亦可望獲。』」

李藥師躬身謝道：「多承中貴人指點。」

待欽使離開之後，李藥師便問李世勣：「不知懋功看法如何？」

李世勣說道：「陛下問『可圖取否』，鴻臚卿答『亦可望獲』，這一『圖』一『獲』，但盼所

指相同。」

李藥師點頭道：「所見果然略同。」

李世勣又說道：「頡利雖敗，仍有勝兵數萬。他不直驅漠北，而在鐵山重設牙帳，只因刻下陰山北麓積雪未溶，牧草不生，無法供養馬匹。不消一月之後，牧草初萌，諒他必會越度磧口，亡入漠北。待得那時，草長馬肥，他便可以率部西行，投靠沙缽羅設。甚至更往西奔，依附九姓。」「九姓」指昭武九姓，包括康、史、安、曹等九姓胡人。原在頡利帳下的康蘇密，即來自康國。當時九姓諸國均歸屬於西突厥。

李藥師仍然只是點頭，表示贊同。

於是李世勣繼續說道：「漠北不但地域廣袤，而且道途險阻。頡利一旦遁入，我等便難追及。屆時荒漠之中，非但彼等行蹤莫測，我軍更須千里齎送糧秣，耗費甚鉅。不如……」

此時李世勣望向李藥師，但見這位大唐軍神也正望向自己，雙眸閃亮，神采煥發。這讓李世勣的眼神也灼熱起來：「刻下唐儉已至彼處，頡利部眾必然鬆懈防禦之心。我等不如趁此良機，潛行而往，必可一戰即將頡利擒獲！」

李藥師聞言大喜，擊掌贊道：「懋功所見，大合我意！」他早已有意一舉蕩平頡利，也早有執行的策略。然而受制於手邊可動用的馬匹數量不足，因此必須得到李世勣通力合作，方才能夠落實。

此時這兩位名垂青史的傳奇將相，攜手擘畫後續戰術。聖詔既命李藥師往迎頡利入朝，便由他前赴鐵山大帳相「迎」。李世勣則去磧口設防，以阻頡利遁往漠北。

李藥師原有兩萬五千部眾，然他由代州出發，先取馬邑，再下定襄，都須派兵留守。何況由馬邑搶進惡陽嶺途中，天候地勢過於嚴酷險峻，難免有所斲傷。於是此行，他僅點選一萬精騎突襲鐵山。

既是突襲，自須策馬疾行。一萬精騎須要三萬以上的馬匹，他二人整合雙方原有的良馬，讓戰士用為戰馬。頡利倉促遁逃，留下不少突厥馬匹，雖然並非駒駿，卻仍可以用為乘馬、馱馬、挽馬。為讓戰士在行程中最大程度保持體力，除一萬戰馬之外，李藥師更為他們配備了三萬匹突厥馬。

由白道城出白道上白道嶺，再往鐵山，單程約莫四百里，正常行軍不消十日便可來回。只是白道城已屬高原，出白道上白道嶺更是沿途攀高，加上寒冬積雪，道途極為艱難。因此精算之下，李藥師決定攜帶二十日糧秣，以備不時之需。

孰料將此計畫告知張公謹時，他卻大為失驚：「大總管，聖詔已許頡利歸降，鴻臚卿又在彼處，如何能夠擊討？」

李藥師望了張公謹一眼，心下不免暗嘆。然他只是說道：「公謹哪，當年韓信破齊，可曾因為酈生在彼，而有所遲疑？所謂『將治大者不治細，成大功者不成小』。若能一舉蕩平突厥，如唐儉輩，何足可惜！」「酈生」指曾經自稱「高陽酒徒」的酈食其。「將治大者」等語，則出於《列子・楊朱》。

張公謹聞言一懍，近一年來他以李藥師為師，平日多所請益。然而臨到陣前，卻連師者決策的考量，竟都無法參透，自己也覺赧然。

這次突襲行軍，路途分為兩段。前段即是「白道」，由南端至北端約莫百里，雖是險峻爬坡，但已為唐軍所據。只是兩端之間無可屯駐之處，必須一鼓作氣，由白道城直上白道嶺。因此李藥師率一萬精騎連夜出發，以期在次日天黑之前抵達北端。①

白道是陰山山脈中段，惟一能夠齎運糧草的通道，因此唐軍若思北進，除此之外更無其他途徑。頡利雖已失卻白道，但李藥師知他熟悉地勢，諒其必在白道嶺上嚴設布防。然正因為頡利對於白道瞭若指掌，他的思維模式便陷入慣性的窠臼。由於天候嚴寒，地勢險峻，加上糧草錙重，若依過往經驗判斷，唐軍一次最多只能有兩、三千人上行，於是頡利布下千餘帳斥候。突厥一「帳」相當於唐人一「戶」，千餘帳約莫五千人。頡利認定，以五千部眾應對兩、三千攀援山嶺的疲憊唐軍，無疑綽綽有餘。

可惜頡利所面對的，是千古第一軍神李藥師。過去四年多來，從潞州、靈州、豳州，到月餘之前的定襄，彼此多次照面，頡利卻似乎永遠無法想像，這位曠世軍神用兵之玄奧。他沒有料到，唐軍如果僅攜帶二十日糧秣，就不致受限於兩、三千兵員的上限。

於是這日，大唐前鋒一出白道，便在夜幕低垂中，望見突厥斥候的千餘帳營火，完全在李藥師的意料之中。突厥斥候很快便發現唐軍上嶺，他們依經驗判定，認為己方擁有輾壓性的強勢兵力，可以將敵方聚殲，於是通力上前迎戰。可惜事實卻與他們的預期恰巧相反，己方倒被唐軍的強勢兵力聚殲。待得他們發現情勢不利，欲往大帳報信之時，卻已經時不我與。只因為……

此戰策略既是突襲，便絕不能讓突厥斥候將消息傳至頡利大帳。李藥師率唐軍精準追擊，將五千突厥斥候全數或襲殺或擒俘，無一遺落。《孫子・謀攻篇》討論用兵之道：「十則圍之，五則攻之，倍則分之……」然而李藥師此戰，倍則盡擒俘之。如此登峰造極的戰績，放眼古今中外，只怕也惟有我大唐軍神衛景武公，堪能達成。

白道嶺距離頡利的鐵山大帳約莫三百餘里，唐軍一路追擊，已又推進百里。兩日兩夜以來，先攀險峻白道，再襲突厥斥候，唐軍體力已經大量消耗，然而軍心卻是極度亢奮。只因此刻，他們不但取下武川軍鎮的故地，而且發現，突厥兵力相當疲敝。尤其他們的馬匹，顯然沒有得到應有的照料。

當時已是二月上旬。月前頡利倉促逃離定襄，無法攜帶糧秣。鐵山原本雖有兵馬屯駐，但是大汗率領十餘萬部眾突如其來，當地倉貯不足以供應所需。又值寒冬，牧草不生。而馬匹是非常嬌貴的戰略資源，必須持續悉心照料。頡利本部的用度尚且拮据，如何能夠充分支援屯駐三百餘里之遙的斥候？因此莫說兵員，這五千斥候的馬匹，更加羸弱不堪。

唐軍則正相反。進駐定襄之後，全軍得到充分補給。這次突襲行前，又已準備妥善。李藥師見軍士此時，雖疲累已極卻亢奮無比，知道士氣可用，於是只略事休整，便繼續推進。

鐵山是今日內蒙古的白雲鄂博礦區，饒富稀土礦藏，當時突厥則僅知有鐵礦，不知有稀土。突厥建國之前，原是柔然下屬負責煆鐵的部落，冶煉技術在當時可稱先進。頡利逃離定襄之後，選擇前來鐵山重建牙帳，正因為這裡有冶煉兵器的設施。然而事有一利必有一弊，鐵山周遭日以繼夜鍛造兵器的火光與聲響，恰讓頡利在沒有斥候通報消息的情況之下，極難察覺唐軍的迫近。

大唐貞觀四年二月初八，日次甲辰。經過一夜疾行，大總管李藥師已率大軍，來到距離頡利牙帳不過三十里處。頡利如果誠心歸降，理當早已出發，隨唐儉前赴長安。然而他們似乎真把唐儉當成高陽酒徒，將他留在大帳之內，日日盛陳膏腴，夜夜把酒騰歡。唐儉居處其間，此時倘若尚不明白自身處境，如何能在以知人善任名傳千古的李世民治下，擔任鴻臚卿？

與此同時，在這膏腴騰歡的突厥大帳之外三十里處，曠世軍神李藥師勒馬停韁。他先抬眼遙望蒼空，但見一彎弦月已悄然隱沒，漫天星斗正明滅閃爍。這代表午夜子時已過，高空既有雲也有風。隨後他便伸臂輕撫甲冑，感觸表面冰霰的溫度與霧淞的濕度。[2]

研判當下的時辰，以及周遭的風力、水汽、溫度之後，李藥師轉向全軍，仗劍直指天際，聲如鐘磬：「天助我唐！凌晨將起大霧，掩護我軍突襲。」[3]

星辰掩映之下，這位大總管的身影，崇高偉岸猶如天神！一時軍心更為激昂，緊緊追隨李藥師徹夜搶進，途中已能望見鐵山煅鐵的火光。不久天將破曉，前方山間的火光，竟在眨眼之際旋即隱去不見！

原來此時正值初春多霧的季節，晨曦一現，水汽懸浮，登時形成大霧。張公謹隨在李藥師身邊，昂然對左右說道：「占雲卜霧！大總管竟能邀天之助，真神人也！」

此時無須李藥師激勵，軍心早已愈加亢奮。人人只盼躍馬前驅，砍倒頡利的狼頭纛，建立不世功勳！

李藥師沉聲下令：

「蘇定方，著你率二百玄甲陌刀為先鋒！」

「諾！」蘇定方振聲應諾，二百兄弟得以先行，激動無比。

「其餘部隊，隨我跟進！」

「諾！」「諾！」「諾！」

蘇定方率二百兄弟，執陌刀披玄甲，在大霧掩護之下潛伏而行。李藥師率大軍緊隨其後，銜枚疾走。玉爪白鶻極有靈性，定靜留在李藥師身邊。於是，蘇定方直逼近到距離頡利大帳不過七里之處，突厥方才驚覺。

敵方警戒一起，蘇定方立即一聲令下，二百兄弟奔馳出擊。所謂「甲堅兵利」，玄甲是歷史上有名的堅甲，陌刀更綽有「人馬俱碎」的威名。尚在睡夢之間的突厥兵士哪堪抵擋？頃刻便遭突破。

李藥師見狀，也率大隊人馬前衝。頡利才從宿醉中驚醒，只聽漫山遍野全是唐軍金戈鐵馬的呼嘯嘶鳴。他奔出帳外，但見多方軍旗護擁一面熟悉的大纛，在晨霧籠罩之間陽陽飄颻颯颯作響，來者正是讓他屢見屢敗的李藥師！

頡利手中雖然仍有勝兵數萬，可是眼前迷霧濛濛，沙塵滾滾，根本無從估計李藥師帶來多少人馬！於是當下毫不遲疑，迅即跨上寶駒，率領輕騎遁逃。

《新唐書・李靖傳》贊曰：「世言靖精風角、鳥占、雲祲、孤虛之術，為善用兵。是不然。特以臨機果，料敵明，根于忠智而已。」這段史評實是斯情斯景的絕佳寫照。

且說當時。李藥師率大軍躍馬直前，突厥聞聲潰散。只聽蘇定方大聲吼道：「兄弟們，快拿！」

他這二百兄弟當年原是竇建德、劉黑闥的部屬，怎會不知軍規？聽到蘇定方叫「快拿」，卻沒人敢動手。

蘇定方見狀，再度吼道：「快拿！都給我拿！」

兄弟中有人明白了蘇定方之意，叫道：「將軍，不可以啊！」

蘇定方登時又急又怒，厲聲吼道：「都給我拿！這是軍令！」

張公謹遙遙聽聞，不明所以。他望向李藥師，但見這位自己崇敬仰慕的大總管神色堅毅，雙唇緊抿。他日前才因過問突襲之事，導致自己心下赧然。此時雖然更加不解，卻也不再開口。

李藥師則遣人急速搶進頡利大帳，協助唐儉脫身。此役唐軍斬首萬餘級，擒俘突厥男女十餘萬人，羈獲各種牲畜數十萬口。擒俘人眾之中，包括義成公主及其子疊羅施。李藥師確認義成公主身分之後，便命絞殺。

日前李藥師先領一萬精騎出白道，往西北突襲頡利。緊隨其後，李世勣亦率所屬出白道，往正北趕赴磧口。這次戰役，二李的良馬全數交由李藥師用於突襲，因此李世勣所部僅以步卒為主。良馬疾馳的爆發力雖然遠勝於人類，但持久力卻不如訓練有素的步卒。磧口位於今日內蒙古二連浩特西南方，距離白道嶺約莫七百里路途。李世勣率所部在海拔超過千米、崎嶇坎坷的高原上疾行十日，抵達磧口。

果如兩位李將軍所料，頡利逃離鐵山之後，便率部眾奔往磧口。由鐵山至磧口，雖較白道嶺至磧口略近，卻也所差無幾。頡利縱有寶駒，然隨他奔逃的部眾，馬匹久已欠缺調養，何況還有錙重隨行。更不要說，此時他們才從鐵山出發，比李世勣率步卒從白道嶺出發，晚了兩日有餘。

於是頡利率眾戮力強行，來到磧口之時，見到的並不是期盼中的山谷通道，而是李世勣的旗旗。這面旌旗雖不似李藥師的大纛，令頡利望風喪膽，但是此時，隨他奔逃的人馬早已力竭。勉強接戰之後，僅有少數近衛願隨頡利撤退，其餘突厥貴官全部率眾投降。李世勣擄獲五萬餘人，縲絏而還。

至此，二李已將陰山北麓，直至大漠的大片疆土全部取下。於是露布傳檄，一方面發出捷報，另一方面通緝頡利。

捷報傳至長安，李世民喜不自勝，對身邊侍臣說道：「朕聞主憂臣辱，主辱臣死。往者國家草創，太上皇以百姓之故，稱臣於突厥，朕未嘗不痛心疾首，矢志必滅匈奴，以至於坐不安席，食不甘味。如今只暫勞偏師，便無往不捷，令單于稽首，恥其雪乎！」於是大赦天下，賜酺五日。

百年之後，王昌齡有〈出塞〉二首。詩中場景雖極雄渾開闊，然其情懷卻似另有感觸。在此則將二首結合，以睪彰顯初唐意象：

騮馬新跨白玉鞍
戰罷沙場月色寒
但使龍城飛將在
不教胡馬度陰山

不過當時，李藥師、李世勣所部皆已不足萬人。李藥師在鐵山有十餘萬俘虜，李世勣在磧口亦有五萬之眾，都無法分兵追討頡利。於是頡利得以率領不足百人的親隨，在莽莽大漠之間，踽踽往西奔行。他計畫暫時先依附沙缽羅設，再投奔吐谷渾。

沙缽羅設阿史那蘇尼失是頡利之父啟民可汗的幼弟。兩年之前，李世民在宜秋宮設米盤，讓李藥師作推演時，頡利周圍有四方八設。如今，東方的突利已歸附於大唐，南方三設與北方三設，不是也已降唐就是受制於薛延陀，惟有西方的沙缽羅設，尚能自保。

然而尚能自保，並不代表沙缽羅設既有能力又有意願收留頡利。幾經盤算，頡利認為當前惟一可去之處，只有吐谷渾。頡利的生母婆施氏來自吐谷渾④，當年陪嫁的媵臣胡祿達官吐谷渾邪，此時仍然隨在左右。頡利初生之時，便交由吐谷渾邪負責照料；貞觀八年頡利在長安去世，吐谷渾邪更自刎以殉。這位來自吐谷渾的陪嫁媵從，實是頡利一生最為忠心的侍臣。

只不過頡利此行，並沒有能夠抵達吐谷渾。四個多月之前，李道宗率大同道大軍北討，甫出靈州，便遭遇試圖增援頡利的沙缽羅設，將之擊退。此時得知頡利前來依附，李道宗立時引兵進逼，脅迫沙鉢羅設交出頡利。頡利聽聞風聲，連夜奔逃藏匿。李道宗不依不饒，問沙鉢羅設縱放頡利之責。沙鉢羅設大駭，遣其子阿史那泥孰搜捕，在荒野山谷之間將頡利擒獲。

此次六道行軍討伐突厥，張寶相是李道宗大同道的行軍副總管。他率軍直逼沙鉢羅設的大帳，阿史那蘇尼失自知無力對敵，便以頡利為贄禮，向張寶相請降。於是張寶相代表大唐，接受沙鉢羅設獻俘歸附。至此漠南廣袤之域，悉數括入大唐版圖。

這日乃是三月之望，城外皓月當空，溥照峰前平沙。數十年後，李益〈夜上受降城聞笛〉詩中所寫，便是當前的實境：⑤

回樂峰前沙似雪
受降城外月如霜
不知何處吹蘆管
一夜征人盡望鄉

此時李藥師甫由鐵山經五原，也就是今日的包頭，進入白道川；李世勣則仍在由磧口前往五原的途中。他二人都必須以手邊僅餘的部眾，一方面守住鐵山、磧口，另一方面處理多者達十餘萬、少者也有五萬的突厥戰俘，那可不是輕易的任務。若想以少數人馬押解大批戰俘出白道川，必須取道五原。因為這條途徑，比白道平緩多了。

原本已在白道川的柴紹，則先與李道宗會師，再攜同歸降的阿史那蘇尼失、阿史那泥孰父子，一道押解頡利，前往長安還師奏捷。

李世民以雍穆莊嚴的隆重典禮，將俘獲的頡利獻於太廟，行飲至禮以饗先祖。隨後前往順天樓盛陳儀仗，在官民士庶圍觀之下，頡利身被縲絏，被執至皇帝御前。李世民當眾歷數其罪狀，然因他在渭水便橋會盟之後未再大舉入寇，故免其一死。頡利哭謝。李世民將頡利家人歸還予他，與他一同安置於太僕寺中。

磧口
頡利可汗
頡利可汗
李世勣
鐵山
頡利可汗
李藥師
白道嶺
白道
白道城
陰山
李藥師
李世勣
沙缽羅設
李道宗
五原
白道川
定襄
柴紹
勝州
大河
大河
N

唐平東突厥之戰圖

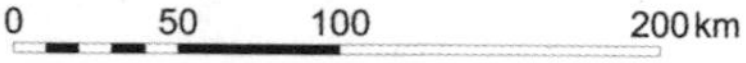
0
50
100
200km

第六十一回　臺閣端揆

大唐貞觀四年四月之晦，日次甲子①，李藥師、李世勣一前一後，雙雙紫袍金鎧，高跨汗血天馬，在張公謹等副將追隨、諸多鐵騎甲士擁護、萬千百姓雀躍歡呼之下，經由京師西城三門的北首一門，開遠門，進入長安城。前行五百餘步，通過安福門，便進入皇城。再前行二百餘步，北面即是大朝承天門，皇帝親自在此迎候全勝凱旋的曠世軍神。

李藥師率諸將以大禮參拜皇帝，歸還兵符。隨後回到家中，當即換上素服，前往杜如晦府上祭拜。原來一個多月之前，唐師擒獲頡利之後不過數日，杜如晦便已薨逝。他不但曾是李藥師的上憲，更是相互首肯的兒女親家，如今溘然長逝，李藥師自是深感惋惜。

距此兩個月前，李藥師取下定襄之後不久，四夷君長便或親自，或遣使來到長安，拜請大唐天子上尊號為「天可汗」，以臣屬自居。華夏歷史上最為光耀四海、威震八荒的全盛時期，因著李藥師這位曠世軍神的絕代功勳，於焉濫觴。

一個多月之前，李道宗、柴紹押解頡利可汗入朝。李世民獻俘於太廟之後，李淵大為感慨，嘆道：「當年漢高帝困於白登，不能為之雪恨。而今我子則能蕩平突厥，實吾託付得人，復何憂哉！」當即於淩煙閣置酒，太上皇、皇帝召貴臣十餘人，與諸王妃主歡宴為慶。酒至酣時，李淵自彈琵琶，李世民則自起舞，諸王公卿迭起為壽，直至深夜方罷。

待得眼前，大獲全勝的大總管李藥師還朝，王公勳貴雖則爭相筵宴，然而狂喜的程度，畢竟已不若當初捷報傳入長安之時那般擎天撼地，讓朝野轟動震驚。甚至李藥師自己，似乎竟也有些意興闌珊。

這樣的意興闌珊，愛妻感受最為貼切，不免動問。

李藥師輕嘆一聲：「出塵哪，妳也知道，我取定襄之後，陛下曾經有言：『卿以三千輕騎深入虜庭，克復定襄，威振北狄，實古今所未有，足報往年渭水之役。』」

出塵點頭道：「是。三數月前，我與兩個孩兒隨欽使一同前往定襄，親耳聽到中官口述。」

李藥師再嘆一聲：「妳可知道，我下鐵山之後，陛下又說：『往者國家草創，太上皇以百姓之故，稱臣於突厥，朕未嘗不痛心疾首……如今只暫勞偏師，便無往不捷，令單于稽首，恥其雪乎！』」

出塵再度點頭：「是，我也聽過。」

李藥師凝視愛妻：「又是『足報往年』，又是『恥其雪乎』，妳不覺得……」

出塵登時瞠目結舌，詫然而道：「是唷，經你這麼一說，這『足報往年』、這『恥其雪乎』，委實……委實不是容易啟齒之事啊。」

李藥師慘然一笑：「是啊，這『足報往年』、這『恥其雪乎』，便是妳家良人的所作所為。」

李藥師言下之意，出塵豈會不明？這位令她崇敬仰慕的軍神，這位讓她親愛疼惜的夫婿，如今完成那位自視絕高的在其位者，沒有能夠親自做到的事；又讓那位傲視寰宇的萬乘之尊，親口說出並不樂意啟齒的言語！尋思及此，出塵款款握上夫婿手掌：「所以，你……」

李藥師緊握伊人柔荑，緩緩點頭，凜然說道：「不錯，我為此做了一些準備。」

出塵問道：「一些足以讓御史彈劾，足以再度辨析『君君臣臣』的準備？」

李藥師再度緩緩點頭，悠悠引《老子》之言吟誦翫味：「『持而盈之，不如其已；揣而銳之，不可長保……』」

出塵婉娩望向夫婿。李藥師只見愛妻眼神之中滿是欽佩，又滿是不忍，柔聲引《老子》之言幽幽而嘆：「『知其雄，守其雌，為天下谿……知其白，守其黑，為天下式……知其榮，守其辱，為天下谷……』」

果然不出數日，李世民便傳李藥師入宮。

李藥師疾趨步入兩儀殿，但見皇帝神色甚是不豫。行禮之後，李世民遞給他兩端表奏。

李藥師看時，一是溫彥博所上，另一則是蕭瑀所上，兩端都彈劾他「軍無綱紀，致令虜中奇寶，散於亂兵之手」。李藥師放下表奏，一語不發，頓即伏地叩首不已。

李世民沉聲說道：「藥師啊，定襄一役你須馬匹，是以取用馬邑所得之馬；鐵山一役你須馬匹，故爾取用定襄所得之馬。如若由朕領軍，也會同樣處遇。因此當時彥博上表，朕未予以採納。」此時皇帝凝視這位俯伏御前的「吾兄」，痛切說道：「藥師啊，你可知彥博上此表奏，有多違逆其心？他身為御史大夫，幅奏按察乃是職責所在。朕見此舉非他本意，為免讓他愈加為難，只有將他調離御史臺。」

李藥師依然一語不發，仍是伏地叩首不已。

李世民繼續沉聲說道：「你雖取用馬邑、定襄之馬，畢竟乃是征戰所需，無可厚非。然則鐵山戰後已無須再戰，你非但未將馬匹妥善收管，反倒放任將士私取。藥師啊……」皇帝語調轉為痛切：「你明知朝中亟須馬匹，卻為何……為何……」

李藥師仍舊一語不發，繼續伏地叩首不已，此時他額頭上已滲出血痕。

皇帝語調依然痛切：「回想當初戡平蕭銑，諸將意欲掠取，是你出言力阻。可如今……如今……」

李藥師繼續伏地叩首不已……

「如今將士掠取，你非但不予阻止，反而……」李世民愈說愈怒：「反而鬧得盡人皆知。你這是生怕時文不彈劾你？」「時文」是蕭瑀的字，李世民將溫彥博調離御史臺之後，以蕭瑀接任御史大夫。

李藥師繼續伏地叩首不已……

「如今此事，朕縱使有意不究，也已無法杜悠悠之口。不過……」李世民語調轉為平和：「不過朕非隋文，當年史萬歲②破達頭可汗，有功不賞，以罪致戮。朕則不然，當赦你之罪，錄你之功。」

李藥師繼續伏地叩首不已……

只聽皇帝巍然說道：「所謂『功懋懋賞』，朕且厚賞於你。」

「德懋懋官，功懋懋賞」出於《尚書‧仲虺之誥》，意謂勉於德者則勉之以官，勉於功者則勉之以賞。此時李世民只賜予厚賞而不加封官職，其意明白無比，他認為李藥師所立功勛雖大，於德卻有所不足。

這次皇帝所賞，包括將李藥師晉位為左光祿大夫，賜絹千匹，增加百戶實封食邑，與前共計五百戶。當時左光祿大夫是從一品散官③，所謂「散官」，單純是敘授俸祿的位階，既無職權亦無職責。李世民當真明確展示出天子的態度，他提升了李藥師的敘俸位階，賜贈了用途等同貨幣的官絹④，增加了實封食邑，每一項都是財祿之賞，而非職位之官。

李藥師叩首謝恩，帶著淌血的額頭離開太極宮。唐代官員入出宮禁一概騎馬，因而此時，這位大唐軍神淌血的額頭，與他得到厚賞的消息，一同迅速遍傳帝都。

李藥師回到家中，直入內室。出塵只略審視夫婿額頭的傷勢，便迅速助他除下官服，換上常衣。李德謇、李德獎都已趕來，要為父親包紮。出塵只說道：「你們別在這兒忙，快隨爹爹上前邊去吧。」

果然，他父子三人方才來到前廳，便得外間來報，蘇定方請見。

蘇定方快步奔入廳中，但見李德獎正在為李藥師敷藥包紮，當即雙膝砰然跪倒，一語不發，只是連連叩首。和璧尚不及將他拉住，他額頭已淌血不止。

李德謇也過來拉住蘇定方，說道：「蘇將軍，切莫如此！」

蘇定方雖被李德謇、和璧一左一右拉住，卻仍奮力試圖叩首，聲淚俱下，叫道：「定方愧對令君！定方愧對令君！」

只聽李藥師說道：「定方，莫要如此！」

蘇定方仍不肯止，不顧李德謇、和璧雙邊架持，繼續奮力試圖叩首，竭聲叫道：「定方愧對令君！定方愧對令君！」

李藥師沉聲說道：「定方，這是命令！」

蘇定方登時硬生生地止住叩首，卻仍淚流不止，叫道：「令君！令君！」聲音已然嘶啞。

薛孤吳也聽聞此事，連忙趕來，還是比蘇定方晚了一步。此時他也奔入廳中，見此狀況，只微微朝李藥師躬身見禮，隨即走到蘇定方跟前，說道：「定方，聽我一句！」

蘇定方見到薛孤吳，淚水更如泉湧，再度叫道：「阿吳，定方愧對令君！定方愧對令君！」竟奮力試圖對薛孤吳叩首。

薛孤吳對李德謇微微欠身，李德謇便放開蘇定方，換讓薛孤吳拉住他。薛孤吳輕嘆一聲，說道：「定方，你是怎麼了？就讓大公子這麼扶著？」

蘇定方一怔，又轉向試圖對李德謇叩首。

薛孤吳沉聲說道：「定方，夠了！」他使力將蘇定方拉起來，環視廳中一匝，確定沒有外人，方才正色說道：「定方，當初你向令君提出請求，我可也在現場，親耳聽聞，親眼目睹。難道你以為，令君答應你時，沒有料到今日之事？」

蘇定方更加激動起伏，哽咽叫道：「阿吳，定方愧對令君……定方愧對令君……」

薛孤吳輕哼一聲，鏗鏘說道：「令君願意成全於你，你就放在心上，感恩圖報便是。如今來此哭鬧，成何體統！」

蘇定方一時語塞。

李藥師微微一笑，溫顏說道：「定方，過來，讓德獎看看。」

蘇定方見李德獎拿起藥箱，要朝自己走來，趕緊上前，雙膝跪在李藥師榻前。

李藥師又微微一笑，尚未開口，薛孤吳已搶著說道：「定方，你這是打算讓二公子跪著給你包紮？」

蘇定方聞言，總算稍微安靜下來，恭恭敬敬地朝李藥師叩首，依李德獎指示，坐上李藥師榻側。李德獎包紮之後，蘇定方致謝，再度走回李藥師榻前，跪下叩首。

李藥師朝李德謇望了一眼。李德謇躬身領命，與李德獎一同整理藥箱。和璧則領崑崙奴收拾水盂火盆等什物，與薛孤吳一同告退。

此時廳中僅餘李藥師、蘇定方二人。李藥師命蘇定方上前，握住他手，嘆道：「定方哪，此事對於你的影響，更甚於我啊！」

蘇定方眼淚再度簌簌流下，連連搖頭：「可定方是自願，令君卻是受累！」

李藥師笑道：「你怎知我不是自願？」

蘇定方又是一怔。

李藥師溫顏說道：「定方哪，此事你若有錯，惟一錯處只在，當初你不明白我欲為大唐求才之殷切。」

蘇定方似想說些甚麼，卻沒有說出口。

李藥師再度微微一笑，繼續說道：「總有一天你能明白，當今陛下何其恢宏大度，英明神武。」

「令君……」蘇定方顯然並不同意。對他而言，姑且不論過去多年的委屈，單是眼前李藥師的景況，他就不能同意這「恢宏大度，英明神武」之論。

「事已至此，多說無益。」李藥師仍是微微笑道：「定方哪，如今我只想問，你有甚麼打算？」

蘇定方毫不遲疑：「如今定方只願誓死追隨令君，一生懸命，以贖前愆！」這個問題他已經想過，也已經做出決定。

李藥師笑出聲來：「好啊，定方！你之所願，先前在讓兄弟得能安身立命，此願已償。而今所願，則在追隨於我，我可以答應你，讓你再償所願。但是……」他俯身前傾，凝視蘇定方：「但是定方，你可曾想過我之所願？我為大唐求才之所願？」

蘇定方聞言一怔，抬頭望向李藥師，惶然叫道：「令君！」當初他願意入唐，心中所思所念，全是他的兄弟。他對李藥師雖有敬意，但僅止於戰場上的用兵如神。蘇定方自己都沒有意識到，短短兩年之間，他對李藥師的情感，已從風輕雲淡的敬意，轉化為衷心傾慕的景仰。他原先以為，初戰掠取物資等事，固然會讓李藥師受到牽累，但那是兩人之間既有的協議。萬萬沒有料到，此時自己竟會愧慟得如此摧心裂肺！

只聽李藥師說道：「你可是想，如今縱使願意助我得償所願，只怕也已錯失良機？」

蘇定方再度叩首：「令君，定方慚愧！」

李藥師輕嘆一聲：「後續你遭閒置，看來在所難免。然若由此一事，讓你有所體悟，未嘗不是機緣。」此時他語調轉為鄭重：「如你所知，朝中多人以我為師。然他們各有所任，無法潛心向學。」他深深凝視蘇定方：「至於你，在你閒置期間，你若願意，我便將所學盡授予你。如此，一方面讓你追隨於我，償你所願。另一方面你可傳我所學，上效明君，下安百姓，如此亦可償我所願。不知你意如何？」

對於「明君」二字，蘇定方雖不同意，但他此時並不辯駁，只正色說道：「定方敢不從命！」

他站起身來整肅衣冠，恭敬莊重地重行頂禮參拜：「弟子蘇定方，拜見吾師！」

李藥師含笑扶起：「還是尋常稱呼便了。」

蘇定方躬身道：「是！定方遵命！」

此時只聽外間來報，中書侍郎岑文本⑤請見。他是李藥師戡平蕭銑之後，向李世民舉薦的蕭梁人才。蘇定方聞報，當即告退。

岑文本則在李德謇引領之下，步入廳中。他一見到李藥師，竟也立即試圖下跪，李德謇趕緊將他止住。他只得躬身至地，說道：「文本愧對令君！」

李藥師微笑道：「景仁，這與你有何相干？」「景仁」是岑文本的字。

原來不久之前，中書侍郎顏師古因失職遭到黜免。溫彥博為他進言，希望能讓他復職。不過李世民並未採納，而改任岑文本為中書侍郎，專典機要。此事並非李藥師所舉薦，而是岑文本的才學歷練，已深得皇帝賞識。但岑文本仍然認為，李藥師遭溫彥博彈劾，是因此事受到牽累，於是頻頻謝罪。

李藥師好不容易才將岑文本安撫住，外間卻又來報，莊嚴寺住持玄會法師請見。莊嚴寺原本由玄奘住持，在他離京西行之後，由師弟玄會接掌。

當初玄奘意欲度關，蕭瑀向皇帝請恩旨，未得允准。其後李藥師請恩旨，卻得首肯，事後蕭瑀自然有所耳聞。這讓玄會認為，李藥師遭蕭瑀彈劾，是因此事受到牽累，於是也來謝罪。

這日請見之人絡繹不絕，直待得傍晚，李客師親自來到門樓，以李藥師須要休養為由謝客擋駕，方才消停。

不數日，李世民又傳李藥師入宮。李藥師步入兩儀殿，正要朝上行禮，已被皇帝止住：「吾兄免禮！」

李藥師仍躬身至地：「謝陛下。」

李世民命他上前。內侍移來坐墊，讓他對坐御前。只聽皇帝輕嘆一聲，搖頭說道：「明哲以保其身，自汙以免其禍，吾兄啊……」

李藥師拜伏而道：「陛下……」然而眼前這位「虬鬚龍子」，是否當真明白自己意欲再度辨析「君君臣臣」的深意？李藥師也不確定。

只聽李世民再嘆一聲：「吾兄啊，你這是將朕置於何地？」

李藥師再度拜伏：「臣惶恐！臣誓追隨陛下，以逞平生之願！」

聽到「以逞平生之願」六字，李世民微微一笑，聲如謳歌：「富國家、強社稷……」

李藥師也微微一笑，與皇帝一同謳歌：「興教化、安百姓。」

謳歌停處，李世民輕嘆一聲：「吾兄啊，可大事尚未功成哪！」他語調轉為誠摯，莊容說道：「前此之事，朕意已有所悟，但盼吾兄莫要放在心上。」

李藥師再度拜伏：「陛下折煞微臣了！社稷但有所需，陛下但有所命，臣敢不鞠躬盡瘁，竭誠以赴！」

李世民鄭重說道：「好。所謂『德懋懋官』，朕意以吾兄為尚書右僕射，但盼吾兄不棄。」

一年半前杜如晦以疾辭位。他原任尚書右僕射，攝吏部尚書，辭位之後這兩個官職一直懸缺。右僕射的工作由李世民親自監督，吏部的職責則由左僕射房玄齡權為統攝。此時，皇帝方才將兵部尚書檢校中書令李藥師，擢升為尚書右僕射。

從二品的尚書右僕射，品秩雖不如李藥師已有的從一品左光祿大夫、從一品代國公、正二品上柱國，然左光祿大夫是散官、代國公是爵封、上柱國是勳位，都不執掌實權。尚書右僕射則是執掌實權的職事官，當時朝中除尚書左僕射外，再沒有比這更高的掌權之位了。皇帝此舉，當真充分表達了誠意。何況李世民特意再度援引《尚書．仲虺之誥》，等同彌補前此只賞不封之憾。

晉封之外，皇帝又加賜官絹二千匹。於是李藥師趕緊起身，整肅衣冠，重行施禮，領旨謝恩。

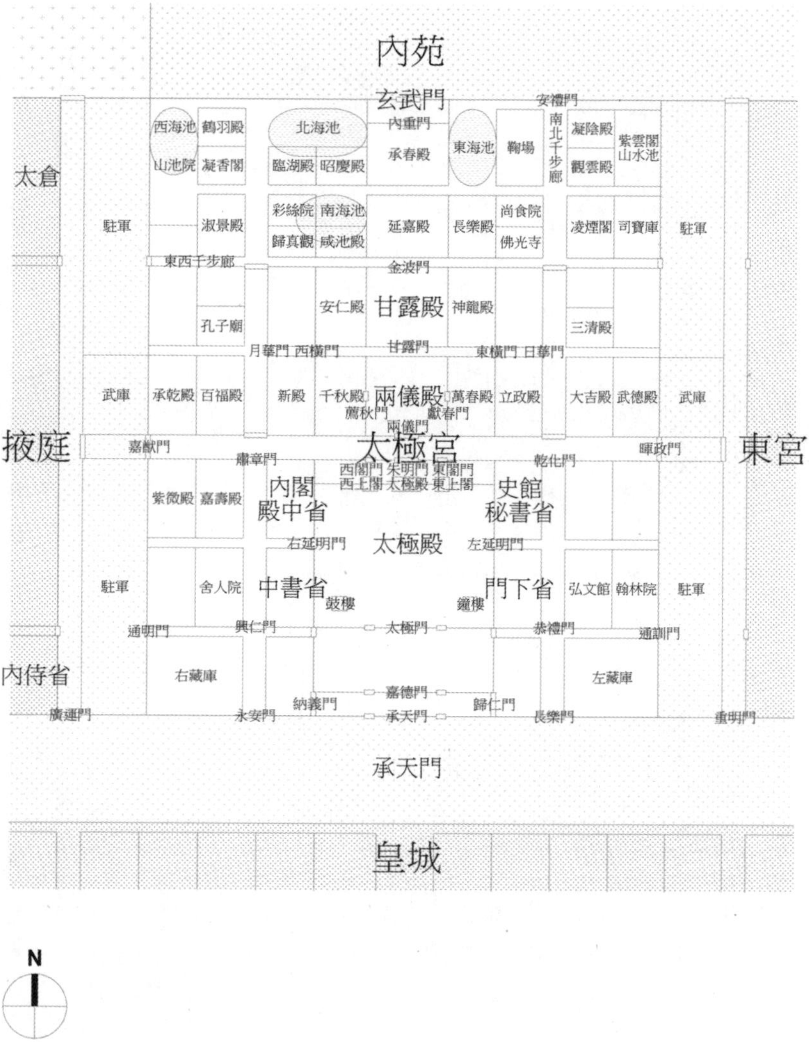
內苑
玄武門
安禮門
西海池
鶴羽殿
北海池
內重門
承春殿
東海池
鞠場
南北千步廊
凝陰殿
紫雲閣
山水池
山池院
凝香閣
臨湖殿
昭慶殿
觀雲殿
太倉
彩絲院
南海池
延嘉殿
長樂殿
尚食院
凌煙閣
司寶庫
駐軍
淑景殿
歸真觀
咸池殿
佛光寺
東西千步廊
金波門
安仁殿
甘露殿
神龍殿
孔子廟
三清殿
月華門
西橫門
甘露門
東橫門
日華門
武庫
承乾殿
百福殿
新殿
千秋殿
兩儀殿
萬春殿
立政殿
大吉殿
武德殿
萬秋門
獻春門
兩儀門
掖庭
嘉猷門
太極宮
暉政門
東宮
肅章門
乾化門
西閣門
朱明門
東閣門
西上閣
太極殿
東上閣
內閣
殿中省
史館
秘書省
紫微殿
嘉壽殿
右延明門
左延明門
舍人院
中書省
門下省
弘文館
翰林院
鼓樓
鐘樓
通明門
興仁門
太極門
恭禮門
通訓門
內侍省
右藏庫
左藏庫
嘉德門
納義門
歸仁門
廣運門
永安門
承天門
長樂門
重明門
皇城
N

初唐太極宮圖

0 200 400 600m

第六十二回　三原祭祖

漠北鏖戰數月，全勝歸來之後，李藥師得到三十六日休沐。初唐仍維持漢代以降五日一休的體制①，李藥師領兵在外，數月未嘗停歇，又可抵得假期，合計二月有奇。此時他已臺閣端揆，這年又逢六旬大壽，人生雖已臻於輝煌鼎盛之巔峰，卻仍有數樁未竟的心願。

三十二年之前出岫殞命，草草掩埋於姑射山龍子祠，當時父親已然囑咐，讓她葬入李氏墓園。十二年前大哥李藥王去世，與大嫂的棺槨一同暫厝於昆明池南的山麓。年前楊玄慶作古，李藥王早已應允，讓他葬在李氏墓園之側。②於是此時，李藥師決定以另類方式為自己作壽。他要將這幾位至親的靈柩，一同安葬於故鄉三原的李氏墓園。

出岫、楊玄慶的葬禮都屬私事。出岫的遺骨，得遠從姑射山迎至京師。李藥師身居高位，不便親出，便由李德謇兄弟奉出塵前往。楊玄慶的身分更為敏感，權由和璧主理移靈事宜。

李藥王就不同了。數月之前，李藥師成為代國公的同時，李世民將永康縣公的爵位轉贈予李

藥王。③④此時更賜贈使持節、梓州諸軍事、梓州刺史等官位。因此李藥王的葬禮，得以從二品的身分，由鴻臚少卿護其喪事。

李藥師先將兄嫂的棺槨，依軍禮迎至平康官邸，停靈四十九日，出岫、楊玄慶的棺槨皆附於其後。官邸闔府縞素，衰絰發喪，大備威儀，白幔孝帳直羅列至門樓外的大街上。靈前牌疏大撰「誥贈使持節梓州諸軍事梓州刺史永康公李氏藥王暨夫人達奚氏之靈位」，左有高道領諸道士打醮，右有高僧引眾僧人拜懺，其外更有御賜的羽葆、鼓吹、班劍、鹵簿等儀仗。⑤

朝中宰輔勳貴，在野高逸世交，大都親臨弔唁。惟有杜府，因杜如晦之喪仍在孝期之中，只能欠人代奠。李世民則命太子李承乾，以李藥師學生的身分與祭。而長孫皇后，更遣淑妃楊蕣華前來，讓她可以追悼父親。這對帝后，於臣下實可謂是仁至義盡，李藥師、出塵都不禁慨嘆。

起靈之日，澆奠之後，便依軍禮移棺發引。先是一對九尺銘旌，其一大書「誥贈使持節梓州諸軍事梓州刺史永康公李氏藥王之柩」，另一則書「誥贈使持節梓州諸軍事梓州刺史永康公李門達奚氏夫人之柩」。又有儀仗前導，李藥王的二子李脩志、李脩行引領執紼，李藥師、李客師親率孝眷扶櫬。

一出平康坊，北面便是金光門—春明門大街，沿街滿是祭棚。朱雀門前第一棚是帝后所設，其後往西，依次是東宮的祭棚，李承乾由于志寧、孔穎達陪侍，親臨致意。再次是親王、郡王，各依位分順序設棚，李孝恭、李道宗均親臨送殯。當時李神通已去世，李孝恭仍是禮部尚書，李道宗則在蕩平突厥之後奉召調回京師，遷任刑部尚書。其後又有各家公主府的祭棚，柴紹等與李藥師、李客師交誼深厚的駙馬亦均親至。更有諸外戚府的祭棚，李客師夫人長孫無雙是長孫皇后的堂姊，長孫無忌親率子侄前來致意。又有諸將軍府的祭棚，已往天策府中與李客師相與共事的將領同樣親至。隨後即是中樞各省、各部、各寺、各監，以及李藥師曾經任職的夔、荊、桂、揚、安等諸州代表所設之棚，一路直排列到金光門內。

出金光門後轉往北行，沿路便是以房玄齡為首的各家祭棚。房玄齡親來致意，李藥師親自答禮。以次各府各家，無庸逐一贅言。由此直至三十里外的渭水之濱，素帳路奠不絕於途。

渡橋來至渭北，即入咸陽縣境，又有當地官府仕紳前來迎送。在此停歇一夜，次日李藥師、出塵、李客師、無雙登車，讓李脩志、李脩行、李德謇、李德獎，以及李客師之子李大善、李大惠、李大志等人騎馬，如此送葬隊伍方得以加速前行。

出了縣城，道途逐漸崎嶇，乘車逐漸顛簸。李藥師、出塵索性下車，與李客師、無雙一同跨上駿馬。此時節氣已入處暑，秋高氣爽，萬里晴和。放眼四顧，田野粟米穗實已現金黃。李藥師想起當年在長安縣功曹任上，看著農人秋季收粟的情景，眼眶不禁濕潤。

出塵原本正與年歲相當的侄兒、侄媳並轡，見狀當即來到李藥師近前，滿眼詢問神色。

李藥師嘆道：「隋末戰亂之前，斗米不逾百錢。未料大業末年，洛陽竟至於斗米三千；武德元年，更高達八、九千錢之多！」他再嘆一聲：「一夫之糧，日須脫粟三升，換算一月，便是九斗。單是一月維生，一人便須七、八萬錢……」他又嘆一聲，搖頭說道：「以致餓殍遍野……餓殍遍野啊！」

出塵婉娩伸出柔荑，隔著馬匹握上夫婿厚實的手掌。

李藥師望向愛妻，微微一笑：「其後天下漸安，貞觀元年雖遇旱荒，關中饑饉，斗米值絹一匹，卻已比十餘年前好得多了。」當時絹一匹約合五、六百錢。

出塵放開夫婿手掌，嘆道：「但想過去三數年來，先是旱荒，再遭蝗害，又有大水。前年若不是你以工代賑，單是咱們這幾百戶實封食邑，就不知有多少人難以存活。」

李藥師先是嘆道：「是啊！」隨後揚臂高揮，邊遙指四野，邊歡聲說道：「可妳瞧，如今，田野穗實，已現金黃啊！」他伸手握住愛妻纖指，兩人對望，但見彼此眼眶，都因欣喜而濕潤。

午後進入涇陽縣境，同樣有當地官府仕紳往來迎送。於此又停一夜，再次日繼續北行。一到三原縣界，便見大批仕紳鄉親，跟隨當地官府前來相迎。其後直至李氏墓園，又是素帳路奠不絕於途。

來至墓園之外，但見鴻臚少卿劉善因、將作少匠姜行本皆早已在此等候，李藥師、李客師趕緊上前見禮。只因李藥王從二品身分的葬禮，由鴻臚少卿護其喪事之外，李藥師從一品的國公爵位，更由將作少匠協助整修家族墓園。

李藥師的先祖世居隴西成紀，與漢代名將李廣同族。西晉以降，已有祖上歷任刺史、太守等職。五胡亂起，晉室東遷之後，李藥師的高祖父李文度曾仕於西秦，任安定太守。其後西秦為北涼所逼，降於北魏，李文度率族人入北魏，定居於京兆山北的三原。李藥師的曾祖父李懽曾任北魏河、秦二州刺史，永康縣公；祖父李崇義曾為北周雍州大中正，廣、和、復、硤、殷五州刺史，永康縣公；父親李詮則曾為隋代的趙郡太守，永康縣公。由北魏直至隋文帝時期，一百六十餘年之間，李氏一直頗為顯赫。直至開皇末年，李藥王因戰敗而遭到除名，籍為庶民。⑥

然則即使在李氏先祖最為顯赫的時期，爵位也僅止於永康縣公。如今李藥師貴為國公，家族墓園的體制，便由將作監協助提升。此時李藥師一行奉李藥王等人的靈柩前來，尚未抵達墓園入口，遠遠便見一色雪白卵石鋪地，由官道直入神道。墓園進口兩側，矗立一對石刻雙闕，雕琢靈猿、仙鶴之象。進入之後不遠，越過一道白石橋，隨即步上神道。兩旁先是一對望柱，再是成對的石羊、石馬，以及相對的文、武石人。在這雙雙羅列的眾多石像後側，遍植蒼松翠柏，掩映遠天素秋的煙飛雲斂，氣氛莊嚴肅穆已極。

再其後便是神道碑。李藥王、達奚氏夫人的石碑最新，排在列祖列宗之前，俱有螭首龜趺，上高九尺。其後依序是父輩、祖輩、曾祖輩、高祖輩的列碑。隨後又過一道白石橋，便是欞星門、祭亭，仍是一色雪白卵石鋪地，引領至墓道石門。這日重門大開，迎棺入內，直至李藥王、達奚氏夫人合葬的石室。依軍禮安葬之後，以墓誌將墓穴嚴封，再行虞祭之禮，方才告一段落。

其後又葬出岫、楊玄慶。此時不再依循軍禮，而由家族人眾詠唱〈蒿里〉、〈薤露〉之曲，備感哀戚。

只因逝者皆早已過三年孝服之期，下葬之後，李藥師便率闔族禫除⑦，換上吉服。

李藥師首先向劉善因致謝，劉善因則代表鴻臚卿唐儉向李藥師致意。半年之前唐儉銜命前往鐵山，與頡利商議歸附事宜。李藥師卻率軍突襲頡利，可說不顧唐儉安危。然而先前，在李藥師轉任兵部尚書之後，便與鴻臚寺聯手負責敵後情報人員的工作，因此定襄戰後，皇帝才會派遣唐儉前往鐵山。身處鐵山大帳之時，唐儉心中非常明白，自己已被頡利用作人質。若非李藥師揮斥方遒，自己或許就要成為阻礙大唐蕩平突厥、一統大漠的罪人。

而李藥師，他由鐵山返回長安之後，一直沒有機會與唐儉就此事件深入溝通。此時聽劉善因轉述唐儉想法，但覺胸懷大暢，於是便也細數唐儉經略敵後的功勳。並說道，如果沒有鴻臚寺這幾年來對於塞北諸部的懷輯撫結，此次六道行軍便不可能盡畢其功於一役。李藥師的真誠述懷，讓劉善因也傾心言志。於是相互推崇，彼此盡歡。

隨後李藥師又向姜行本致謝。姜行本非但親自主持這次修繕墓園等事宜，他更是李德謇在將作監的上司。然他相當謙遜，躬身答禮，笑道：「下官奉旨辦事，但願能合相君之意。」當時尚書省左、右僕射是中樞品秩最高的宰相，故稱「相君」。

李藥師趕緊躬身謝道：「上承天恩，下臣感激涕零！」

姜行本自是不敢受禮，避在一旁。彼此揖讓之後，姜行本又道：「相君可知，如今東宮已有少傅？」

「在下不知。」李藥師微微搖頭：「數月以來庶務繁冗，委實有失東宮職守。」言下頗有愧歉之意。

姜行本則笑道：「陛下以為蕭少傅可專意東宮職事，不必續任御史大夫，亦不復得參預朝政。」

這裡「蕭少傅」指蕭瑀，他性格孤傲高亢，過去擔任宰輔之時，便經常在御前與同僚當庭齟齬，多次觸怒聖顏，遭到罷黜。其後擔任御史大夫，又頻頻針對重臣的微小過失，便予亢顏表奏。單說他繼溫彥博之後任職御史大夫，短短半年之間，就曾先後彈劾房玄齡、李藥師、魏徵、溫彥博等。李世民屢次不予處置，他仍不依不饒，讓皇帝忍無可忍。這次再度左遷，對蕭瑀而言既不是第一次，也不是最後一次。

李藥師卻很清楚，姜行本此時提及此事，必是皇帝授意。對於兩個多月之前讓李藥師額頭淌血之事，李世民此舉可謂極有誠意地表達了態度。於是他對姜行本深深一揖：「多承相告，藥師毋任感荷！」

姜行本還禮，又笑道：「將作監即將開始規畫避暑夏宮等事宜，但盼大公子回京之後，能盡快前來共事。」

李藥師自然應允，並代李德謇領命。

次日，李藥師送劉善因、姜行本離開三原。再次日，李氏闔府祭祀家廟。日前歸窆，由李藥師奉旨主理。此時祭祖，則由長房長孫李脩志主祭。

來到宗祠，李藥師方才發現，這裡也已煥然一新。家廟的規模雖然仍為舊有，前院甬道卻是全新的白雲岩板鋪地。兩側盆景夾道，蒼松翠柏之外，又有紫檀、黃楊、紅楓、銀杏之屬，皆是兩兩相對，栽在一色白石盆中。月臺之上設有青銅鼎彝等祭器，簋豆觥爵俱全。前置秬鬯一卣⑧，圭瓚副焉⑨。兩側又有瓶罍，供著折枝花卉；更有薰爐，焚著蘭桂之香；其下則有編鐘、編磬。鐘磬的「玉潤金聲」，搭配焚香的「蘭薰桂馥」⑩，一看即知，皆是姜行本奉旨備辦。

家廟之內燈燭輝煌，錦帳繡幕之前，依輩分羅列神主名諱，李藥王夫婦的牌位也已祔入其中。李氏闔族有官位者皆著朝服，其餘則著道門、儒生衣冠。李藥王的永康縣公爵位已依例由李脩志承襲，此時他著從二品朝服，居中執圭。李藥師、李客師陪祭，分列左昭右穆之位。李藥師自是代國公的從一品朝服。李客師因著與長孫氏的姻親關係，始終追隨秦王天策府，深得李世民信賴。他在玄武門事件之後，已進入禁軍十六衛府，成為右府將軍。此時更有丹陽郡公的爵位，身著正二品朝服。

鐘磬雅樂交鳴，李脩行獻爵，李德謇、李德獎獻稷。闔族頂禮振動已畢，便由李德謇、李德獎燔燒黍稷⑪以祝。李大善、李大惠、李大志則依序以玉瓚盛取秬鬯，斟入李脩行所捧的爵中，再奉予李脩志，奠酒三巡。氣氛莊嚴肅穆，儀程行雲流水，道地便是《詩經・大雅・旱麓》所讚頌的意象：

> 瑟彼玉瓚，黃流在中⑫
> 豈弟君子，福祿攸降

隨後奉鉶進饌。此時李藥師、李客師的品秩，均得依少牢之禮祭祖，以五鼎四簋五俎六豆上供。五鼎自以燔炙全羊居中⑬，四品水陸禽獸之炙分置兩側。四簋是四色穀食，五俎是五品經過切割的葷肉，六豆則是六色菹醢⑭。奉鍘進饌已屬吉禮，此時闔族再度頂禮，但是不再振動，而以吉拜為祝。⑮

禮畢，樂止，眾人魚貫退出。

歸窆、祭祖都是李藥師長久以來的心願，此次他以還願為自己花甲之年誌慶。於是葬事、祭事之後，李氏祖宅便灑掃一新，廳堂懸掛大紅錦幔，內外俱皆張燈結綵，準備為李藥師慶壽。正房之內設有數張大案，上鋪紅氈，滿置鄉親致贈的賀禮。乃因回京之後才作正壽，此時只是左近鄉親以及李氏族人暖壽。

孫思邈隱居的磬玉山⑯，距三原不過一日馬程，他也前來賀壽。這位大國手實是李藥師最期待見到的賓客，只因突擊定襄、夜襲陰山二戰，都在酷寒嚴凍、冰封雪埋之時，疾速強行攀越崎嶇險阻的山道，難免牽動左足的舊傷。

孫思邈為李藥師診脈之後，歡顏說道：「恭喜相君！賀喜相君！這左足舊傷，已得痊可。」

李藥師笑道：「多承大國手金口，這兩日確實好些。」

孫思邈笑道：「正是這兩日哪。相君當年受傷之後，心緒鬱結無比，以致肝經瘀滯，血脈不暢。」他朝李藥師臉上觀望一過，欣然而道：「如今往事既了，瘀滯遂得悉除，經絡於焉通順。故爾相君這舊傷，自然痊可。」

李藥師拱手笑道：「大國手著實明晰天理，洞徹世道！」

孫思邈同樣拱手笑道：「不敢當相君謬讚！」此時他又檢視李藥師左足，說道：「此前雖受寒凍，幸而已無大礙，相君無須掛心。」

李藥師躬身致謝。

孫思邈卻又說道：「相君修為精湛，寒暑燥濕等外氣，早已無法侵擾。這次竟讓寒凍迫入體內，想是彼時思慮過甚所致。」

李藥師歎道：「大國手真天人也！」他略一停頓，凝視孫思邈：「道兄言及『思慮』，如今突厥蕩平，國事之思慮總算可以暫緩。然則家事……」此時但見他端正坐姿，整肅衣冠，莊容說道：「大國手，小兒德獎這些年來多蒙調教，不勝之幸。不知依大國手之意，德獎可還能承訓誨？」

這般言語態度，孫思邈何等人物，一聽便知李藥師之意。於是同樣端正坐姿，整肅衣冠，莊容說道：「相君，所謂『皎皎貞素，侔夷節兮。帝臣是戴，尚其潔兮』，此即二公子人品。不才鄉野之鄙，幸得相君青睞，能與二公子切磋醫道，其樂何如！」

李藥師拱手躬身：「大國手忒謙了！」當即便為李德獎提親。彼此俱是豁達疏闊的人物，一拍即合。如此李藥師的六旬壽宴，又加上與孫思邈相互首肯兒女親事之慶，實乃好事迭至，喜不勝收。

第六十三回　民胞物與

李藥師的花甲壽慶，在三原筵開三日。第一日是三原地方官宴，第二日是李氏親族家宴，第三日則犒勞奉李藥王等靈柩北上的軍禮儀仗人員。蕩平突厥之後，薛孤吳、蘇定方、薛萬徹、和璧俱已得到晉封，成為中郎將，同時也得到休沐假期。在返家探親之後，這次都隨李藥師來到三原。前此他們統率儀仗，各有所司，不敢掉以輕心。葬禮之後，終於可以略為放鬆。李氏祭祖之日，他們還不便太過隨性。待得筵宴之時，可就再無顧忌了。

當時最為風行的運動型娛樂，首推蹴鞠。這是現代足球的前身，戰國以降，歷代均將之用於提倡尚武精神、訓練軍事素養、激勵競爭意識。因此薛孤吳等人，對此極為精擅。前兩日的筵宴與他們無關，於是相約蹴鞠。

由戰國至初唐，千餘年來，蹴鞠早已成為一項非常專業的運動賽事，非但規則詳備，對場地更有嚴格規範。然在李氏祖宅附近，卻無法找到合宜的場地。這使得薛孤吳等人，感覺比賽時難

以發揮所長，頗為鬱悶。

漢魏以降，又出現另一種運動型娛樂，擊鞠。這是現代馬球的前身，當時尚未風行，因此規則簡單，對於場地沒有諸多要求。既然無法盡興蹴鞠，薛孤吳等便牽來馬匹，改為較量擊鞠。三原並非通衢廣陌的大城市，當地鄉親對於擊鞠多不熟悉。尤其時值隋末唐初，二十年烽煙戰火之後，馬匹嚴重匱乏，更不利於這種運動的普及。因此他們擊鞠，莫說騰騰的精采賽事，單是昂昂的駿馬良駒，都已讓鄉親們大開眼界。

且說……三原地方官宴之日，官員仕紳向李藥師拜壽，依序入席之後，首先相逐讚頌這位大唐軍神的不世功勳。李藥師行禮如儀，連聲謙謝。賓主酬酢已畢，旋即寬章，讓氣氛輕鬆下來。眾人紛紛賀喜李藥師與孫思邈訂親，然後便提及薛孤吳等人擊鞠之事。

李藥師連日以來甚是忙碌，並不知曉此事。但見仕紳鄉親說得又是豔羨，又是好奇，心下卻是一懍，先是笑道：「兒郎輩放肆了！」緊接著又問道：「不知他們可曾傷及農稼？」他念茲在茲，心下只想著由長安至三原途中，見到田野之間已現金黃的粟米穗實。

三原縣令笑道：「相君且請寬心。諸位大人擊鞠之前，惟恐傷及農稼，和大人還曾親臨皁署，垂詢再三，確定無虞之後，方才開始擊鞠。」這裡「和大人」指和璧。

李藥師拱手道：「兒郎輩讓鈞座費心了！」三原縣令趕緊還禮。

旁邊一位耆老則笑道：「相君，三原近日正值秋收，刈穫之後田地空曠，方才能夠跑馬。因此諸位大人擊鞠，必不至於傷及農稼，相君切莫懸心。」

李藥師再度謙謝之後，席間恢復適才對於擊鞠的豔羨與好奇，疊聲稱許並詢問。眾人豔羨稱許的是駿馬良駒之赫赫昂昂，好奇詢問的則是這些駒駿，與鄉親們印象中的馬匹，差異竟然如許之大！莫說體型高了將近一倍，單說擊鞠的各色裝備……

李藥師含笑解釋：「馬有性情，如同人有性情。有些馬的性情溫和，有些則較為激昂。這擊鞠，須選不溫不激之馬。」

薛孤吳等人用於擊鞠的馬匹，都是隨同儀仗前來的軍馬。軍馬中以戰馬等級最高，雖說「天馬來兮從西極」，大宛的汗血寶馬品種絕佳；但是當真用於戰陣，卻須經過數代雜交選配，育成本性激昂，訓練之後又能服從指令的良馬。其次即是挽馬，這須選用本性溫和，體型壯碩的健馬。這次三原之行雖非戰陣，卻有一些馬齒漸長，不再適宜出戰的良馬，隨同儀仗前來。連日用於擊鞠的馬匹，正是從這些除役的戰馬中選出，其品種之優越、訓練之精湛，絕非民間習常能見。然則選馬、育馬等知識技術乃屬軍機，李藥師自然不會在此多說，因而僅以馬匹的性情約略帶過。

鄉親們點頭交讚之際，李藥師繼續說道：「適才諸位提及馬鬃與馬尾。用於擊鞠之馬，必須理鬃束尾。否則奔跑揮桿之際，鬃鬣尾縷飛揚，若與毬桿交纏，難免要讓騎士與馬匹一同陷於險境。」

「理鬃」是修剪馬的鬃鬣，「束尾」則是編結馬的尾縷。戰馬、挽馬考量安全，原本便須理鬃束尾，並非專為擊鞠而備。乘馬、馱馬經常也同樣束理齊整，則是為彰顯軍容之威儀。

鄉親們狀似若有所悟，再度點頭交讚之後，李藥師又說道：「兒郎輩又為馬匹加上綁腿，那是因為奔跑之際，擊毬快捷迅猛，惟恐傷及馬兒哪！」

鄉親們聽畢，更是如思如慕，如醉如痴。

筵宴之後，李藥師喚薛孤吳等前來，笑道：「『連騎擊鞠壤，巧捷惟萬端』，你們玩得倒挺樂呵！」

「連騎擊鞠壤，巧捷惟萬端」出於曹植〈名都篇〉，薛孤吳未必能懂。然他慣聽李藥師與陸澤生掉書袋，直覺可以猜到相君大人在說甚麼。此時李藥師雖和顏悅色，薛孤吳卻仍本能回道：「相君，我們擊鞠可不敢傷及農稼，和叔還親自去縣裡問過呢。」和璧的年齡畢竟比他們大了一截。

薛萬徹聽薛孤吳之言，也猜到李藥師之意，趕緊接道：「相君，農家還說，咱們跑馬，恰好能替他們翻土哩。」

這話卻讓李藥師心中一動，對他四人點頭說道：「甚好！甚好！不過明日，你們還是再上那農家去道謝一回吧。」四人領命。

次日李氏家宴之後，他四人回來覆命。薛孤吳、薛萬徹比前一日更加興奮，連說農家必是當真愛瞧他們擊鞠。他們帶去禮品，農家先是堅決推卻。再三致意之後，方才千恩萬謝地收下。隨後又請他們吃喝，又送他們土產，還不容他們不受，云云。

李藥師頻頻頷首，笑問：「都是甚麼吃喝？甚麼土產？」

薛萬徹搶著回道：「他家特意拿玉麥麵蒸成整籠的小卷兒，搭配鮮蘑菜羹，可香了，說是要犒勞咱們。」

李藥師失笑道：「那是莜麥①，讓你聽成玉麥。那整籠的小卷兒是『栲栳』，或疊字稱『栲栳栳』，又讓你聽成犒勞。②③」他語聲一頓，邊尋思點頭，邊喃喃說道：「竟還能有鮮蘑菜羹，甚好！甚好！」

薛孤吳則說道：「那農家見我們吃得歡喜，執意要將剩餘的鮮蘑全都送給我們。我們推說鮮蘑、菜蔬無法攜帶，只怕浪費，他們方才罷了。但仍定要我們收下粟米、莜麥，說是已經不知多少年頭，沒有這麼好的收成了。」他追隨李藥師日久，明白相君大人想知道甚麼。

李藥師聽得動容，連連點頭，疊聲說道：「甚好！甚好！」眼角已自濕潤。

和璧追隨李藥師更久，更明白他為甚麼問、想知道甚麼。但他原是僕從出身，如今雖與薛孤吳等官階相當，卻總讓著這幾位年輕人。至於蘇定方，這兩日竟也不甚言語。

待他四人告退之後，蘇定方卻又獨自回來請見。他來到李藥師跟前，雙膝跪倒，說道：「相君，定方明白了。縱使夏王……」這裡「夏王」指竇建德。提及故主，蘇定方依舊感觸極深。他雙唇緊抿，似乎拚盡全身之力，方能將話逼出口來：「縱使夏王當政，只怕……只怕也無法讓百姓日子過得更好。」

李藥師扶起蘇定方，含笑說道：「如此甚好！甚好！」當下眼眶又自濕潤。兩三年來的用心，終於見到成效，如何能不動情？

蘇定方卻深深望了眼前這位相君大人一眼，低頭輕聲說道：「然則……然則若是相君……」

李藥師明白他心中所思，將他止住，溫顏說道：「定方啊，然則若是四百年前，三國鼎立，相持不下，百姓日子過得可好？」

蘇定方怔怔望著這位自己衷心傾慕景仰的老師，默默搖頭。

「往者已矣，來者可追。」李藥師拍拍蘇定方肩膀，微笑說道：「且把這些放下，想想明日筵宴，如何宣揚擊鞠吧。」

「宣揚擊鞠？」蘇定方一臉茫然。

「定方啊，如你所知，歷代皆將蹴鞠用於練兵，以俾增強體魄，鍛鍊軍魂。然你是否想過，擊鞠也能用於練兵？」

「將擊鞠用於練兵！」蘇定方眼神一亮，但旋即卻又搖頭：「擊鞠得有足夠軍馬啊。」然他略一尋思，眼神又恢復光亮：「如今除役戰馬漸多，確實可以用於擊鞠！」

「的是。」李藥師神色鄭重：「武德年間戰事多在中土，以步兵為主，水師次之。然則往後，卻須面對塞外諸部。這次蕩平突厥，主要便是倚靠騎兵。因此將擊鞠用於練兵，對於日後極為要緊。」

「定方明白了！」他恍然大悟，喜形於色。

於是次日，在犒勞軍禮儀仗人員的筵宴上，蘇定方與薛孤吳等大談擊鞠之樂，讓眾人聽得盡皆心癢難搔，躍躍欲試。

由此開始，擊鞠逐漸取代蹴鞠，成為大唐軍中最為重要的運動型娛樂。相對於蹴鞠，擊鞠的速度更快，場地更大，因此對於策略、技術、思考，以及團隊合作精神的要求，便比蹴鞠更高。這種運動，可說將臨陣所需的研判敵情、果斷決策等能力，蘊含於賽事的電光石火之間，實是提升領導統御智識才具的絕佳方法。數十年後，有唐一代的上層社會中，無論男女，幾乎人人沉浸擊鞠，難以自拔。

此乃後話，且說……

當時的李氏祖宅，乃是將近兩百年前，北魏時期，李藥師的高祖父李文度所創置。祖輩顯赫之世，也曾增修擴建。然而李藥王遭到除名，籍為庶民之後，便不再有能力妥善維護。至此各處屋宇，雖不至於滿目瘡痍，卻已頗有滄桑之態。於是李藥師在返回京師之前撥出款項，用於整建祖宅，也算是給自己六旬壽辰的一件賀禮。整建工程自然將由李德謇主理其事，不過眼下，他須先行趕回長安，參與將作監的公事，暫時尚無法將時間精力用在這裡。

這日一行人辭別鄉親，首途折返長安。一出三原，便是鄭國渠故道。④薛孤吳等都隨在李藥師身邊，聽他說故事。

鄭國渠堪稱曠世的偉大建設，與都江堰、靈渠合稱秦代三大水利工程。此「鄭國」並非國名，而是人名，他是戰國時期韓國的水利大家。⑤

鄭國所處的時代，秦國以向東擴張為其國策。韓、趙、魏等「三晉」緊鄰其東，自然首當其衝。趙國與秦國之間有大河為屏障，而魏國，早在魏惠王時期便修長城以禦強秦。至於韓國，在三晉中國勢最弱，面對強秦只能智取。韓桓惠王因知秦王嬴政好大喜功，便遣鄭國前去遊說，獻策鑿渠，說道鑿成之後用於灌溉田畝，可使關中沃野千里。

這是韓國的「疲秦」之謀，企圖使秦國將財物、人力用於國內，無暇布署東征。當時的韓國，如同河東、關東的趙、魏、齊、燕等諸國，糧食農作皆以粟為主⑥。粟是極為耐旱的作物，在華北的天候地氣之下自然便能生長，並不須要人工灌溉。因此韓國認為，鑿渠之舉只會讓秦國大興土木，消耗國力，鑿成之後卻無法提供多少實質效益。

沒有料到，當時秦國已自西域引進小麥，而小麥是非常須要灌溉的作物。鄭國渠鑿成之後，導涇水出北山，向東流經三原等地，引入洛水⑦，再注入渭水。當真竟如鄭國所言，灌溉田畝，調節旱澇，使得關中沃野千里，冬麥收成遽增，數十年間再無歉歲。秦國糧倉滿貯，兵民食用無虞，國勢得以富強，甚至進而加速了秦國的東出。短短六年之後，嬴政伐滅韓國。再經九年兵燹，大秦統一「天下」。

說到這裡，李藥師不禁慨嘆：「《孫子》有言：『知彼知己，百戰不殆。』斯之謂也。我等此番能夠一舉蕩平突厥，絕非僅憑弓刀戰陣，更是三、四年來懷輯撫結、經略敵後之功啊。所謂『上兵伐謀，其次伐交，其次伐兵，其下攻城』，爾等宜當謹記。」

薛孤吳等一同躬身稱是。

李藥師繼續說故事。鄭國原是韓國派往秦國的密間，鑿渠尚未完成，嬴政便已察覺鄭國的陰謀，大怒，意欲殺之。鄭國為自己辯解：「微臣初始確實為間，然而渠若鑿成，於秦亦有大利。

臣雖為韓國延續數年之命，卻為秦國建立萬世之功。」嬴政深以為然，便允許鄭國繼續督導鑿渠工程的進行。

不過秦國長期以來重用客卿，包括秦穆公時期虞國的百里奚、秦孝公時期衛國的商鞅、秦莊襄王至秦王嬴政時期衛國的呂不韋等，早已造成秦國宗室的不滿。鄭國事件導致長久以來累積的怨忿爆發於一朝，宗室聯名上書，諫請驅逐客卿，於是嬴政頒下《逐客令》。

來自楚國的李斯，也在被逐客卿之列。他上《諫逐客書》，提出「有容乃大」的概念，以「王者不卻眾庶，故能明其德」為主旨，論述「跨海內」、「制諸侯」的戰略，剖析逐客之害以及用客之利，認為「廣納賢才」才是統一六國、成就帝業的根基。嬴政聽取其議，撤消逐客令，正式重用李斯。並從此以「滅諸侯，成帝業，為天下一統」為國策，終究能有大成。

說到這裡，李藥師再度慨嘆：「如今陛下不分地域、不分出身、不分族群，真正做到『廣納賢才』，方能開創『天可汗』之大業。只是……」此時他環視薛孤吳等人，鄭重說道：「只是你等都是武將，而突厥，乃至東夷、西戎、南蠻、北狄，各族皆有武將。你等如若放眼將來，希望能夠有所成就，必須讀書。惟有深入浸淫我華夏之固有文化，你等才能從根本上讓外族武將難以逾越。」

薛孤吳等大有所悟，一同躬身稱是。

眾人言談之間，已行至白渠，李藥師繼續說故事。鄭國渠鑿成之後，灌溉關中百年，其間不時淤塞。及至漢武帝時期，又開鑿六道輔渠，仍然時通時塞。其後朝臣白公，建請在鄭國渠之南另鑿渠道，是為白渠，後世或將此渠與鄭國渠合稱為「鄭白渠」。白渠仍由涇水導出，不過不入洛水，而直入渭水。涇水泥沙頗多，白渠流經之處，非但為農田帶來水源，也帶來肥沃的沉積土壤，因此當時民間有歌曰：⑧

田於何所．池陽谷口
鄭國在前．白渠起後
舉臿為雲．決渠為雨
涇水一石．其泥數斗
且溉且糞．長我禾黍
衣食京師．億萬之口

李藥師繼續說道：「白渠導涇河之水入關中，使用閘門將灌溉渠道分為數支，這種閘門稱為『斗』。」他放眼四顧，指向田野遠方：「你們瞧，那邊便有一道斗門。」

薛孤吳隨李藥師所指望去，失驚道：「原來靈渠之陡門，便源自於這白渠之斗門？」他曾隨李藥師招慰嶺南，親眼見識陸澤生督建靈渠陡門。⑨

「甚是！」李藥師滿眼欣慰讚賞：「咱們時時得向古人學習啊。不過陸先生所建的陡門，構造可比這裡的斗門精巧複雜許多。也就是說，在向古人學習之後，更要在他們既有的基礎之上，再創新猷。」

薛孤吳等躬身稱是。

這日來到涇陽，停歇一夜。蘇定方又來請見，說道：「相君諄諄教誨，定方受益無窮。看來向古人學習，非但必須讀書，還得遊觀天下。」

「的是！」李藥師又是滿眼欣慰讚賞：「所以諸葛武侯必先遊觀歷練，方才能夠寫成『隆中三策』。」

「是！」蘇定方躬身受教，隨後說道：「讀書、遊觀皆是人事，我等尚可勉力而行。然則天道……」他抬頭望了李藥師一眼，鼓起勇氣說道：「比如半年之前，相君在鐵山竟能占雲卜霧；更早之前，相君在夔州又能呼風喚雨⑩。如此參天之道乃從神授，豈是我等凡夫俗子所能學習？」

李藥師眼中欣慰讚賞的神色更盛，拍拍蘇定方肩膀，朗聲笑道：「你若想學，我便教你，又有何難？」

蘇定方登時拜倒：「定方想學之至！但求相君賜教。」

李藥師將他扶起，莊容說道：「放眼今日諸將，資質高者除你之外，便數并州都督與襄州都督。」這裡并州都督指李世勣，蕩平突厥之後，他回到并州。襄州都督則指張公謹，蕩平突厥之後，他由定遠郡公晉封為鄒國公，轉鎮襄州。

蘇定方躬身至地：「定方怎堪與二位都督相提並論！」

李藥師再度將他扶起，嘆道：「資質確實能夠相提並論，惜然運勢則否。」他命蘇定方與自己對坐，細觀面容，說道：「你雙眉粗壯而直，主個性威猛，綽有氣魄，能成大事。可惜難以下人，須得蹭蹬之後，方通事人之道。」

蘇定方低頭稱是，這說得可不就是這幾年來的自己？

李藥師繼續說道：「你鼻梁高挺而窄，高則能有所聚，窄則流通細緩。因此年輕時節難有發展，須待中年之後，方得有所大成。」

蘇定方躬身稱是。

李藥師再度細觀，說道：「你耳骨剛強有根，往後數十年間，無論世道如何，你都能夠屹立無虞。甚好！甚好！」

蘇定方躬身稱謝，神色之間卻是一片茫然。

李藥師見狀，失笑而道：「定方啊，你道我說這些，皆從神授？非也！非也！不說盤古伏羲，只論三代以降，蓋有數千年矣。其間生民，何止億萬！而人人面相不同、命運不同。我之所知，也不過是古來先賢，將其所見所識歸納綜述，代代相傳增益，而有所得啊。」

蘇定方恍然大悟，躬身說道：「相君一席話，定方深受教誨！」

李藥師點頭說道：「面相如斯，天象又何不然？比如峽江潦漲，年復一年，大抵皆同。我到夔州一年有餘，兩度勘查秋季天候水文，同時參照典籍，自然能觀天象，而知潦漲之期。」

蘇定方滿臉欽佩至極的神色。

李藥師又拍拍蘇定方肩膀，微笑道：「再比如鐵山晨霧。在那之前我雖不曾去過陰山，然各處晨霧在所多見。冬春濕氣較重，日夜溫差又大，尤其是在山間，但逢雲淡風輕之夜，晨曦一出，必有大霧。此乃天象……」他朗笑聲中，特意重用蘇定方適才所用的言語：「豈是我一凡夫俗子，所能占卜呼喚？」

蘇定方也隨之開顏，笑道：「相君天人，能知天象！」他神情轉為鄭重：「是否能請相君賜知，定方如今當從何處學起？」

「衷心向學，誠可嘉許！」李藥師眼神再度滿現欣慰讚賞：「想來你已熟讀《孫子》、《吳子》、《六韜》、《三略》，戰陣經驗又足。如今所缺……」他望了蘇定方一眼：「乃是練志養氣之功。」

蘇定方躬身道：「定方受教。然則……」他望向李藥師，不知從何問起。

只見眼前，李藥師怔怔凝視：「現下在你心中，最最難以放下之事，便是夏王。而這，卻也正是練志養氣的絕佳起點。」

蘇定方恭順應道：「是！」

「夏王之事，癥結便在武牢一戰。」

「是！」

「今日之前，你或不願回想此戰。然從此刻開始，你須放下心中抗拒，細細回想，夏王該當如何，方能不敗。」

「是！」蘇定方心中明白，眼前這位自己衷心傾慕景仰的師者，其實要求自己思考，竇夏為何失敗。

蘇定方如此從容淡定，讓李藥師又是激賞，又是疼惜。當下僅他二人，李藥師一時動容，握住蘇定方雙手，脫口而道：「為師年事已高，日後大唐，就靠你們年輕人了。」

「老師！」蘇定方深刻感受到，這位師者的手掌溫厚而堅定，喜樂之淚登時奪眶而出。

涇水
洛水
大河
磬玉山
龍首渠
三原
鄭國渠
白渠
六輔渠
瓠口
櫟陽
華陰
大河
涇陽
高陵
扶風
茂陵
咸陽
渭水
郿縣
武功
成國渠
長安
盩厔
斜水

鄭白渠圖

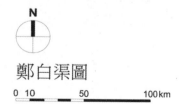

第六十四回　鼎嘗知秋

待得李藥師一行回到長安，平康坊府邸之內，慶賀花甲誕辰的壽禮，已然鋪陳得琳瑯繽紛。大堂正中，懸掛一幀皇帝御筆揮就的巨幅「壽」字，自是二王行草。其上又有一「壽」字，乃是太上皇手澤。兩側各有四十九個「壽」字，皆是太子、諸王所書，字體各各不同，合為「百壽」。李藥師自須入宮，逐一謝恩。

壽宴之日，如同兩年前的新居安宅之宴，又是帝后、太子親臨，諸王、宰輔、勳貴、高逸畢至。這年秋收，天下大稔，米穀每斗不過三、四錢。流民歸里，海內康寧，加以突厥蕩平，四夷賓服，而這，才是李藥師心目中無與倫比的絕佳壽禮。

不過自從唐軍擊破頡利，半年多來，從中樞到民間，已不知筵開幾許日、酒過若干席。如今長安城中，雖不至於笙歌竟夜，然而大家對於筵宴，卻難免已有些倦怠。於是這日壽席，菜式絕不同於尋常。

當時正式筵宴，講究色、聲、香、味俱全。色為視覺之娛，除廳堂陳設庭園布置之外，也取時鮮果品疊成壯觀的「看盤」。聲為聽覺之娛，除金鼓正聲絲竹雅奏之外，又有捏麵蒸成象形的「音聲部」。香為嗅覺之娛，除寶鼎焚香薰爐炙藥之外，更設內貯丁香、肉桂、荳蔻、砂仁等各色香藥的籠盒，流散香氛。①

這日壽慶，色、聲、香諸部的呈現，俱皆不離規矩。然而「味」之一部，則大有新意。廳堂之內敬奉茶果之後，便上下酒五盞。此宴之酒以「醽醁」為主，這是魏徵家釀的甘醴。魏徵自幼孤苦，貞觀年間雖得重用，甚至入閣拜相，然卻一直未曾得到實封食邑，因此家資始終寒薄。幸而他家善製佳釀，京師動貴筵宴，魏徵便以醽醁為禮，甚得公卿高門稱譽。李世民更曾御筆親譜〈賜魏徵詩〉，讚此酒曰：

醽醁勝蘭生
翠濤過玉薤
千日醉不醒
十年味不敗

伴同醽醁美酒，席間逐次獻上「下酒五盞」。顧名思義，此五盞皆為下酒之饈錯，菜式亦樸亦雅。樸者為二色穀食，一是以新收的粟米搭配青小豆磨漿，醱酵之後炙成米豆炊餅②；另一則是以三原鄉親致贈的莜麥磨粉，和麵蒸成莜麵栲栳。雅者則為五盞膳饌，每盞一餚一羹③，蘊含李藥師曾經任職的山南、嶺南、江南諸州。

其一是代表夔州的「夔門秋月」。以赤色脯臘、白色鹽燒拼成赤甲、白鹽二山，以卵黃為明月，下有各色菌菇裝飾流水形象。佐之以芹、藻、蘋、蘩等水生野菜調成的碧澗羹。

其二是代表荊州的「雲夢瀟湘」。當時正值荷花將謝、蓮藕初成的季節，取荷蓮花心嫩房，實以鱖魚塊，蒸後仍維持蓮蓬形狀。盤中以陽藿鱗片剞成蓮瓣，以青瓜薄片拼成蓮葉，裝飾荷塘意象。佐之以蓮子、蓮藕、荸薺、芡米、菱角等荷塘湖鮮調成的漁父湯羹。

其三是代表桂州的「山水桂林」。以燻、炙、風、醃等味的各種禽肉④拼成陽朔之山，以各色時蔬飾成灕江之水。其間又有以代代⑤剜穰而成的象形船艦，內盛拖漿油煎的梔子花瓣。佐之以芙蓉花與豆腐調成的雪霞羹，紅白交錯，恍如雪霽之霞。

其四是代表端州的「風華嶺表」。這是以當年在富春江中，徐德言、樂昌公主席上嘗過的河蝦仁釀荔枝為藍本⑥。雖然荔枝季節已過，嶺南卻仍有毛荔枝⑦，可用於製作這道美食。佐之以湖沼蝦、江珧蛤調成的蝦蛤湯羹。

其五是代表揚州的「煙雨江南」。這也是當年在富春江中席上嘗過的佳餚⑥，此時雖然沒有春薺、春筍，卻有同樣甘美的山蔬、山筍。佐之以湯焯筍蕨餛飩。

這五盞佳餚，從帝后到貴賓，無一不為之驚豔。李世民盛讚道：「吾兄治軍，能以區區兵馬，在旬月之期，締造前古未有之大功。而吾兄治家，又能以素儉微物，在餚羹之間，展演五湖四海之大雅！」李藥師趕緊率出塵朝上謙謝。

其實李藥師心中，感喟尤其之深。籌辦壽筵之前，出塵曾問他想吃甚麼？當時他只交代，必定要有代表鄉親心意的莜麵栲栳，此外不可靡費。全然沒有料到，家人竟然用心若是！二色穀食盡顯秋收之豐饒、農家之歡愉；五盞膳饌則體現情境之深遠、雅麗之無方。然除代代、毛荔枝外，終席竟不見一樣難得之物。而這兩種果品，也是嶺南舊部捎來的賀禮，更能彰顯李藥師為大唐取下半壁江山的豐功偉績。

來賓眾多，只有帝后以及位分最高的貴客得以入席，而席上亦樸亦雅的韻致，也未必符合眾人的喜好。於是在庭園之間另設宴饗，這裡有雄渾豪邁的各式燒烤，野放開闊的大塊文章，契合初唐時節尊崇武德的陽剛風尚。

廳堂中的筵宴，著重儀式規矩，五盞餚羹之後，觥籌禮敬已畢，眾人起身離席。出塵將以長孫皇后、楊淑妃為首的貴主命婦，延至景物風華的水榭奉茶。李世民則命太子、諸王、眾臣不必隨侍，自己在李藥師前導之下，步入庭園中的喧囂繁榮之境。

皇帝早已諭令眾人且自飲食燕樂，不必接駕行禮。因此只見池邊林下，煙火起處，不時傳來聲聲意興蓬勃的青春歡笑，在在散發治世甫臨的欣喜雀躍，以及展望未來的期盼憧憬。

李世民看得頻頻含笑頷首，然他最關切的，仍是太子李承乾。他抬眼瞭望，輕易便找到陪侍太子的近衛。李藥師隨皇帝目光望去，知道聖心所繫，當即引領前往。不久已可見到，池邊岸上圍著篝火，插了一圈細杆，每杆均串有一尾沾裹碎鹽的魚鮮，飄來陣陣膏腴之香。原來李德謇與李德獎，竟將他們一年半前，在翰海河西因緣際會偶得嘗試的異域美食，複製來到家裡。池岸滿鋪碎石，不意李藥師行走之間，左足卻似一個踉蹌。李世民忙道：「吾兄留神！」

李藥師躬身謝道：「臣無狀！」繼續趨前引路。

李世民卻注意到，李藥師的左足，似乎約略有些滯澀。他一直知道這位「吾兄」左足曾有舊傷，更明白這次蕩平突厥的過程，天候、地勢、戰況、補給……在在格外艱辛。於是此時，這位大唐天子只在池岸淺嘗燒烤魚鮮，隨後頒行賞賜，旋即起駕回宮。

賓客離去之後，李藥師、出塵回到內室，換上便裝。兩個孩兒進來請安，李德謇隨即開始煎茶，李德獎則為父親按壓疏導。出塵細看李德獎按壓的手勢，只見他在數處穴點，似乎略微遲疑。

兩個孩兒告退之後，出塵就著適才的爐火繼續煎茶，邊凝視茶鼎邊輕聲問道：「你足傷日前已得痊可，可是？」她俯身略撥爐火，隨後抬眼望向夫婿：「此事你並未讓德獎知曉，可是？」

李藥師深深望了愛妻一眼：「然妳卻都已然知曉？」

出塵哂道：「相君大人哪，二十餘年相呴以濕，相濡以沫，你每日早課、晚課雖則不盡相同，然有幾課始終未曾稍改，直到從三原回來……」她略一尋思，微微搖頭：「喔，不，直到你為德獎訂親之後，這幾課卻逐漸輕減。我原沒有放在意下，但卻見你今日左足滯澀……」她望了夫婿一眼：「你的左足，已有許久不曾滯澀，可是？」

李藥師默默聽畢，緩緩點頭：「的是。可我卻未曾將此事告知於妳……」他尋思須臾，方才輕嘆一聲，溫聲說道：「出塵哪，定襄、鐵山二戰牽動舊傷，導致經絡凝澀，血脈不暢。然則葬妳阿姊之後，瘀滯竟爾隨之悉除。如若不是孫真人告知，我自己也難以確定哪。」

出塵點頭道：「孫真人實乃神人！」

李藥師先是緩緩點頭：「的是。」隨即卻又尋思須臾，再度輕聲一聲：「然他當時也說，依我目前修為，『寒暑燥濕等外氣，早已無法侵擾。這次竟讓寒凍迫入體內，想是彼時思慮過甚所致。』」他望向愛妻：「出塵哪，孫真人的深意，乃是說我雖已不受外氣所侵，卻仍難免受到思慮之擾啊。」

出塵也先是緩緩點頭：「所以你未曾將此事告知於我。」隨後溫聲說道：「然則今日，你竟受到思慮之擾？」

李藥師伸手輕撫伊人纖指：「出塵哪，妳我心願，一向便是在富國家、強社稷、興教化、安百姓之後，得以連袂攜手，逍遙林泉，優游容與，可是？」⑧

「如思如慕啊！」出塵先是悠然神往，遙思玄遠。不過她迅即便將自己從神往遙思之中拉回當下，輕聲嘆道：「然則今日……」

「是啊，然則今日！」李藥師又是尋思須臾，輕嘆一聲，說道：「我等亂世出世，以平天下、積功德為目的。是以我日日自省，目的可曾達成？」他站起身來，負手踱步：「蕩平突厥之後，我便不時斟酌，如今還有甚麼工作，是除我之外，沒有旁人能夠完成的？」

「可曾想到？」此時出塵已煎成一鼎新茶，分盛二碗，將一碗置於李藥師座席案前。

「想到二事。」李藥師回座，細品香茗，狀甚陶醉：「其一，我得為大唐培植能夠承襲我之志業的人才。如今懋功、弘慎、定方，都是不可多得的人才哪！」「弘慎」是張公謹的字。

出塵輕嘆一聲：「可惜定方不入陛下之眼哪！」她略一尋思，卻又輕哼一聲，含哂而道：「另有一位入他之眼，可又不入咱們相君大人之眼。」

「就妳知道的多！」李藥師忍笑，手指點上伊人額頭。

出塵邊閃躲邊笑出聲來，問道：「那麼另一事呢？」

「妳都知道，何須我說？」李藥師笑顧愛妻一眼，閒閒又啜一口香茗。

「好，那便由我來說。」出塵正色說道：「另一事，便是將你所知所學，著書立說。」

「是唷！」李藥師拍上自己額頭，朝向愛妻戲笑揶揄：「瞧我怎地竟將此事忘卻了？這可不是一年兩年功夫，便能有所成就啊。」

「你這是想哄誰呢？」出塵不禁失笑：「著書立說與逍遙優游，相輔相成呀！」

李藥師拊掌大笑。

「說正格的……」出塵收起諧趣，正色說道：「咱們聊這半日，你可還是沒說，今日究是何事，竟能擾你思慮？」

李藥師神色也轉為凝重，輕嘆一聲：「是啊，今日！今日妳可見到，魏王⑨對於太子，並無恭謹之意？」魏王李泰是李世民第四子，也是嫡次子。

出塵同樣輕嘆一聲：「是啊，然陛下竟似視而無睹。」

李藥師緩緩點頭，再度嘆道：「是啊。陛下又將晉王[9]留在身邊，躬親鞠育。」晉王李治是李世民第九子，也是嫡三子。

出塵怔怔望向夫婿，但見眼前這位不久之前方才立下亙古絕世功勳的曠世軍神，容色滿是疲憊，悠悠嘆道：「前車之覆，後車之鑑。怎麼就……唉……怎麼就……」

且說……

孫思邈既已參與三原李氏祖宅的壽宴，又不希望自家定親之事，成為平康府邸壽宴席上的談資，因此當日並未出席。然他聽說李藥師左足踉蹌滯澀等事，自然要來探視。他去到李藥師榻前，親自按壓疏導，並讓李德獎依法而行。

李德獎亦步亦趨，其間顯然有些遲疑。出塵笑道：「德獎，這裡一位是你父親，一位是你師父，又是未來岳父。他們要你做甚麼，你去做就是了，哪須要遲疑？」

李德謇畢竟年長兩歲，又曾追隨陸澤生規畫興建平康府邸。回想往事，心中一動，說道：「德獎，當初規畫府邸，爹爹指示門樓不必盡往高處設想，我曾不解。幸得阿娘教我，爹爹行事，必有其深意。咱們雖然一時不得其解，日後當能明瞭。如今你只須依爹爹、孫家伯父之命放手去做，無須多慮。」

李藥師聞言，與孫思邈對望一眼，甚是欣慰。

在李藥師暫離中樞的幾個月間，因有這位曠世軍神統帥全局，六道行軍獲得全面勝利，大唐的對外關係，彈指之間產生擎天撼地的根本性改變。

西北各部君長率先拜請大唐天子上尊號為「天可汗」，各以臣屬自居，對李世民敬呼「萬歲」。嗣後李世民對他們發出璽書，皆稱之曰「賜」，自己署名「天可汗」。

至於東北各部，兩年半前李藥師出將入相，成為關內道行軍大總管之初，曾與李世民米盤推演，當時便已指出「欲交通薛延陀，向西可出涼州，向東可出營州」。如今突厥蕩平，營州都督薛萬淑遣人遊說東北各部君長，奚、霫、室韋等十餘部族先後歸順，都成為「天可汗」的藩屬。

涼州都督李大亮也不遑多讓。頡利可汗、沙鉢羅設入唐之後，北荒諸部相率內附，然而尚有諸設、特勤⑩，以及突厥七姓種落等，仍散在伊吾。李大亮遣人招撫，非但諸設、特勤歸降，伊吾城主更率其屬七城入朝。大唐以其地置伊西州，同樣成為「天可汗」的子民。

此時突厥領地盡入大唐版圖。原屬頡利的部分，以呂梁山為界，將西方劃為定襄都督府，東方劃為雲中都督府。原屬突利的部分，則設置順、裕、化、長等四州。

頡利可汗被擒，解入長安，得大唐天子免其一死，將他與家人一同安置於太僕寺，廩食豐厚。可想而知，頡利鬱鬱不得志，時或與家人相對悲歌而泣。李世民原本有意以他為虢州刺史，但他不願赴任，於是改授右衛大將軍。

突利可汗降唐之後，得授為左衛大將軍、北平郡王，位在頡利之上。其後又授順州都督，令他率其部落前往就任。至貞觀五年，他欲入朝覲見，然從順州啟程之後，尚未抵達長安，竟已病歿途中，李世民為他舉哀立碑。

沙鉢羅設阿史那蘇尼失得授為懷德郡王、北寧州都督，後於貞觀八年去世。其子阿史那泥孰有擒獲頡利之功，入唐後得賜名「忠」，是為阿史那忠，尚定襄縣主。這位縣主是韋貴妃與前夫李孝珉之女。⑪

阿史那思摩得授為懷化郡王。他是頡利的從叔，因為長相與粟特人相似，在突厥一直無法得到信任。然在頡利敗亡的過程中，諸部落酋長大都棄頡利而降入李唐，阿史那思摩則始終不離不棄。李世民嘉許他的忠誠，拜他為右武候大將軍、北開州都督，賜姓李，是為李思摩，並令他統領頡利舊眾。

又有右武衛大將軍史大奈，原名阿史那大奈，在大業年間入隋，其後隨李淵在太原起兵。此時李世民以他為豐州都督。

另有中郎將史善應，他源出阿史那氏，曾祖、祖父皆為西突厥可汗，父親褥檀特勤在開皇年間入隋。此時李世民以他為北撫州都督。

還有康蘇密，他入唐後得授為右驍衛將軍，此時李世民以他為北安州都督。

當時突厥部落諸酋長，凡來到長安者，皆拜將軍、中郎將，得封五品以上官職者竟有百餘人，幾乎占朝廷之半。跟隨他們入居長安的突厥從屬，將近萬家。

突厥亡後，其部落子民或北附薛延陀，或西奔西域，而降入大唐者，約莫十萬人。對於他們的處遇，皇帝與眾臣商議。顏師古、李百藥、竇靜、溫彥博、魏徵等先後提出不同看法。

其中溫彥博曾遭頡利俘擄，困居北荒一年，對於突厥的瞭解，比他人更為深刻。他建議依循東漢光武帝處遇匈奴的故事，「置降匈奴於塞下，全其部落，順其土俗，以實空虛之地，使為中國扞蔽」。魏徵雖不同意，與他論辯，然最後皇帝認可溫彥博的看法。四年之前，李藥師初入中樞之時，曾與李世民討論「一勞而久逸，暫費而永寧」之道。當時他曾說：「取其部而不滅其國，羈縻其君以為陛下之臣，使之分統其民，進而相互制衡。『以夷伐夷，國家之利』，此耿秉、班超之策也。」此說與溫彥博之議，實則相同。

第六十五回　諄諄循循

待得李藥師假期屆滿，正式以尚書右僕射的身分回朝視事，已是貞觀四年八月。此時的李世民，實是威加四海，睥睨八方。然而，當他第一次有機會單獨與李藥師議事時，這位「吾兄」卻益發「恂恂然似不能言」，僅只表示：「陛下五十年後，當憂北邊。」①畢竟北邊，尚有薛延陀啊！

對於這位三十三歲的天可汗而言，五十年後之憂實在有些遙遠，可以舒徐應對。刻下，他要好好享受這由自己親手創成的大唐治世。蕩平突厥之後四夷來朝，李世民為恢弘宮城氣勢，命將作監在太極殿庭東南隅建鐘樓、西南隅建鼓樓。諸部君長入宮，鳴鐘擊鼓為慶，其聲浩然磅礴，穿雲直入霄漢，但覺肅肅天朝威儀，赫赫震撼乾坤。

鐘樓、鼓樓工事方才告一段落，李世民又下諭旨，詔發兵卒整建洛陽宮，以備巡幸。

侍御史張玄素上書力諫，他在宏論利害之後，痛心疾首地說道：「陛下平定洛陽之初，凡隋

代宮室之宏奢侈麗者，皆令毀棄。至今未及十年，卻又復加營繕。何以往日惡之，而今日竟欲效之？況且我朝今日的財力，遠不及隋世當年。陛下倘若整建洛陽宮，猶如役使瘡痍之子民，重陷亡隋之虐政，其弊恐又甚於煬帝矣！」

如此疾言厲色，讓李世民不禁動問：「卿言朕尚不及隋煬帝，然若與桀、紂相較，卻又何如？」

張玄素毫不退讓：「倘使此役不息，難免同歸於亂！」

李世民不愧是從善如流的千載人傑，能夠按下私心之所欲，接納張玄素的諫言，停止洛陽宮的整建。然而不及旬月，他卻又下諭旨，詔發兵卒修繕仁壽宮。四年之前殿庭教射之日，當時那位矢志「作之君，作之師」的大唐天子，曾經親口對眾將士說道：「如今朕不命汝等穿池築苑，只令專習弓矢。」眼前這位萬乘之尊，似乎已將昔日枕戈待旦的戒慎恐懼，悉數置諸腦後。

散騎常侍姚思廉直言諍諫：「離宮遊幸，乃是秦皇、漢武之事，固非堯、舜、禹、湯之所為也。」

李世民這次早有所備，說道：「朕有氣疾，天候悶熱之時益發劇烈，因此不得已而修夏宮，並非只為恣意遊賞。」

李唐皇室家族遺傳「風疾」、「氣疾」，滿朝皆知。而仁壽宮的修繕，工程不若整建洛陽宮那般浩大，於是眾臣不再諫阻。

月前歸寧三原之時，姜行本曾對李藥師提及：「將作監即將開始規畫避暑夏宮等事宜，但盼大公子回京之後，能盡快前來共事。」其中所指，即是修繕仁壽宮等事。於是回到長安之後，李德謇便正式進入將作監。他身為國公之子，依律以六品職事入仕，成為將作丞。當時的將作大匠竇璡，以及兩位將作少匠姜行本、閻立德，都是一代大才。李德謇得以追隨巨擘，既興奮又忐忑。不過他仍有東宮僚屬、弘文館學生等身分，並不能將全部心力放在將作監的職事上。

修繕宮室之外，李世民又決定前往河西校獵，李藥師銜命隨駕同行。和璧得授軍職之後，隨珠已隨之除卻奴婢身分。然而每當李藥師外出，隨珠仍會過來陪伴出塵。此時她督導家下人等為李藥師整理行裝已畢，率眾告退之後，出塵邊檢視箱篋，邊對夫婿笑道：「陛下踐祚四年以來，每思畋獵，總有朝臣諫阻，怎地這次……」

李藥師笑道：「妳這娃兒！難不成依妳之見，倒是妳家夫婿該當諫阻？」

「呵呵，你若諫阻，豈不攔了旁人晉身之途？」

「怎麼說？」李藥師閒閒輕啜一口香茗，怡怡笑看愛妻。

「依我說呀……」出塵放下手邊物事，過來夫婿身邊坐下：「在你端揆之後，兵部尚書之位空出，讓多少人顒望啊。」

李藥師微微頷首，又啜一口香茗，依然笑看愛妻。

但見伊人神色甚是認真，侃侃而道：「講武狩獵近於實戰，能夠明晰軍士素質，從而檢閱諸將常規訓練是否精實。何況這次並非正式大狩，似乎是以校獵之名，行檢閱之實。」她朝夫婿嫣然一笑：「怎地依我所見，此行竟是為要甄選兵部尚書？」

李藥師拊掌大讚：「所見極是！」得到曠世軍神稱許，出塵一時滿心歡喜，卻又帶有幾分靦腆，讓李藥師看得中心蕩漾。然而伊人卻已收起嬌嗔，正色說道：「只是如今，曹國公都督并州、鄒國公都督襄州、武陽公都督涼州，都無法參與校獵啊！」這裡諸公依次指李世勣、張公謹、李大亮。[2]

「的是如此。」李藥師輕嘆一聲，繼續問道：「所以……」

「所以此次校獵……」出塵語音鏗鏘：「實則僅有二位人選，任城王與潞國公。」這裡二位指李道宗與侯君集。

「怎地？」李藥師笑問：「柴駙馬、吳國公、翼國公、宿國公……盡皆不在夫人意下？」這裡三位國公依次指尉遲敬德、秦叔寶、程知節。

「相君大人哪……」出塵輕笑道：「為免外戚權重，長孫國舅尚且規避臺閣，何況柴駙馬？至於幾位國公……」伊人認真說道：「諸公俱是猛將，然則兵部尚書必須知兵，縱使不堪帥才，至少也得能讀兵書吧。」尉遲敬德、程知節驍勇有餘，然卻並非帥才，何況囿於出身，識字相當有限。秦叔寶則在武德年間頗受李淵賞識，因此當初並未積極參與玄武門事件，來至貞觀年間，便無法邀得天家聖眷。不過這等情事，他夫妻縱使私下聊談，也不肯明言。

只聞李藥師再度拊掌而讚：「的是！」

出塵又是滿心歡喜，含笑望向夫婿，繼續說道：「潞國公則與諸公不同，他入秦府之後，當即發憤讀書，因而甚得陛下青睞。」

李藥師試探問道：「然則由他初入秦府算起，至今不過數年。讀書並非朝夕之事，他再如何用功，也無法與任城王比肩吧？」

「師父又來！」伊人巧笑清如銀鈴：「如今任城王執掌刑部，倘若轉任兵部，難道竟讓潞國公接掌刑部？刑部尚書須得通曉律法，哪是認字數年便可勝任！」

「可不是！」李藥師緩緩點頭，輕嘆一聲：「看來任城王通曉書史，於此一事反倒成了負擔……」

然而出塵此時，只是含哂笑看夫婿。

李藥師明白愛妻揶揄之意，一指點上伊人額頭，微笑說道：「這便如何？所謂熏漬陶染，潛移默化③，如若能夠爬羅剔抉，刮垢磨光④，為我大唐砥礪人才，豈非上功？」

出塵仍是含哂，半嗔半笑：「小女子且在這兒，等看我大唐相君大人的能耐。」

李藥師卻頹然憑軾⑤，緩緩搖頭，望著愛妻喟然長嘆：「只怕終究仍是『誨爾諄諄，聽我藐藐』哪！」

此時卻得外間來報，蘇定方請見。李藥師來到書齋，蘇定方已在等候，手中捧著一帙卷軸。展開看時，見是河北、河東一帶地圖。由三原回京途中，李藥師曾命他思考竇夏失敗的原因。因而一見此圖，便知他前來請見的緣由。

「老師……」蘇定方望了李藥師一眼，見他並沒有制止之意，便繼續說道：「竇夏之敗，各家常說，皆因竇氏未能採納凌敬之議，故爾失卻先機。學生細思，卻未必盡然。」

十年之前，李世民討王世充，圍困洛陽，迫使王世充向竇建德求援。竇建德來到武牢關，與唐軍對峙，無法前進，將士思歸。竇建德的參謀凌敬建議，先遣重兵渡河，攻取懷州、河陽，並派悍將守衛；隨即大張旗鼓翻越太行，進入上黨，必可傳檄而定汾、晉；然後麾師壺口，直驅蒲津，當能盡收河東之地。凌敬認為，若依此計而行，可有三利：其一，進入無人之境，取勝萬無一失；其二，開拓疆土號召兵馬，可使國勢更加強盛；其三，可令關中李唐震駭，如此王鄭的洛陽之圍，自然解除。然而竇建德並沒有採納凌敬之議。由當時乃至後世，論史者往往認為，此乃竇夏失敗的重要因素。

李藥師細細聆聽，緩緩點頭，滿眼欣慰。不過兩月之前，由三原回京途中，蘇定方仍稱竇建德為「夏王」，此時卻已改稱「竇氏」。

只聽蘇定方繼續說道：「當時竇夏將士思歸，乃因取下曹、戴二州之後，人人有所斬獲，只想趕回洺州。」他指向案上地圖，說道：「面對武牢，累月無法前進，難道渡河，便能彈指取下懷州、河陽？何況還得……」他將捲起的地圖往西方展開：「何況還得翻越太行……」

李藥師取過案頭一塊水精⑥，押在地圖西端，避免圖紙回捲。

蘇定方見到這塊水精，一時竟然哽咽。只因這是他獻給李藥師的壽禮，完全沒有料到，這位臺閣端揆的相君，這位衷心景仰的師者，竟從如許之多的壽禮中，選了這件微物，置於日常使用的書案上。當時水精遠比玉石稀缺，然在蘇定方心目中，獻給這位師者的壽禮無論如何名貴，都屬「微物」。

此時蘇定方勉力按下激盪的心緒，繼續說道：「翻越太行，進入上黨，這裡豈是無人之境，傳檄便可砥定？如此遷延時日，軍士思歸之心只怕更甚，因而益發難以進取啊。」

李藥師拊掌讚道：「極是！只因竇夏敗績，眾人便將之歸咎於竇氏未能採納凌敬之議，然卻未能深思，如若聽取其議，竟會何如？而你……」他拍拍蘇定方肩膀：「卻能不為眾議所囿，進而細究其理，此其一也。」

蘇定方趕緊謙謝。

李藥師微微點頭，繼續說道：「當初無論凌敬所謀之議，亦或眾將反對其議，皆以竇氏之勝負為考量。而你，則能細審軍士之心思，此其二也。」

蘇定方再度謙謝。

此時李藥師撫著那塊水精，凝視蘇定方：「見到這塊水精，心緒激盪之餘，竟能迅即穩住，不受羈絆，繼續適才的論述。可知練志養氣之功漸已有成，此其三也。有此三者，為師當為你賀。」

蘇定方聽聞此言，再也無法強忍，含淚拜倒，叫道：「老師！」

李藥師將他扶起，略一沉吟，溫顏說道：「定方啊，校獵之行明日建旗申令，後日啟程。此時你不在營中督練軍士，卻來我處請見，想來當不僅為論述竇夏之事，可是？」

蘇定方深深一揖：「吾師明鑑！」他再度整理心緒，說道：「定方原本有一疑惑，不過已然得解。」他望向李藥師，語調沉穩：「此行校獵，定方原本難以取捨，是否戮力以求表現。幸得老師提點，遇事除考量勝負之外，更應細審各方心思。因此，定方已知該當如何自處。」

李藥師心中嘉許，點頭說道：「甚好！甚好！」

蘇定方拜謝之後，正要捲起地圖，準備告退，卻被李藥師止住：「且慢！」但見這位師者撫著那塊水精，說道：「當年招慰嶺南，也曾見過瓊州水精；這次蕩平突厥，又曾見到大漠水精。前者雖遠勝於後者，卻仍不如這塊，通體晶瑩剔透，澄澈無瑕。不知你這水精，來自何處？」

蘇定方謝道：「微物不堪老師謬讚。這塊水精，乃是定方義父所賜，理當來自東海。」李藥師知道蘇定方的義父是高雅賢，他曾先後追隨竇建德、劉黑闥，對蘇定方極為賞識。

李藥師點頭道：「久聞東海水精特為純淨，置於水中恍若無物。如今得見，果不其然！」

此時日已西斜，餘暉由窗櫺之間篩入，在水精迎光一面閃出耀眼的麗澤。然而穿透水精之後，由背光一面射出的昳焰，竟在地圖上映出兩道彩線！其間略呈狹角。李藥師握著那塊水精，在地圖上來回滑旋。通透射出的兩道彩線隨之轉圜，其間的狹角，竟也推移開闔！⑦

蘇定方看得瞠目結舌，歎道：「吾師神人！而能揮指天光！」

李藥師啞然失笑，放開那塊水精，招呼已經怔然忡然的蘇定方：「來！來！你也當次神人，過來揮指天光！」

蘇定方踧踖地伸手握上水精，忐忑地滯澀移動，渾未料到，透射水精的兩道彩線，在自己的掌指之間，竟也能夠轉圜開闔！他一時大樂，望向李藥師，雙眸中洋溢著驚喜。李藥師示意繼續，蘇定方當即收斂心神，將那塊水精如意迴旋輾轉。但見兩道彩線隨著自己把翫，在地圖上、書齋間四處飛舞跳躍。喜不自勝之餘，蘇定方卻也很快發現，那兩道彩線之間的狹角有時也會合攏，使兩線併而為一。他試了幾次皆是如此，不免又望向李藥師。

李藥師將那塊水精擺定，使兩道彩線併而為一，然後順這一線方向朝窗外望去。蘇定方亦步亦趨，隨之望去，但見眼前夕陽，正自迅速西沉。不過須臾，日頭已沒，室間僅餘黃昏天光。然那併而為一的彩線，仍自映在地圖之上。蘇定方再度把翫水精，但見仍然能將一線變為二線，或再變回一線，但隨掌指移動，如意轉圜開闔。不過併為一線的方向卻是固定，始終朝著日沒之處。

李藥師望望天光，說道：「明日一早建旗申令，你當回營督軍，不合在此久留。」他取出一只革囊交給蘇定方：「這裡有多種晶石，你得空時瞧瞧，都有哪些能讓透射的光線轉圜開闔？」

蘇定方領命，審慎收妥革囊，行禮退出。

遠在周代，國君便有春蒐、夏苗、秋獮、冬狩之禮，都是選在農閒期間講武。後世農業技術逐漸發達演進，農閒期間愈來愈短，蒐狩之禮便也逐漸節略。皇帝狩田禮儀繁複，盛唐之後，中樞雖仍偶或春蒐，但僅以冬狩最為隆重。當時仍值初唐，李唐立國以來戰事不絕，此前尚沒有機會舉行冬狩之禮。如今四夷賓服，天下大稔，冬狩所須的條件，似乎因緣俱足。然而……

皇帝狩田屬於軍禮，依制當由兵部承詔備辦。此時李藥師已臺閣端揆，兵部尚書之位懸闕，無人主理冬狩。李世民便以校獵為名，甄選兵部尚書。校獵雖不是正式冬狩，然仍由兵部備辦。所屬官員既知此行是為甄選尚書，無不兢兢業業，猶如臨深履薄。⑧

如同正式冬狩，在皇帝校獵出行之前一日，諸將兵士集合點閱，建旗中令。當日一早，李世民全身戎裝，典禮既畢，便依畋獵的輿服制度，乘上黑輅駕上黑馬。在皇帝之後，以李藥師為首，率領同樣戎裝騮馬的諸將兵士，跟隨帝駕由安福門出皇城，再經開遠門出京城，朝西而行。沿途經過咸陽、始平、武功，便出岐州進入隴州。所經諸地難免勞師動眾，於是皇帝下旨，減賦赦罪。

隴州貴泉谷的獵場早已準備妥善，畋獵前日晚間，各軍分為左、右兩翼，以軍旗為號令，將獵場合圍。畋獵當日，天方啟明，軍鼓號角聲起，李世民高跨龍駒，前有騎兵儀仗引導，後有同樣乘馬的諸王公卿簇擁，堂堂進入圍場。騎兵軍士驅趕早已備妥的禽獸，由皇帝王公前方奔馳而過。李世民象徵性地對空發射三箭，校獵儀典的正式規程，便在漫山遍野的嵩呼聲中展開。

尉遲敬德、秦叔寶、程知節等猛將率先上場，各有所獲。其後便是此行主角侯君集與李道宗。軍士接連將禽獸驅趕至他二人前方，然而在場諸將大都出身秦王天策府，紛紛暗助侯君集，將大型獵物往他的方向驅趕。於是當天，二人所獲獵物的數量雖然相當，然侯君集所射的大型獵物，則多於李道宗。

三日之後，御駕又往隴州魚龍川的獵場校獵。這日李世民親自射取獵物，命快馬送往大安宮，獻給太上皇李淵。至於侯君集與李道宗的比試，一如三日前的貴泉谷。

李世民龍心大悅，在行宮中授侯君集為兵部尚書，參議朝政，讓他躋身宰相之列。這次校獵，左僕射房玄齡並未隨行，皇帝之下位分最高的職事官便是右僕射李藥師。侯君集拜受諭旨，朝上謝恩之後，當即謁見李藥師。李世民予以訓勉，命他虔心向李藥師繼續學習。侯君集謹領聖諭之後，眾人便依序向新任的兵部尚書道賀。

隨後駕返長安，李世民命將此行獵獲的大獸，獻於四郊之神，並向太廟、大社致祭。又在凌煙閣設宴，擇取獵獲之優者，讌饗諸位宰輔。酒酣耳熱之際，皇帝對王珪說道：「卿識鑑精通，又善於談論。如今席上，自玄齡以下，卿不妨悉加品藻。同時也可權衡，若與諸子相互斟酌，卿自謂何如？」

王珪領命，侃侃回道：「孜孜奉國，知無不為，臣不如房玄齡。才兼文武，出將入相，臣不如李藥師。敷奏詳明，出納惟允，臣不如溫彥博。處繁治劇，眾務畢舉，臣不如戴冑。恥君不及堯、舜，以諫諍為己任，臣不如魏徵。」此時他轉向皇帝，躬身長揖：「至於激濁揚清，嫉惡好善，臣於數子，亦有微長。」

年初李世民將溫彥博調離御史臺後，遷任中書令；又以戶部尚書戴冑檢校吏部尚書，參豫朝政。兩人皆成為宰相。

此時皇帝龍顏大悅，賜酒嘉賞。諸位宰輔亦紛紛勸酒，稱許其論確鑿公允。惟有首度參與宰相侍宴的侯君集敬陪末座，沉默不語。

李世民實則將這一切，悉數看在眼中。自古帝王權術，往往使用「制衡」，讓手下兩股勢力相制相衡。一則彼此爭相立功，讓在上位者容易取得成效；二則雙方互相較勁，均難撼動在上位者的權柄。李淵喜用制衡之術，李世民在武德時期深受其苦，登基之後曾經有所舉措。然他迅即發現，當初在秦府中合作無間的股肱，此時已經出現派系。自己用人雖然不分地域、不分出身，但是他們彼此之間……

長孫無忌的態度，遠在眾人之先便已表露，而且頗為明顯。當初讓他退出臺閣，多少與此有關。房玄齡來自山東，杜如晦來自關中，他二人始終笙磬同音，合作無間。杜如晦去世之後，李藥師上位，部分考量也是因他來自關中。當時其餘諸位宰輔，王珪、溫彥博來自河東，戴胄、魏徵來自山東。這次甄選兵部尚書，只在侯君集、李道宗之間斟酌，卻未列入李世勣、張公謹，也是因後二者來自山東，而前二者則來自關中。

至於家世，李藥師、王珪出身五姓七望，房玄齡、杜如晦、溫彥博、戴胄也出身世家大族。魏徵家境雖稱寒素，然他畢竟出身鉅鹿魏氏，且是李藥師、房玄齡的師弟。而侯君集的家世，則尤為不及。

此時李世民命王珪品藻諸相，當然也想依此試探他的立場。得知之後，皇帝望向自己右手邊的李藥師。但見這位「吾兄」一如既往，眼觀鼻、鼻觀心，作垂簾入定狀。於是堂堂威臨四海、睥睨八方的天可汗，也只能在心中暗自喟嘆。

第六十六回　簫韶九成

及至歲末，李世民又命太常寺舉行大儺之禮。「儺」是極古的崇拜、祭祀儀典，旨在驅鬼逐疫，是先秦巫覡文化的傳承。《周禮．夏官司馬．方相氏》記載：「方相氏：掌蒙熊皮、黃金四目，玄衣朱裳，執戈揚盾，帥百隸而時難，以索室驅疫。」這裡「難」即是「儺」，以方相氏「狂夫」四人為舞。《論語．鄉黨》：「鄉人儺，朝服而立於阼階。」鄭玄注曰：「十二月命方相氏索室中驅疫鬼。」《周禮》注疏雖有「時儺，四時」之說，不過以暮冬「大儺」最為隆重盛大，自天子至庶人皆可參與。①

漢代以降，則僅保留歲末的大儺，其餘季節不再舉行儺祭。及至唐代，則將此「大儺之禮」訂在立春前一日。如同皇帝狩田之禮，李唐立國以來戰事不絕，此前沒有機會舉行儺祭。及至蕩平突厥，四境安寧，方才因緣俱足。儺祭雖是舞樂，由太常寺備辦，然而如同皇帝狩田之禮，大儺也屬軍禮，須得兵部參與。

玄武門事件之後，侯君集由從四品的車騎將軍躍升為從三品的左衛將軍，進爵潞國公，得賜千戶實封食邑，旋即又擢升為正三品的右衛大將軍。然他性情矯飾，喜好矜誇，除同樣以武勇自詡的秦府舊將之外，其餘中樞重臣，包括同樣出身秦府的房玄齡、杜如晦，對他都沒有特別正面的評價。

至於李世民，一則欣賞侯君集願意讀書的心志，再則由地域、出身等各方面，考量諸位宰輔之間的平衡，因而讓他入閣，出任兵部尚書、參議朝政，此時實頗有些急於提升他在群臣心目中的分量。這次舉行大儺之禮，也希望侯君集在盛大的祭祀儀典中，能夠有所表現。

儺祭之日，天方昧旦，諸衛儀仗已屯列殿階。卯正時分，旗正飄飄，金鼓齊鳴，皇帝駕臨太極殿，諸王公卿侍立兩側。一百四十四名侲子②，均戴面具、著赤衣，分列六隊，在同樣戴面具、著赤衣的執事帶領之下，由兩側宮門進入太極殿庭。方相氏則戴黃金四目的面具，玄衣朱裳，身披熊皮，執戈揚盾。太卜、太祝緊隨其後，在鼓吹樂者簇擁之下進入殿庭，開始驅鬼逐疫的儀典。

宮城正門、皇城諸門早已備妥雄雞、清酒。方相氏帶領侲子舞蹈歌詠，呼喝鼓譟。太卜占吉，太祝告天之後，方相氏便率諸侲子前往各處城門，逐一舉牲奠酒。

大儺之禮的儀典過程，氣勢震懾人心，虔敬直達天聽，皇帝甚為欣慰。他非常清楚，這一切的背後，是兵部與太常寺合作無間。而這樣的合作，絕非侯君集之力所能達成，而必須得到李藥師的支援。

時序進入貞觀五年。新春之日，皇帝祭祀太廟，躬耕藉於東郊；大宴群臣，奏〈秦王破陣樂〉。緊接著又下諭旨，詔令前往昆明池春蒐。只因歲暮開春，高昌王麴文泰來到長安。

將近兩年之前，玄奘度關之後，歷經數月苦行，去到高昌。麴文泰的母親張太妃篤信佛法，加以祖上來自中土，見到玄奘大為歡喜，命麴文泰與他結為兄弟。又將他留在高昌，盤桓月餘。期間玄奘除弘揚佛法之外，也將大唐種種繁華昌隆，說與麴文泰知曉。

隋煬帝大業年間，麴文泰曾隨其父麴伯雅入隋朝貢。楊廣除認許麴伯雅高昌王的位分之外，還將北周宗室女宇文氏封為大隋的華容公主，嫁予麴伯雅為后。麴伯雅去世之後，麴文泰繼位。宇文氏依當地習俗，成為麴文泰的王后，這次也隨之來到長安，並請求加入大唐宗籍。李世民登基之初，宇文氏便隨麴文泰有所進獻，其後又收集西域諸國動靜，屢次向大唐上奏，堪稱有功。於是此時，李世民應允宇文氏之請，下詔賜她姓李，封為常樂公主。

二十餘年之前，麴文泰隨其父入朝之時，正值大隋最為輝煌鼎盛之際。楊廣為誇示大隋之富強，詔命凡有西域官民入朝觀謁，所經郡縣均須負責接待。當時在西域、東都之間，諸郡縣送往迎來，揮霍靡費，竟至於民不聊生。這次麴文泰再度入朝，李世民原想遣人迎迓，以彰顯大唐之威儀，卻遭魏徵諫阻。

麴文泰此次入朝，背景動機實則並不單純。只因大唐蕩平突厥之後，欲谷設逃至高昌，掌控麴文泰，命他親入大唐探查虛實。麴文泰沿途沒有得到接待，返回高昌之後便對欲谷設說道：「此番入朝，但見秦、隴之北城邑蕭條，不復能與往昔大隋之盛相提並論。」未料魏徵諫阻迎迓，竟使欲谷設難以明晰彼此情勢。

此乃後話，且說當時。麴文泰尚在長安，他在前來大唐帝都的行程中，親眼目睹的觀感，雖然沒有明言，但李世民何許人物，豈會毫無所覺？當時西域諸國因見麴文泰入朝，紛紛隨之遣使上貢。鑑於他們來時未曾迎迓，天可汗便下旨春蒐，讓四夷君長一同參與大典。

如同狩田、大儺，春蒐也屬軍禮，須得兵部參與。因此這次大獵之行，除讓四夷君長見識天朝威儀之外，皇帝更希望侯君集當著眾多西域使節面前，能夠有所展現。

春蒐的儀典，與三月之前的狩田大抵相同。只是這次非為校獵，沒有甄選中樞閣員的考量，因此麴文泰等四夷君長隨同天朝君臣進入圍場之後，軍士便三度驅趕禽獸，由皇帝前方奔馳而過。一驅過時，左右整飭弓矢；再驅過時，左右奉進弓矢。三驅過時，李世民引弓射矢，滿山遍谷的衛隊，瞬即揚起大唐天子的大纛。獵物應弦委地，四野嵩呼「萬歲」，音聲迴響，良久不絕。

其次便由四夷君長獵射，同樣三度驅趕禽獸，同樣在第三驅時引弓射矢，同樣瞬即揚起各邦君長的旌旛。然而旗幟之波瀾壯闊、呼聲之雄渾磅礴，其氣勢遠遠不如天朝上國的天可汗。

再其次，便由諸王公卿獵射。在圍場、獵物、軍旗、山呼的刺激之下，侯君集似乎忘卻自己不再只是武將，而是負責今日春蒐儀典的兵部尚書，且是參議朝政的宰輔，竟然下場大肆獵射。他畢竟是皇帝欽點，讓李藥師教導的學生。於是此時，李世民望向隨在御駕右側的李藥師，李藥師也只能在馬上躬身謝罪。

次日，皇帝大宴麴文泰等四夷君長，以及隨行群臣。

再次日，時值正月十五，乃是上元之辰。唐代之前，「上元」一詞大抵用於天文律曆，而不用於正月十五。漢武帝劉徹曾在正月上辛之日，駕臨甘泉宮祠太一之神，黃昏開始點燈，直至天明而終③。其後兩漢諸帝傚法，常在正月上旬點燈祠神，卻也並未定於正月望日。

這日李世民則命在昆明池點燈。此池乃是漢武帝劉徹為訓練水軍而開鑿的人工湖泊，池水浩渺，廣三百二十頃，中有靈臺、靈沼等勝趣。此時更以萬千燈燭，將之裝飾成《詩經》中文王姬昌與民同樂，「麀鹿濯濯，白鳥翯翯」之象。還有石雕的牛郎織女，對立於東西兩岸，以燈燭裝飾其間，渾然恍若天河景象。又有玉石刻成、能夠噴水的鯨魚，先以火油雜於水中，便似噴出點點繁星。其縟麗璀璨，誠如數十年後，蘇味道〈正月十五夜〉詩中所敘：

火樹銀花合，星橋鐵鎖開

暗塵隨馬去，明月逐人來

昆明池周圍四十里，沿池步道全程點綴燈燭，無比輝煌絢爛。四夷君長何曾見過如此錦繡繁華？夜間隨同上國君臣遊覽，或沿池畔而行，或乘樓船而浮，或登高崗而望，一時竟然恍惚，不知今夕何夕。

李世民見麴文泰等瞠目結舌的樣貌，龍心大悅，下旨與民同樂。自此開始，方逐漸有上元前後三日金吾不禁，夜遊觀燈的習俗。

又次日命駕回宮，在所獲獵物中擇其最優者送往大安宮，獻給太上皇李淵。隨後，李世民便召見李藥師、侯君集。除嘉勉昆明池春蒐的宏偉壯麗之外，也提到大獵儀典，入閣宰輔當以綜觀大局為重，無須親執弓矢。雖然瑕不掩瑜，皇帝還是提點這對師生，要求李藥師對侯君集加意教導，同時叮囑侯君集向李藥師虔心學習。

李世民的言語，其實處處迴護侯君集，避免讓這位甫入臺閣、見識猶淺的寒門人才感到窘迫。然而依侯君集張揚的性格，卻只聽見皇帝對自己的嘉勉，以及對李藥師的要求。加上與他熟稔的秦府舊部，包括尉遲敬德、程知節等，都是類同的出身見識，而尚不如他願意讀書。此時見侯君集雖已入閣，卻仍願與自己等人並肩騎射，震懾四夷君長，但覺大合聲氣，彼此更相狎暱。

惟有秦叔寶，他在隋代便已入仕，入唐之後更受李淵賞識，明白朝廷對於規矩法度的重視。只是他非但不得李世民聖眷，又因歷次作戰負傷過多，此時病痛纏身，經常臥床休養，難以有所規勸。

蘇定方則與侯君集截然不同，他對李藥師心悅誠服，對於這位師者交代的功課更是格外用心，早已將李藥師交給他的各種晶石分門別類透澈觀察。蘇定方身邊仍有一些義父高雅賢所遺的東海水精，手下兄弟又從突厥鐵山大帳中取得不少大漠水精，他全都取來逐一琢磨，並將心得報與李藥師知曉。李藥師只命他妥善收存這些水精，並沒有布置後續用途。

接下來的數月，大唐的國事雖然蒸蒸日上，皇帝的家事卻並不順遂。

李唐皇室家族遺傳「風疾」，這是心腦血管方面的疾病，在古代屬於絕症。有唐一代多位皇帝，包括高祖李淵、太宗李世民、高宗李治、順宗李誦、穆宗李恆、文宗李昂、宣宗李忱等七位，都有罹患風疾的記載。此時李淵的病勢已經頗為明顯，李世民也開始感到種種不適。而李承乾，他的情況竟比祖父、父親更加嚴重，出現氣血俱虛、陰陽偏廢等症狀。群醫束手，即便請來孫思邈，依然無能為力。

李世民甚是焦急，敕命道士為太子祈禱。待得李承乾略為好轉，又立西華觀為他還願。然至五月，李承乾卻又再度犯疾，病況更甚，出現半身不遂、四肢麻痺等症狀。李世民詔令，為母親太穆竇皇后建慈德寺，為太子建普光寺④，同時降天下囚徒之刑，以期上蒼垂憐。幸而此時孫思邈仍在長安，及時戮力救治之下，李承乾偏癱的狀況得到緩解，不過終究遺下腿足偏枯之症。

這年東宮可謂諸事不順，李承乾的病情方才略為穩定，卻又傳來太子少師李綱去世的消息。竇璡由太子詹事轉任將作大匠之後，便由李綱接任詹事，不久李世民又將他擢升為太子少師。李綱實乃一代人物，曾經先後教導楊堅的太子楊勇、李淵的太子李建成、李世民的太子李承乾，竟然沒有一位能夠順利繼承皇位。

及至九月，仁壽宮修繕完成。此宮高邈曠達，有鳳凰舞翥之態，李世民取《尚書・益稷》「簫韶九成，鳳凰來儀」之義，將之更名為九成宮。這是避暑的夏宮，而當時已入暮秋，於是諭令次年駕幸。

九成宮方才修成，李世民竟又意欲修復洛陽宮。戴冑上表諍諫，痛陳「亂離甫爾，戶口單弱，一人就役，舉家便廢」的景況。皇帝雖表示嘉賞，卻仍命將作大匠竇璡進行整建。一年前有意修洛陽宮時，將作監已將諸多材資輸往洛陽。此時再度奉敕興工，迅即便有所成。然而李世民得到表奏，聽說工程鑿池築山，雕飾華靡，一怒之下，竟命將之毀棄，甚至將竇璡黜免。

大約與此同時，李淵第八子酆王李元亨納竇璡之女為王妃，李世民第三女南平公主則下嫁王珪幼子王敬直。王珪出身五姓七望的太原王氏，他的夫人則出身京兆杜氏，乃是西晉大家杜預之後，也是詩聖杜甫的曾祖姑母。⑤當時公主下嫁，俱是翁姑依國禮參拜公主。而王珪與杜氏這對出身高門大族的世家夫婦，竟命公主依家禮參拜翁姑。

對於世族的強勢，皇帝早已聖心不豫。與王珪的態度相較，此時竇璡顯得甚是「知禮」，何況他還是太穆竇皇后的族弟，於是李世民很快便又將他官復原職。

李世民即位之初曾經下諭：「朕為天子，所以養百姓也，豈可勞百姓以養己之宗族乎！」當時除淮安王李神通、趙郡王李孝恭、任城王李道宗等寥寥數人之外，諸宗室封郡王者皆降為縣公。此時卻深刻感受到世家大族勢力之強大，竟下令群臣研議封建。魏徵、李百藥、顏師古等都認為不妥，李世民則命繼續商討。

時序進入貞觀六年。一年之前，昆明池春蒐之後，大唐天朝上國的繁華宏盛，讓四夷君長歎為觀止，交相稱譽。當時李孝恭已由禮部尚書轉任朝集使，而由陳叔達接掌禮部。他二人曾經先後上表，諫請封禪，李世民沒有應允。一年之後的此時，更多文武官員聯名，上表諫請封禪。

李世民說道：「往昔秦始皇封禪，而漢文帝不封禪，難道後世竟會認為文帝之賢不及始皇？」群臣的諫請並未因而停止，依舊上表不已。皇帝幾乎也要應允，然魏徵卻期期以為不可。

李世民問道：「公不欲朕封禪者，以功未高邪？」

魏徵回道：「高矣。」

「德未厚邪？」

「厚矣。」

「中國未安邪？」

「安矣。」

「四夷未服邪？」

「服矣。」

「年穀未豐邪？」

「豐矣。」

「符瑞未至邪？」

「至矣。」

「然則何為不可封禪？」

魏徵侃侃說出一番道理：「陛下雖已有此六者，然我朝立於隋末大亂之後，至今戶口未復，倉廩尚虛。而車駕東巡，千乘萬騎，其間供頓勞費，並無一事易任。況且陛下封禪，必定萬國咸集，遠夷君長前來，皆當配置扈從。而我國中，如今自伊、洛以東，至於海、岱，其間煙火尚希，灌莽極目。若引戎狄前往，無異示之以虛弱。何況賞賚不貲，難以滿足遠人之望；且又給復連年，無法補償百姓之勞。因此封禪之舉，乃是崇虛名而受實害，陛下何為而用之！」

當時黃河發生水患，殃及數州，李世民於是打消封禪之議。

然而諸事，皇帝如若已有定見，群臣並無法當真讓他改變心意。比如九成宮，當初修繕，姚思廉就不認同；此時完工，即將駕幸，姚思廉再度諫阻。如同當初，李世民又以「朕有氣疾，天候悶熱之時益發劇烈」為理由，仍然決定前往九成宮避暑。

貞觀後期的賢相馬周，此時已任監察御史，上疏言道：「東宮在宮城之內，大安宮則在宮城之外。而大安宮的形制，尚且不如東宮。如此給予四方的觀感，似乎有所不足。臣以為應將大安宮增修高大，卑乎中外之望。」

大安宮的前身弘義宮，當年是為秦王而修，其形制自然不能比照皇太子的東宮。如今成為太上皇所居的宮殿，而尚不如東宮高大，確實有失觀感。

馬周疏中又道：「太上皇春秋已高，陛下宜朝夕視膳。九成宮距離京師三百餘里，太上皇時或思念陛下，陛下如何能夠前往請安？而此次車駕西行，是為避暑，太上皇卻仍留居暑中，臣竊以為不妥。」

這位馬周先生，他是沒有能夠見識當初李世民曾經遭遇的對待。馬周早年孤貧，懷才不遇，貞觀三年方才來到長安，投入在玄武門事件中立有大功的常何門下。常何一介武夫，素無學術，敷陳奏事便由馬周代為草擬。李世民見到這些表奏，大為賞識馬周的才學，將他調入門下省，很快又任他為監察御史。

此時馬周既然上疏，李世民便去到大安宮，請李淵一同前往九成宮避暑。然而九成宮原是隋代的仁壽宮，將近三十年前，隋文帝楊堅來此避暑。當時的太子楊廣入宮陛見，隨後楊堅便不明不白地崩逝。⑥對於此事，李淵心中積有深沉的陰影，他可不願前去這處離宮，尤其不願與李世民一道前往。

於是三月中旬，李世民啟程前赴九成宮。九成宮位於岐州，也就是大業時期的扶風郡，今日的陝西麟遊。距離長安雖不過三百餘里，然而途中地勢起伏，溝壑縱橫，加以隨行儀仗宏盛，四月上旬方才行至半途。此時，竟傳來張公謹病逝的噩耗！

玄武門事件之後，李世民著意培植的天策府舊部，以侯君集、張公謹、劉師立最得聖眷青睞，命他們拜李藥師為師。李世民私心裡最看重張公謹，因此兩年半前北伐突厥，以他為李藥師之副。不過在他三人之中，以侯君集年事最長，進入秦府最早，玄武門事件中又立功最大。再加上地域、出身等考量，便讓侯君集率先進入中樞。實則皇帝心底，對張公謹卻有更高的期許。

此時張公謹溘然長逝，李世民極為悲傷，親自發哀涕泣。當天日次壬辰，有司奏曰辰日忌哭。李世民不予採納，說道：「君臣之義，同於父子，情發於衷，安避流俗？」

李藥師與張公謹相處的時日雖並不長，但在短短數年之間，既相從教習兵法，又相隨蕩平突厥，早讓他對張公謹深為賞識。李世民雖將張公謹與侯君集一視同仁，但在李藥師心目中，卻認為他的心性遠非侯君集所能企及。因此兩年前與出塵論及能夠承襲志業的人才，便已將他與李世勣、蘇定方相提並論。此時遽聞張公謹離世，李藥師自是深為傷痛。其實在李藥師心底，對李道宗也甚為看重。不過李道宗乃是郡王，縱使他視李藥師如師，李藥師也不便以師自居。

在他君臣相與傷逝的同時，行程中卻發生飲水不足的問題。當時原本就是春夏之際少雨的季節，這年又逢乾旱，途中人馬繁浩，飲水供應堪虞。後半途進入山區，雖有林木遮陽，但取水卻更加艱難。抵達九成宮後，隨行官員四處尋覓水源，幾經試掘，終於在宮城西方樹蔭之下，泥土濕處，掘出一窪湧泉！眾人大喜，趕緊以石為檻，造渠導水。李世民獲報，與長孫皇后一同前往視察。但見此泉其清若鏡，味甘如醴，登時龍顏大悅，即命立碑以記其事。

此碑即是名揚宇內，為後世譽為「天下第一銘」的《九成宮醴泉銘》碑。歷代方家不但將之品為「正書第一」，又有「三絕」之稱。一絕，撰文者魏徵是千古難得的賢臣；二絕，書墨者歐陽詢是千古難有的大書法家；三絕，貞觀時期是千古難逢的治世。直至今日，此銘仍被奉為「楷書極則」。

且說……掘得甘泉，皇帝心情大好，即命宴會近臣，還命相互嘲謔取樂。⑦

歐陽詢因為書寫銘文，大得皇帝嘉賞。長孫無忌心有不忿，當席譏諷他的身形：

聳膊成山字·埋肩不出頭
誰家麟閣上·畫此一獼猴

歐陽詢來自潭州。李淵年輕時節，隨父遊宦安州，曾經多次與他往還。大唐立國之後，李淵授他為給事中，得以出入宮禁，常侍皇帝左右。這樣的背景經歷，歐陽詢自然不能對籌畫玄武門之變的長孫無忌，有多少好感。此時長孫譏諷他的身形，他哪肯善罷甘休？當即訕笑長孫的長相：

索頭連背暖，漫襠畏肚寒
只因心渾渾，所以面團團

李世民原希望眾臣相互嘲謔取樂，然而此時，長孫歐陽彼此譏諷訕笑，聽在皇帝耳中，實在頗不樂意。畢竟長孫無忌與長孫皇后是同胞兄妹，狀貌神似，於是當下臉色一沉，對歐陽詢說道：「卿難道不擔心，此話傳與皇后聽聞？」

皇帝雖已偏袒，長孫無忌仍自怏怏。宋代《太平廣記》收有〈補江總白猿傳〉一篇，內容對歐陽詢含沙射影，暗指他是其母遭白猿所掠而生。或曰此文之廣為流傳，即與長孫無忌有關。

且說宴會之後，李世民回到內宮，卻感覺稍有熙攘之態，不若早前清靜。一問之下，原來……

九成宮完工之後，天子駕幸之前，早有宮人先來清理布置。此時帝后率大批儀仗侍從到來，先前的宮人便移到宮外的漳川官舍暫住，準備回京。與此同時，李藥師、王珪先後到來。漳川官舍原是為接待外出官員而設的驛館，此時便請宮人離開，讓李藥師、王珪入住。部分宮人隨即折返長安，但也有部分差事尚未完成，必得再行回到九成宮住宿。只因事先未曾規畫，導致內宮略顯擁擠。

李世民先前已因歐陽詢訕謔長孫無忌，感覺朝臣對皇后不敬；此時聽說此事，更加不豫。一時想到王珪命南平公主參拜翁姑之事，又想李藥師乃是隴西李氏出身，卻與王珪走在一起。當下感覺這些世家大族，實在沒把帝后放在眼中。盛怒之下，即命究辦。

魏徵得知情事，趕緊入宮請見，說道：「李藥師、王珪皆是陛下的心膂大臣，而宮人，只是皇后的掃除之役。大臣外出，須訪地方官吏，督察朝廷法度；歸來，則須向陛下稟報士庶疾苦。而官舍，是外出大臣會見地方官吏之處，官吏依律必須前來謁見。至於宮人，居於官舍不過是為方便食宿。」此時他加重語氣：「陛下如若因為此等瑣事，而究官舍、甚至大臣之罪，只恐不益聖德，甚且令天下駭然！」

皇帝離開京城，必有重臣留守。這次李世民駕幸九成宮，命左僕射房玄齡留居長安，攝理諸事。因此右僕射李藥師、侍中王珪，是此行隨同聖駕前來岐州的大臣中，位分最高的職事官。如今竟連他們的宿處，都沒有能夠安排妥善！

皇帝自知於理有虧，於是收回究辦的成命。然而李世民心中對於世族仍存芥蒂，不久即命高士廉、韋挺、令狐德棻、岑文本等，一同修訂《氏族志》，著意要將李唐皇室置於第一，皇后家族長孫氏列為第二，壓下其餘大姓，方才告一段落。

第六十七回　語默之趣①

貞觀六年自四月至閏八月，夏、秋二季將近半年，皇帝都在九成宮聽政。蕩平突厥之後，兩年多來，非但戎狄來朝，四夷賓服，而且天下大稔，士庶豐足，真可謂是海宴河清，華胥之如。朝中並無大事，君臣偕同避暑。九成宮位於今日的陝西麟遊，當地現存名勝，比如慈善寺石窟，雖在隋文帝楊堅修仁壽宮時已初始開鑿，但要到唐高宗李治永徽年間，才大規模續建。又比如千佛院摩崖造像，也要到永徽年間方才開創。曾得王勃題詩的仙遊觀②，同樣要到二十餘年之後方得修成。然而貞觀君臣此番遊訪，也曾留給後世一些遐想。比如相傳長孫皇后喜愛的「蜜碗」，亦稱為馬蹄酥，便是這帶地區至今樂道的著名小吃。

李藥師則對當地名人勝跡更感興趣。九成宮在岐州境內，十五年前，他曾在岐州刺史任上遭遇誣告，幸得出塵營救，方能轉危為安。③當時憂讒畏譏，滿目蕭然，沒有閒情遊賞。兩年之前隴州校獵，亦曾途經岐州。只是期間宵衣旰食，孜孜國是，仍然沒有餘暇臨觀。這次前來九成宮

避暑，侯君集因母喪丁憂，並未同行。李藥師不須要抽出部分心神，花費在這位李世民欽點的學生身上，於是便能自在出遊。

周代尚父太公望姜子牙展圖之前，曾經釣於磻溪，其地便在九成宮西南百餘里處，不過一日馬程，李藥師決定前往遊訪。這次隨行，除薛孤吳、蘇定方、薛萬徹、和璧之外，還有李道宗。幾人都知道李道宗曾與李德謇、李德獎一同「出關狩獵」，便不把他當成外人。

北魏酈道元《水經注．渭水》，對於姜子牙釣於磻溪，有相當詳細的記載：「又東過陳倉縣西……渭水之右，磻溪水注之，水出南山茲谷，乘高激流，注于溪中，溪中有泉，謂之茲泉。泉水潭積，自成淵渚，即《呂氏春秋》所謂太公釣茲泉也。今人謂之丸谷，石壁深高，幽隍邃密，林障秀阻，人跡罕交。東南隅有一石室，蓋太公所居也。水次平石釣處，即太公垂釣之所也。其投竿跽餌，兩厀遺跡猶存，是有磻溪之稱也。其水清冷神異……」

眾人來到此處，但見果然石壁深高，幽隍邃密，林障秀阻，人跡罕交。李道宗聽李藥師引《水經注》，提及「陳倉」，便問道：「老師……」

沒有料到二字方才出口，李藥師已躬身施禮：「殿下！」

李道宗一驚，趕緊還禮，改口說道：「相君適才提及陳倉，可就是當年『明修棧道，暗渡陳倉』之處？」④

「的是。」對於李道宗及時改口，李藥師顯然相當滿意，頷首含笑而道：「由漢中入關中，或出祁山，或越秦嶺。當年穿越秦嶺，僅有子午、散關二道。據傳韓信曾在子午道上明修棧道，卻到散關道上暗渡陳倉。」「散關道」亦稱「陳倉道」。此時他繼續說道：「實則當時，高帝以樊噲、灌嬰佯攻祁山，另以韓信奇襲陳倉。」⑤

李道宗又問道：「如今穿越秦嶺則有四道，卻不知褒斜、儻駱二道，又是何時修成？」⑥

李藥師道：「褒斜道成於呂后時期，儻駱道則成於三國時期。」

李道宗略一尋思，繼續問道：「如此，則韓信北出秦嶺，僅可經由二道。而武侯北伐，非但可出祁山，還可經由秦嶺四道。何以韓信能成而武侯則否？」

「大哉問！」李藥師擊掌而讚：「武侯時期，儻駱道尚未修成。正始年間曹爽伐蜀，方才首度由駱谷南越秦嶺。甘露年間，姜維則由駱谷北出終南。」「正始」是曹魏少帝曹芳的第一個年號，「甘露」則是曹魏另一位少帝曹髦的第二個年號。曹魏先後有曹芳、曹髦、曹奐等三位少帝。

「至於褒斜道……」李藥師繼續說道：「呂后年間地震，羌道、武都道山崩，散關故道山體大範圍崩塌⑦。其後非但道路迂迴曲折，而且不再能通漕運……」此時李藥師眼神掠過身前諸人，但見蘇定方已有恍然大悟之態。

「其後朝臣上書，諫請修通褒斜道。將褒谷、斜谷鑿通，取陸路穿越秦嶺，非但比震後的散關道平緩，更少四百里途程。若取水路，無論經褒水南通沔水，或由斜水北入渭水，皆可以通漕運。而此兩水山間源流，相距不過百餘里。」「沔水」指今日嘉陵江西源西漢水，「褒水」是其支流。「斜水」古時亦稱武功水，今日則稱桃川河、石頭河，是渭水南岸支流。

此時李道宗也聽懂了：「所以由褒斜道輸運糧秣，可以從南陽經沔水入褒水，舟船上溯，無法前行之時，便轉陸運，再入斜水，如此便可直下渭水。」他點頭說道：「斜水在郿縣入渭水，當時郿縣為曹魏所據，因此武侯無法經由褒斜道運糧。」

李藥師讚道：「的是！」

薛孤吳也明白了：「所以武侯當年，儻駱道尚未修成，子午道、褒斜道北口皆為曹魏所據，而散關故道崩塌，不再能通漕運……」

只聽薛萬徹搶著說道：「因此武侯若越秦嶺，僅可由散關道。然而同樣經散關道運糧，韓信通行無虞，武侯卻必須另造木牛流馬。」

李藥師頻頻點頭：「的是！的是！」

薛孤吳則問道：「有說舊時沔水直通漢水，可是？」他畢竟曾隨李藥師去到南方，在夔州住過年餘。

李藥師點頭道：「確實有此一說。相傳亙古曾有天地大澤，其澤大哉！《莊子》以之與天地相比擬，謂之曰：『計四海之在天地之間也，不似礨空之在大澤乎？』沔水注入此澤，流出即為漢水。其水之浩渺，猶如《詩經》所謂『維天有漢』，故名之曰漢水。」

說到此處，李藥師不覺朝天際望去。當時正值七月上旬，天色又已漸暗，星空中一道天河，由東北跨向西南，宛若奔騰急流，一瀉千里，眾人隨他望去，盡皆喟然讚歎。

李藥師繼續說道：「呂后年間地震，羌道、武都道山崩之後，天地大澤山口斷裂，水向南面溢出，流入渝水，而不再入漢水。」「渝水」是嘉陵江的古稱。⑧

蘇定方一直沒有開腔，此時隨這位師者望向漫天繁星，卻突然脫口叫道：「相君！」一時卻又似乎不知如何說下去。

李藥師滿眼鼓勵神色：「這裡沒有外人，但說無妨。」

「是！」蘇定方躬身應了一聲，當即侃侃而道：「我等行軍若遇晴天，白晝可依太陽位置釐清方向，夜晚則可觀察星象。然而若遇陰雨風雪，有時便會迷路。」他望向李藥師，但見這位師者仍是滿眼鼓勵神色，於是繼續說道：「前此相君交代的晶石，卻只消尚有天光，並不必須眼見日輪，也能依光線之透射而判定太陽位置。如此縱使遭遇陰雨風雪遮蔽天日，甚或身處大山煙迷霧瘴之間，仍可藉由晶石釐清方向。」

李道宗等四人都不知道晶石之事，十分好奇，紛紛詢問。蘇定方笑道：「如今手邊沒有晶石，不知從何說起。且待明日回到營中，再說分曉。」

當晚一行人便在太公望曾經居處的石室中過夜。時值孟秋，暑氣未消，休眠於此幽隍邃密、林障秀阻的山間，絕是另一番爽澈。

次日一早北返。皇帝出行避暑期間，中樞閣員可以借住官舍，其餘人眾則只能紮營而宿。李道宗急於知悉晶石之事，當即讓蘇定方取來晶石，方便幾人一同到他的官舍中參詳。

李藥師則回到漳川官舍，未料執事人員都在焦急等候，報知太子曾經來訪，留下賜贈。於是他趕緊換上官服，入九成宮謝恩。

更加沒有料到，李承乾一見到李藥師，便如同見到親人，拉著他直問：「老師，九成宮避暑，德謇、德獎怎地沒有同來？」

李藥師回道：「殿下，德謇任職於將作監，修繕九成宮時曾經多次往返。修成後已前往武功，繼續將作監的職事。德獎則尚未入仕，因此不曾同來。」

李承乾聽說，竟然滿臉委屈，全是央求口氣：「老師，近日朝會之後若有閒暇，可以過來教我習武嗎？」

一年之前，李承乾因風疾導致腿足偏枯之後，便中止習武。隨後太子少師李綱去世，他原是東宮首席教授，只因年事已高，對於李承乾的培育雖然悉心至意，卻並不十分嚴厲。他去世後，東宮教學由左庶子于志寧、右庶子孔穎達主其事。他們兩位都是大學問家，可惜不瞭解青少年心理，但知求好心切，對於太子的要求過於嚴格。

平康府邸壽宴之日，李藥師見到李泰對太子不敬，李世民卻採放任態度之後，便有意退出東宮事務。其後于志寧、孔穎達執掌太子學科，均以文學為主，並不重視武學。何況此行來至九成宮，掘得醴泉而立碑銘，其中「始以武功一海內，終以文德懷遠人」等語，甚得皇帝嘉許。如今中樞既已儼然一派「偃武修文」的態勢，於是于志寧、孔穎達若不安排課程，李藥師便不主動過問。因此已有一段時日，他沒有再教李承乾習武。

然則此時，曠世軍神眼前的李承乾，壓力顯然已經大到，不是一名十五歲的青少年所堪承受。李藥師看在眼中，也自心疼，於是躬身回道：「臣遵命！」此時已近黃昏，李藥師陪侍太子閒話近況，李承乾感動得幾乎落淚。

兩年多前，皇帝已命太子視事。李承乾在東宮僚屬輔佐之下，將國事處理得條理分明。然而家事……兩位嫡親母弟，一位對自己不敬而父皇不加約束，另一位則由父皇躬親鞠育，倍加呵護。這對李承乾，是何其巨大的壓力！此時的李藥師，但見座前這位大唐儲君，全是孤獨與無助。

然而……李藥師無法不想到，四十年前的楊勇、十年前的李建成。許多事，不是自己插手是否能夠改變的問題，而是，縱使能夠改變，改變之後對於溥天烝民，究竟有何利弊？李藥師也只能在心中喟嘆。

這段期間帝國內外大抵平靜，只是隨駕前來九成宮的眾人，生活大不同於往常。一開始時或許還能感到些許新鮮，幾個月後卻多少都已覺得難耐。李世民兩度在九成宮丹霄殿筵宴中樞閣員以及近臣，第一次宴會中，皇帝訓勉眾臣，當以隋煬帝覆亡為戒，不可因強盛而驕矜自滿，眾臣還頗雍容。第二次可就不同了。

《九成宮醴泉銘》讓魏徵、歐陽詢雙雙得到皇帝盛讚。滻川官舍事件之後，李世民又以魏徵檢校侍中，進爵鉅鹿郡公。這次宴會中，長孫無忌不溫不火地說道：「王珪、魏徵原本與我等為仇讎，沒有料到，今日竟然在此一同燕樂。」

此言一出，李世民頓時想起幾個月前，長孫無忌與歐陽詢相互嘲謔的場景。他可不希望再度發生那等尷尬，於是趕緊打圓場，對長孫無忌說道：「魏徵、王珪盡心所事，所以朕予以重用。」隨即轉向魏徵問道：「玄成啊，有時你的諍諫，朕不接納。然後對你說話，你就不回應了，這卻是怎麼回事？」

魏徵豈不明白皇帝心意？當下回道：「陛下，臣每常諍諫，總是對事。」他雖不直接針對長孫無忌，然短短幾字，已點出對人與對事的分際。他繼續說道：「每見一事，總是因臣以為不妥，方才諍諫。陛下若不接納，而臣回應，豈不竟讓此不妥之事得以施行？所以臣不敢回應。」

李世民微笑道：「回應之後再度諍諫，又有何妨？」

魏徵正色回道：「往昔帝舜曾經訓誡群臣：『汝無面從，退有後言。』臣若心知其事不妥，卻在陛下面前貌似順從，又豈是伯益、后稷事奉帝舜之道？」「汝無面從，退有後言」出於《尚書．益稷》。

李世民聞言，當即環顧群臣，開顏笑道：「旁人或許認為魏徵舉止疏慢，然而在朕眼中，卻只覺他嫵媚，正是因為他能如此啊！」

魏徵起身拜謝：「陛下開誠布公，命臣知無不言，所以臣不揣愚昧，盡其所言。如若陛下拒不受諫，臣又豈敢一再觸犯龍顏？」

魏徵真是一位「嫵媚」的良臣，而李世民更是一位「嫵媚」的明君。這次筵宴得他君臣聯手「嫵媚」，算是功成圓滿。但這卻讓李世民意識到，避暑的時日似乎長久了些。加以節氣已近寒露，長安不再溽熱，於是隔不數日，便命起駕離開九成宮。不過他君臣一行並沒有直接回京，而朝南前往武功的慶善宮。

三十四年之前，李淵由譙州刺史調任隴州刺史，途經武功，借住驛館，太穆竇皇后在此誕下次子李世民。兩年之前隴州校獵，亦曾途經武功，當時李世民便諭令將這自己誕生之處改建為慶善宮。年前更在此宮之側，為母親修建慈德寺。

如今宮、寺皆已修成，李世民來到這誕聖之處，大宴貴臣，奏起〈秦王破陣樂〉，和之以《七德舞》。這套樂舞發揚蹈厲，舞者被銀甲、執銀戟，交錯屈伸，擊刺往來，舞出破陣之象，以示不忘武德之本。太常寺則為這次筵宴新編〈功成慶善樂〉，和之以《九功舞》。這套樂舞則進退安徐，以童生六十四人編為八佾，著進德冠，屣履而舞，以象文德。自此而後，這一武一文兩套樂舞，即成為有唐一代冬至元正，皇帝郊廟饗宴的定則。

唐代官服著靴，乃是趙武靈王胡服騎射之後，崇尚武德的輿服制度。《九功舞》則屣履，彰顯兩漢魏晉的文德古風。這樣的服飾進入貞觀天子的廟堂，在當時具有指標性質的意義。魏徵端坐席間，對於《七德舞》俯首不顧直視，對於《九功舞》則聚精會神諦觀。然而同樣是這兩套樂舞，看在出身北塞的貴官眼中，卻有截然不同的觀感。

此時李世民神氣爽邁，意興風發，賦〈幸武功慶善宮〉詩。此詩以黃帝誕生的壽丘、漢高帝劉邦誕生的酆邑起始；接著提及「指麾八荒定，懷柔萬國夷」的功業，以及「芸黃遍原隰，禾穎積京畿」的治績；最後以〈大風歌〉終篇。可謂將自己天命之子的出身、文韜武略的成就，盡寓於一詩之中。

可惜皇帝的爽邁風發，並不能讓群臣感同身受。九成宮原是隋代的仁壽宮，建成之後，楊堅經常在此聽政，甚至改元仁壽。其周邊官舍雖說已趨老舊，畢竟仍堪使用。慶善宮則由隋代的驛館改建而成，其規模與九成宮不可同日而語，周邊更缺乏官舍等輔助設施。何況將作大匠竇璡，曾因整建洛陽宮過於華靡而遭黜免，其後雖已復職，但將作監對於宮室的施作從而格外謹慎，哪敢輕易另建官舍？

因此皇帝堂堂駕幸慶善宮，隨行群臣卻連宿處都難以安頓。除三省六部必須經常入宮議事的中樞閣員之外，縱使三品以上的高官，都必須紮營而宿。不少武將，比如尉遲敬德，對於這樣的待遇原已十分不滿。此時慶善宮大宴，這一武一文兩套舞樂，更加令他忿然。

尉遲敬德出身北塞，數年以來皇帝偃武修文的政治取向，與他的性情背道而馳。加上此行紮營而宿的待遇，此宴兩套舞樂的氛圍，更讓他鬱悶煩躁無以復加。而今此宴，竟又有重臣席次位於自己之上！讓這位身長八尺、腰圍合抱的悍將終於忍無可忍，當席提出質疑。

李道宗身為郡王，席次尚在尉遲敬德之下，於是他舉出自己的位分，試圖安撫眼前這位橫眉豎目、面黑如炭的火爆莽夫。只是尉遲敬德在玄武門事件之後，早已因為皇帝重相輕將，心生怨懟，屢次與中樞扞格，甚至曾因為與房玄齡、杜如晦產生衝突，而遭到外放。此時面對李道宗，尉遲敬德眼中所見，不是曾經叱吒疆場的宗室郡王，而是得以入住驛館的刑部尚書。他勃然大怒，一拳揮出。李道宗本能捂住受擊的左眼，而鮮血卻已滲過掌指之間，汩汩淌出。

李世民大驚，立時起身探視。只見李道宗左眼無法睜開，只怕竟有眇目之虞！

皇帝大為不悅，當即諭令中止筵宴，對尉遲敬德說道：「朕往昔覽讀漢代書史，見到追隨高帝平定天下的將帥，許多沒有能夠善終，常以為那是天子之德有所不足之故。因此踐祚以來，總是加意保全功臣，但願卿等開國的勳業，得以澤惠子孫。」他語調益發嚴肅：「然你身居高位，卻動輒違犯法度，這就讓朕明白，當年韓信、彭越遭到誅戮，或許並不能歸咎於漢高帝。」

此時皇帝環顧殿堂，對群臣朗聲言道：「國家大事，唯賞與罰。非分的恩典，不可一再施為。」隨後回頭直視尉遲敬德，語調峻厲：「望你整飭言行，好自為之，以免他日後悔莫及！」

當著滿朝文武，皇帝如此聲色俱厲，讓尉遲敬德受到震撼，呆若木雞。他心知如若再不收斂，後果或將不堪設想，從此方才開始自我約束，檢點言行。

筵宴之後，李藥師前去探望李道宗。李道宗有感而發：「前此瞻仰太公望垂釣之所，相君侃侃而談。然在宴會閣員近臣的御筵席上，相君卻眼觀鼻、鼻觀心，恍若不曾在場。」

離開慶善宮後，李世民又前往宗聖宮，此宮後世稱為樓觀臺。杜甫賦有〈秋興〉八首，其中第五首的頷聯：「西望瑤池降王母，東來紫氣滿函關。」寫的就是這代地區的沿途景色。

相傳周康王時期，函谷關令尹喜在此結草為樓，以觀天象，名之曰「草樓觀」。他在此觀測到「紫氣東來」，連忙趕回函谷關守候，果然見到老子乘騎青牛而來。尹喜將老子迎至草樓觀，在樓南高崗築說經臺，請老子講授《道德經》。其後歷朝歷代，都以此地為道教發祥之地。晉惠帝司馬衷曾經廣栽樹木，並將三百餘戶村民，遷來左近守護。北魏、北周、楊隋的皇室，亦將此地視為道教聖宮。

李唐自許老子後裔，李淵建國之後，便敕命增建修繕，擴大草樓觀的規模。並在武德三年親率文武百官前來拜祭，宣稱「老君乃吾聖祖也」，將之改名為「宗聖宮」。其後唐玄宗李隆基再度擴建，其妹金仙公主、玉真公主均曾來此隱居修道。於是宗聖宮便在道教聖地之外，更成為李唐的皇家道觀。

離開宗聖宮後，李世民首途返回長安。晉惠帝當年栽植的樹木早已成林，其中不乏楓樾、銀杏之屬。此時正值深秋，楓樾殷紅、銀杏金黃，映著青青潦水⑨、鬱鬱南山，放眼盡是無比輝煌璀璨的秋景。然而漸往前行，殷紅逐漸褪卻，僅餘點點金黃。

李世民不免動問。左右回道：「銀杏壽命可達三千餘年，而楓樾不過三百。晉惠帝植樹至今，已逾楓樾年限，原栽早已不存。宗聖宮左近因有歷代皇室維護，枯竭之樹得以再植新株。此地離宮漸遠，後世不曾有人重栽，因此楓樾漸少。」

李世民大為興歎，便在當天駐蹕之處，手植銀杏一株。後人在此建寺，即為今日的古觀音禪寺。這株銀杏至今猶存，虬枝蒼勁奇崛，根幹節瘿斑駁，冠蓋碩葉華茂，其勢崢嶸參天。每至秋季金風黃葉，遊人如織，有詩讚之曰：⑩

狀如虬怒遠飛揚・勢如蠖曲時起伏
姿如鳳舞雲千霄・氣如龍蟠樓岩谷
盤根錯節幾經秋・欲考年輪空躑躅
黃帝問時已萌芽・明皇西幸滿著花

第六十八回　觀其眸子

待得皇帝車駕回到長安，已是貞觀六年十月。李世民、長孫皇后前往大安宮，向太上皇李淵獻上沿途所得的有趣物事，並侍奉御膳。

李藥師回到家中，卻見出塵迎出來時，對自己上下打量，似乎頗有異樣，不禁笑問：「怎地？像是見到怪物？」他夫妻相識四十餘年以來，一直聚少離多。然而無論分離多久，回家之後愛妻也從來不曾如此打量自己。

出塵笑道：「未必是怪，倒真是奇。」她又打量夫婿一匝：「聽說此行去了慶善宮？」

一聽此問，李藥師立時明瞭伊人的疑慮。只因李世民這位「虬鬚龍子」在慶善宮中誕生之日，正是自己與出岫在姑射山間鳳折鸞離之時啊。①他心下感念，輕手將愛妻摟入懷中，柔聲說道：「前年已將妳阿姊移兆安厝，請入祖塋了，不是？甚至妳家良人的足傷都已痊可，不是？」

出塵先是柔順點頭：「阿姊之事已了，倒是不錯。」隨即輕手推開夫婿，望著他的左足說道：

「然則我家良人的足傷，卻是沒準！」

「這足傷，我自己也沒準哪！」李藥師輕嘆一聲：「畢竟當時妳阿姊曾說『絕不能與唐國公甘休』，還說『若再世為人，必當絕他後代』哪。」

出塵怔怔望著夫婿。

只聽李藥師幽幽說道：「如今妳阿姊已再世為人[2]，可她……」他又嘆一聲：「可她是否知曉，虬鬚龍子，便是唐國公後代啊！」

數日之後，李藥師接到皇帝旨諭宣召，趕緊入宮晉見。

行禮之後，李世民嘆道：「吾兄啊，當初朕命侯君集、張公謹、劉師立以吾兄為師，其後公謹又曾副吾兄蕩平突厥。哪曾料到，他竟當其英年，便已先走一步。」

李藥師回道：「公謹確是不可多得的帥才，非但聰敏穎悟，而且虛心向學。他英年早逝，實乃朝廷之失，兆民之憾！」

李世民點頭道：「的是。」接著又問道：「不知吾兄是否曾將所學，盡數教給他們？」

這一問便讓李藥師登時明白，皇帝今日為何宣召。他當即回道：「陛下，臣初始曾將所學諸般兵陣，以及為將之道，盡數教給他們。蕩平突厥之後，臣又將所學為相之道，亦說予他們知曉。」

「如此……」李世民沉思半晌：「然則君集為何卻對朕說，吾兄並未曾將所學之精微，盡數教給他們？」

「陛下！」李藥師躬身至地，回道：「請陛下恕臣大不敬，臣方敢言。」
「無妨，吾兄且請直言。」
「是！」李藥師回道：「臣年少時，曾得家師賜予三卷經書，上卷論天地王霸之無為，中卷論將相治平之正道，下卷論兵陣權術之奇變。」③提及「天地王霸之無為」，李藥師不免朝皇帝望了一眼，方才繼續說道：「臣已將中卷、下卷盡數教給他們。方今中原無事，這後兩卷，已足堪內撫九州，外制四夷。」
初時聽得「天地王霸之無為」，李世民便已眼現精光，直直凝視眼前這位「吾兄」。待得李藥師言畢，他更微語喃喃：「『天地王霸之無為』！『天地王霸之無為』！」
李藥師雙膝跪倒，稽首而拜：「因此臣實無法將此上卷之所傳，教給他們！」
李世民怔忡須臾，方才回過神來，伸手扶起李藥師：「吾兄所言甚是！甚是！」
李藥師告退出宮，回到家中，約略將陛見種種說予愛妻知道。出塵靜靜聽畢，說道：「所以這侯君集丁憂八月，方才回到朝中，首先便是上奏，謂你有不臣之心？」
李藥師緩緩點頭。
出塵哂道：「他若想學『天地王霸之無為』，才當真是有不臣之心哪！」
李藥師含笑望向愛妻：「這妳倒無須替『虬鬚龍子』擔心，人家可清楚得緊。」
出塵雙目圓睜：「你……你倒想著我是替『人家』擔心！」
「妳這娃兒！」李藥師怎會不明白愛妻心意？他輕手將伊人摟入懷中，柔聲說道：「想當初實封食邑，陛下賜予侯君集、張公謹、劉師立各一千戶，又命他三人以我為師。『人家』如此安排，便是明示對他三人著意栽培，以備日後提拔啊。」④此時李藥師身邊均由崑崙奴服侍，以馬里庫多為首。李藥師朝他望了一眼，他躬身領命，先將茶事備妥，隨即率眾退下。

李藥師輕啜一口香茗，繼續說道：「侯君集不僅在他三人之中年歲居長，實則他比尉遲敬德、程知節都要年長。然在陛下眼中，卻始終將他與張公謹、劉師立並列。」⑤

出塵卻只望著夫婿，吟吟淺笑。

李藥師心知伊人在笑自己，如侯君集當今這般年歲之時，還在秦府任職三衛哩。於是他也望著愛妻，淡淡含笑。

只聽伊人解頤而笑：「好啦，明白，若是人人像你，這世道就平靜無事了。」

李藥師卻是開顏失笑：「我可不想人人像我，那多無趣！」

出塵卻收起笑顏，正色說道：「這侯君集，他既不明白你，也不明白陛下。他許是以為，陛下將他安排在你身邊，作為耳目哩。」此時伊人輕「哼」一聲：「到是挺會給自己加戲呵！」

「『加戲』？」李藥師不禁莞爾。

「可不是？」出塵回眸言笑晏晏。

李藥師又啜一口香茗，嘆道：「侯君集氣性矜誇，急於攀高，因此對他而言，我可就是一塊擋路的石頭。」

出塵再度輕「哼」一聲，嗆嗔含哂而道：「以為將你除去，就能輪得到他？」伊人隨即尋思須臾，方才緩緩點頭：「所以他也只是急於將你除去，未必有甚不臣之心？」

「的是。然則……」李藥師凝視愛妻，緩緩說道：「卻也只是眼前未必有啊！」

出塵怔怔望著夫婿。

只聽李藥師沉聲說道：「妳可知，就在昨日，退朝之後，我與他一同乘馬返回尚書省。來到門樓之下，我已停步，他卻仍逕自前行，直待馬過門樓數步，方才驚覺。」

出塵驚道：「這可就不僅是『眼前未必有』了！」

李藥師輕嘆一聲：「然則陛下對於秦府舊部，多所迴護哪！」

出塵十分清楚，過去數年，秦府舊部受賄、貪瀆、甚至謀反等諸般事件，都得到輕判或赦宥，因而此時只能默默點頭。⑥

李藥師又嘆一聲：「如今張公謹已然不在，劉師立又因牽涉羅藝之事而遭罷黜，因此侯君集……」

出塵聽夫婿話語停頓，當即接道：「因此侯君集一則認為，縱使誣譖也能得到迴護；再則認為，他三人中，其餘二人都已無法為你辯白，可是？」

「的是。而且……」李藥師凝視愛妻：「如若當真究辦，侯君集誣我謀反，則須坐所誣之罪，難道陛下竟要將他以謀反論責？」此時他緩緩搖頭：「因此陛下斷然不會處置啊！何況……」這位曠世軍神仍然只能嘆息：「何況侯君集，他的心性雖遠不如公謹、定方，甚至不如阿吳、萬徹，然而若論兵陣權術奇變之道，他畢竟仍是大唐不可多得的人才哪。」

出塵一時默然。

這年年底，李世民親自錄囚，令罪犯還家，來年秋季回京受誅。九個月後，三百九十名死囚竟然無一亡匿，悉數歸案。李世民大為欣慰，將他們全部赦免。此即著名的縱囚事件，綜觀華夏數千年青史，這等舉措實屬絕無僅有，更是「貞觀之治」最為後人津津樂道的事件之一。百餘年後，白居易〈七德舞〉詩中，便有「死囚四百來歸獄……聖人有作垂無極」等句。其事議論者頗多，四百年後，歐陽修甚至洋洋灑灑寫了一篇〈縱囚論〉。近代則有史家提出，此事或與張蘊古案有關。

貞觀四年，終歲斷死刑者只有二十九人。貞觀五年，有人因瘋癲而妄為妖言，遭到判刑。大理寺丞張蘊古認為，因瘋癲而狂言，不宜治罪。御史卻奏他徇私阿縱，讓李世民大怒，將張蘊古斬決。然而事後察知，御史所奏未必屬實。尤有甚者，經此事件之後，全國官員判案定罪，率皆寧重勿輕，造成死囚人數遽增。李世民雖已下令，死罪必須覆勘再三，但是貞觀六年，終歲斷死刑的人數，卻仍是兩年前的十餘倍。因而李世民之所以縱囚，或許竟是希望，依此矯正當時輕罪重判的風氣？

時序進入貞觀七年。這年年初，當時任職於祕書省太史局的李淳風，造就「渾天黃道儀」，進獻皇帝。戰國時期已有「渾象」，西漢落下閎則造「渾儀」，東漢張衡又有「渾天儀」。古人認為「天圓地方」，所謂「渾」，即是渾圓的天象。而這些「儀」，則相當於現代的天球儀。古代的「渾」、「儀」以銅鑄造，布置成日月星辰在天體中運行之象，並以漏壺滴水發動齒輪，帶動各方星體運轉。此時李淳風在歷代先賢的基礎之上，將渾天儀研發改進，造成更為精善的「渾天黃道儀」。

李淳風同時上呈《法象書》七篇。早在東漢末期，建安七子之一的徐幹，便著有《中論》，內有〈法象〉一篇，討論人之外在形貌與內在性情之間的微妙關聯。李淳風這部《法象書》，同樣討論相術。當時李世民得到祕讖，其中有言：「唐中弱，有女武代王。」便問李淳風。

李淳風回道：「其兆已成，後將稱王，而將誅夷宗室子孫。」

李世民哂然而道：「若朕此時查究，先行尋得此人，將之除卻，彼又能耐我何？」

李淳風搖頭道：「天之所命，不可違也。數年之前，陛下已禁讖緯禨祥之書。而今若因祕讖而查究，不免要讓天下疑忌。何況縱使勉力尋得，也未必真是其人。倘使因此而牽連無辜，更於聖德有損。如此冤怨相報，所造成的果業，只怕遠甚於此一人。」

李世民權衡之下，採納李淳風之言，不予查究祕讖等事。只將李淳風擢升為承務郎，不久又授他太常博士、太史丞等職位。然則皇帝心中，對於此事著實耿耿於懷。

十二年前，李藥師曾在戡平蕭銑的水戰中「呼風喚雨」；三年之前，又在夜襲陰山的騎戰中「占雲卜霧」。他精擅「風角、鳥占、雲祲、孤虛」等數術的印象，這多年來早已深植人心。何況新近，他更發明「揮指天光」之法，教導所屬部將！

李世民雖曾多次聽李藥師解說，大江秋潦、春山晨霧都是四時天候的自然現象，能夠預知其驗，乃是研習先賢積累的學問，再經切磋琢磨而得。而以「呼風喚雨」、「占雲卜霧」之象示人，目的是為振奮軍心。至於「揮指天光」，則是偶然發現晶石的天然特性，設法將之運用而已。不過可是然而，古今多少帝王將相聖賢豪傑，卻有幾人如同我大唐曠世軍神，既能「呼風喚雨」，又能「占雲卜霧」，還能「揮指天光」？如此人物，非但博古通今，更可謂能鑑往知來！李世民這位後人心目中的千載人傑，遇上「唐中弱，有女武代王」那樣的祕讖，還是希望傾聽自己心目中這位「吾兄」的看法。

兩百年後，李商隱有〈賈生〉一闋：

宣室求賢訪逐臣
賈生才調更無倫
可憐夜半虛前席
不問蒼生問鬼神

此時千載人傑將曠世軍神延入宮中，問的不是戰略國策，而是讖緯禨祥，不知李藥師當下，是否想到八百年前，在宣室中面對漢文帝的賈誼？然他聽李世民提及「有女武代王」、「將誅夷唐室子孫」諸般讖語，瞬即左足抽痛，直透心肺。幸好當時皇帝與宰輔研議國是，俱是「坐而論道」，否則這直透肺腑的椎心之痛，真不知他是否能夠承受。然而此時，這位「吾兄」也只能對李淳風的論述，表示贊同。

李世民卻又問道：「不知吾兄對於『法象』之說，看法如何？」

李藥師尚沒有讀過李淳風的《法象書》，但他讀過《中論》，於是回道：「陛下，《中論・法象》所言，多擷摘聖賢之語，比如『君子威而不猛，泰而不驕』，又比如『敬爾威儀，維民之則』，再比如『惟聖罔念作狂，惟狂克念作聖』等等，從而得知『視不離乎結繪之間，言不越乎表著之位』云云。而此結論，亦不外乎《孟子》所謂：『存乎人者，莫良於眸子……觀其眸子，人焉廋哉？』」⑦

「『觀其眸子，人焉廋哉？』」李世民復述一回，再問道：「吾兄之意可是，這『有女武代王』之人，如若來到朕的跟前，朕便可以『觀其眸子』，從而察知其人之微妙？」

「是！」李藥師躬身回道：「臣竊以為，形以目窺而見微，兆以識察而觀妙。人之微妙，盡在雙眸神光之間。」

「『形以目窺而見微，兆以識察而觀妙。』」李世民喃喃復述：「『形以目窺而見微，兆以識察而觀妙。』」

李藥師見狀，說道：「陛下，臣於此道薄有愚見，皆因藏有《天老神光經》一部，暨所附〈告玄圖〉一幀。臣欲將之進上，只恐有辱聖聽。」

李世民大喜：「正合朕意，吾兄忒謙了！」

李藥師躬身領旨。他正待起身，動作之下，竟又牽動左足抽痛，幾乎踉蹌。內侍趕緊過來扶他站起，他才能夠整肅衣冠，行禮告退。

數日之後，李藥師將《天老神光經》以及〈告玄圖〉進呈皇帝，並上表奏曰：

臣聞人不見形，憑諸水鑑。事不可預，明其箝兆。著灼是虛，尚假精意。水鑑雖徹，資其目成。故形以目窺而見微，兆以識察而觀妙。斯事畢舉，孰可仿之。如有一闕，則難依據。

臣性識愚，劣藝術淺，薄覽於異書，頗知至要。只如目前者，定近遠，察是非，辯青黃，知善惡。上觀乾象，中測人情，下鑒坤維。斯等，莫不皆由目中光也。若能見之，戰鬥出軍涉水陸，即目下炁黑。若光去目，患難立至。則上不能見輔星，中不能辯親疏，下不能觀萬物。此神光去矣，其不睹斯妙。臨患之時，夫何悞哉。

頗有云：為兼以昏晦，若能存神光於目眥，察輔星於武曲，則不勞著灼，休咎預分，未接兵戈，前知勝負。其文省而易教，其理精而易通。固可以去危就安，轉禍為福。是知高祖心動，卒免迫人之謀。趙襄馬驚，懸知刺客之狀。古來賢哲，皆宗師曠。晉平張良，受黃石之要。此乃傳行世代，歷載既深。文字或謬，語有其繁。

臣竊不自揆，輒次之，以此成一軸，號曰《天老神光》，謹進於闕庭。臣熟知陛下聖慮明暢，妙理精通。然臣今敢聞，以繁聽覽。臣恐陛下，以此微細不納。宸衷臣之愚直，實以為保護。聖躬莫不至斯，道危難之代。實以保身，臨事便知吉凶。固詳察不鄙芻蕘無任忠勤之誠，謹冒死奉表，謹獻以聞。臣誠惶誠恐，死罪，死罪，謹言。

此即傳承後世的〈天老神光經表〉。李世民得到一經一圖，龍心大悅，嘉勉之外，又命內侍取來一端詔書。他親手將之交給李藥師，含笑說道：「如晦家中，日前已行禫除之禮。想來吾兄，刻正籌備迎娶子婦。朕意躬逢其盛，以此為吾兄賀。」

李藥師心知這是皇帝賜婚的詔書，趕緊謝恩。

此時已入仲夏。這年五月至十月，李藥師再度隨皇帝駕幸岐州，來到九成宮避暑聽政。這次仍由房玄齡留居長安攝理諸事，沒有隨駕前往。此外，王珪也沒有同行。兩個月前他因「漏洩禁中語」而遭貶黜，左遷同州刺史。李世民心目中宰相班底的排序，王珪原在李藥師之後、溫彥博之前。他這次遭到貶黜，不久之後雖然回到中樞，卻已脫出班底排序之列，沒有能夠再登宰相之位。所遺侍中之職，則由祕書監魏徵升任，讓他正式成為三省首長之一。

過去半年之間，工部已在九成宮周邊多造官舍，不少貴官也在左近添置產業。如同年前那般，甚至中樞閣員也難覓宿處的窘迫狀況，便沒有再度發生。

第六十九回　辭祿避位

古代婚儀講究「三書六禮」。遠在周代，《儀禮・士昏禮》以及《禮記・昏義》中，已有「六禮」的記載，依序包括納采、問名、納吉、納徵、請期、親迎等六道流程。「三書」則是在進行「六禮」的流程中，所使用的三種文書，包括聘書、禮書、迎書。①

納采是提親問肯之禮。五年之前，在平康府邸新居安宅之宴上，李德謇與杜徽音的婚事，已得雙方家長首肯。杜如晦原是蔡國公，去世之後徙封萊國公，由其長子，也就是杜徽音的長兄杜構襲爵。此時李藥師依禮，著人將所備的采禮送往萊國公府。周代采禮僅用鴻雁為贄，然根據杜佑《通典》記載，盛唐采禮已多達三十種。初唐風氣質樸，李藥師、杜如晦又都崇尚簡約，因此采禮不貴奢靡，而以雍容為尚。

問名是押庚換帖之禮；納吉是卜吉小聘之禮；納徵是訂親大聘之禮；請期則是擇定吉期之禮。這四道流程在兩家之間進行雖然順利，卻也頗費時日。待得一切就序，已入仲秋。於是他們

選訂的吉期，便在李藥師隨皇帝返回京師之後。

過去幾個月間，先是將作大匠竇璡去世。首席少匠姜行本升任大匠，次席少匠閻立德成為首席，李世民同時則將李德謇擢升為將作監的次席少匠。李藥師心知這是皇帝恩賞，讓李德謇可依四品之禮舉辦婚儀，於是代李德謇辭讓，推說他過於年輕。

李世民笑道：「當年宇文愷規畫營建大興城之時，也不過二十餘歲。德謇怎會過於年輕？」除此之外，皇帝更讓李德獎進入殿中省尚藥局。李德獎身為國公之子，依律以六品職事入仕，成為侍御醫。

公事之餘，這段期間李德謇已將三原祖宅的規畫與整建，完成階段性的經營。陸澤生得知李德謇即將成親，自然率領陸氏子弟來到長安，除觀禮賀喜之外，也指導並協助李氏祖宅的興修。

古代婚嫁之禮，皆於黃昏時分舉行，取其陰陽交替有漸之義，故稱「昏禮」。吉期之前二日，雙方府內便已鋪排陳設，高掛喜幛。及至正日，更是張燈結綵，奏樂焚香，人人身著吉服，處處笑語歡聲。

待得午後日昃，李藥師為李德謇設酒。李德謇敬受之後，便率迎親車隊，在扈從陪侍之下，由代國公府前往萊國公府。兩府都在平康坊，李府位於東南隅，杜府則位於南門之西，其間僅隔一座菩提寺。雙方距離雖近，婚儀仍敬慎依禮。

這日萊國公府正門大開，李德謇到來之時，杜構已設酒於庭。雙方揖讓而升，相互禮敬之後，杜徽音便以團扇遮面，由西階步下，在姆師②以及隨嫁使女陪侍之下，登上新婦的車駕。李德謇親自執綏，引領徽音登車，隨後另乘新婿的車駕率先回府，在門樓之前等候。

代國公府同樣正門大開，待新婦車駕抵達，李德謇便將她揖迎入門。徽音在此換乘肩輿，李德謇則騎馬前導，映眼但見前院已是賓客滿座。來到儀門之前，爆竹震天價響，喜樂高奏和鳴。新婿下馬，新婦下轎，此時贊禮者酌酒，三度酹於階間。隨後新婿再度揖迎，請新婦進入正堂前庭。如同五年前的新居安宅之宴以及三年前的代國公六旬壽宴，帝后、太子、王公、將相……盡皆親臨。

李德謇、徽音先後向皇帝、皇后行禮，隨即進入婚儀。禮拜天地之後，新婦向家翁行荐饌禮，李藥師答禮；又向家姑行荐饌禮，出塵答禮。此時新人同飲合巹酒，禮成。隨後李德謇引領徽音，來到自己的院落門前，三度將她揖迎入門。

待得賓客散去，李藥師、出塵回到自己的院落。出塵告知夫婿，筵宴之際得知，無垢、蕣華雙雙皆已懷有身孕。然而如此大喜之事，竟未能讓他伉儷歡顏，數語之後便歸於沉默。

還是李藥師率先開口，笑道：「怎麼？可是累了？」

出塵心知夫婿乃是安慰自己，便也笑道：「你才怎麼就累了。」

李藥師輕嘆一聲：「可是因為東宮之事？」

「可不是！」出塵也嘆一聲：「而且不僅是東宮。」

李承乾在因風疾而腿足偏枯之前，最喜歡隨李藥師習武。當時也有一班世家子弟，包括李德謇、李德獎，陪侍太子練武。然而患病之後，李承乾與這班子弟，便難得在文學館課之外相聚。

今日這些年輕人也都參與婚儀，李承乾卻並不謹守太子分際，竟與他們嬉戲笑鬧。而且非常明顯，左庶子于志寧、右庶子孔穎達愈是勸諫，他愈是反其道而行。

魏王李泰身邊則另有一班重臣。劉洎③此時已拜給事中，任治書侍御史，來到長安。他與岑文本都是李藥師戡平蕭銑之後，向李世民舉薦的蕭梁人才，這日一同隨在李泰之側。還有杜如晦之弟杜楚客，也隨魏王亦步亦趨。李泰對眾臣頗有氣勢法度，對太子卻甚倨傲，顯然於禮有失。

而李世民，似將這一切都看在眼中，又似視而不見。

這年臘月，皇帝先是臨幸芙蓉園，自然難免回想當年與房玄齡、李藥師同遊之樂④。隔一日，再往長安西南的少陵原校獵。回宮之後，又奉太上皇李淵前往位於帝都西北的漢長安城，在舊時的未央宮中置酒歡宴。當時隨行侍臣，不但有頡利可汗，還有馮盎的長子馮智戴，他是留在京師的質子。

李淵命頡利起舞，又命馮智載誦詩。欣賞突厥可汗舞蹈、嶺南酋長詠誦之後，李淵甚為歡喜，笑道：「如今胡、越一家，實乃自古未有之盛！」而這裡，令北胡稽首、南越款附，俱是李藥師的功績啊！

只見李世民奉上御酒，說道：「如今能得四夷入朝稱臣，皆因陛下多年教誨，遠非臣之智力所能企及。昔日漢高帝亦曾奉太上皇來此宮置酒，而其妄自矜大之行⑤，實乃臣所不願取者。」

李淵大悅，把酒而飲。殿下群臣嵩呼萬歲，皇帝父子相與歡笑。

然而此事，對於頡利可汗實是莫大屈辱。二十餘日之後，他便抑鬱而終。李世民追贈他為歸義王，諡曰荒，以突厥習俗火葬。

時序進入貞觀八年正月。《儀禮．士昏禮》有言：「婦入三月，然後祭行。」此時徽音嫁入李府已有三月，李藥師便與李客師相約，率闔府前往三原祭告先人。

陸澤生北上，參與代國公府婚儀之後，便率陸氏子弟來到三原，協助完成李氏祖宅的興修。李藥師來時，但見祖宅在當初李德謇規畫的基礎之上，又綽有諸般建樹。

祖宅正堂位置，兩年多前已由李藥師親自選定。只因堂前左右各有一株紫杉⑥，天然相對而生，其間開闊之處，規畫為正堂前庭，儼然便似天地靈氣匯聚於斯。此時這對紫杉之前，又各有一株扁柏，樹齡尚幼，一見即知乃是陸澤生所栽，李藥師不免向他望去。

陸澤生笑道：「當年在夔州，相君曾數度枉駕，蒞臨寒舍水岸小院，不知可還記得？」⑦

李藥師頷首笑道：「記憶猶新哪！」

陸澤生又問道：「寒舍有一堆積木材之室，相君可還記得？」

此言一出，李藥師登時想起，當年那間室中，金絲楠木巨材，堆積不知凡幾！另有南海柚木、東瀛花柏、蓬萊紅檜……珍罕木材密質溫潤，滿室生香。至今回憶，其質似乎仍在掌指撫觸之間，其香似乎猶在嗅聞縈迴之際。他不禁倒抽一口氣，拊掌歎道：「那等境界，如何能夠忘懷！」

陸澤生含笑點頭：「這兩株扁柏，便是東瀛花柏之異種⑧。如同那對紫杉，其樹不但長壽，而且其香清心暢懷。」

李藥師大喜，頻頻致謝。陸澤生則再再謙稱「不敢」。

正堂前庭之南，有一水池，作海棠形狀，其中滿植芙蓉。當此孟春季節，枯葉殘蓬掩映寒水，自有一番蕭瑟逸趣。池中錦鯉沒有荷葉遮掩，更顯活潑靈動。陸澤生領李藥師一行來到水池之南，此時由他們所在的位置瞻顧，正是訪客進入正堂之前，極目所見的景象。眼前池中之水引自涇水泉源，眾人隨陸澤生順泉源來處遙望西北，但見一帶銀裝素裹的嵯峨大山，美得不可方物！

這樣「前水後山」的格局，至今仍為科學、玄學雙雙視為居住環境的絕佳配置。尤其這裡的池水，乃是徐緩流動的活水，風水學上稱為「堂前聚水」，認為既能聚氣又能聚福，還能聚財。百數十年之後，張籍曾遊此園，賦有〈三原李氏園宴集〉詩，形容所見情景：

暮春天早熱．邑居苦囂煩
言從君子樂．樂彼李氏園
園中有草堂．池引涇水泉
開戶西北望．遠見嵯峨山

且說當時。陸澤生隔著池水指向約莫百步之遙的正堂，對李藥師說道：「相君請看，此堂前庭，左右各有花柏紫杉，前後高低錯落有致。惟有堂前階側，尚須植栽倚傍。」

李藥師笑道：「先生至今未予栽植，可是專為候我到來？」
陸澤生長揖笑道：「相君明鑑！」
李藥師略一尋思，問道：「不知何種植栽適宜此處？」
陸澤生道：「紫杉、花柏俱極長壽，僕以為此處不妨布置他種寓意的久遠，以喻子孫傳承綿延。比如檉柳，本株雖則不過百歲，然其分株壯旺，可以世代繁衍不絕。又比如……」
李藥師將他止住，笑道：「植栽能以百歲為紀，先生尚謂之『不過』？過哉！過哉！」
陸澤生含笑躬身稱是。
李藥師又道：「先生既將此樹列於各種植栽之先，必是上選。如此堂前階側，便植一對檉柳。」
於是次日，將李德謇婚事祭告先人之後，李藥師、李客師便在堂前階側，一左一右各植一株檉柳。果如陸澤生所言，這對檉柳世代繁衍不絕，至今仍與紫杉、花柏，一同挺立在三原李靖故居的正堂與魚池之間。
正堂之側又有園林，唐代稱為「山池院」。當時的山池院雖與後世園林頗有異同，然亦綽有風致，殊可謂：拍起雲流，觴飛霞佇。何如緱嶺，堪偕子晉吹簫？欲擬瑤池，若待穆王侍宴。⑨
幾日之間遊園賞景，李藥師均由陸澤生陪侍。這日陸澤生不在身邊，李客師便趁機對李藥師說起太子、魏王、晉王等事。李德謇婚儀之日，李承乾與李泰之間的互動情狀，已頗讓李藥師萬般無奈。這時李客師又加上李治，還屢屢提及長孫氏，更加讓他感覺悵惘。

兩月之前，皇帝以長孫無忌為司空。太尉、司徒、司空是為「三公」，這是正一品的職事官，雖屬優禮之位，不掌宰相實權，然而武德年間，倘若不計冊贈，僅有裴寂一人曾任司空。此時長孫無忌得膺此位，乃是有唐立國以來的第二人。李世民的態度非常清楚，在他心目中，長孫無忌的地位無與倫比。

李客師因著與長孫氏的姻親關係，入唐以來始終追隨長孫無忌。此時他不但提及長孫氏，更提及自家出身關隴世族，與長孫氏最宜相互依倚，云云。李藥師聽罷，停下腳步，凝視這位三弟，鄭重說道：「客師，此事我之所能，僅是保證不予介入。」

如此回應，李客師雖不十分稱意，卻也並未有違大旨。於是他對李藥師深深一揖：「多謝二哥！」

李藥師亂世出世，原本便是以平天下、積功德為目的。在達成富國家、強社稷、興教化、安百姓的大旨之後，他又深入思考，世間還有甚麼工作，是除他之外，沒有旁人能夠完成的？其一是為大唐培植能夠承襲志業的人才，而此時，朝中已有多位帥才；另一則是將所知所學著書立說，而這，並不須要身居尚書右僕射之高位，也能完善。

三年多前，在自己的六旬壽宴席上，李藥師見到李泰對李承乾於禮有虧，而李世民視若無睹，當時已生慨嘆。三月之前，在李德謇的婚儀之間，非但再度見到皇室兄弟殊相乖違，皇帝並不介懷；還見到李承乾嬉戲笑鬧，不守太子分際；更見到已有重臣隨在李泰之側，亦步亦趨。李藥師的感喟，不免更加深刻。而今，李客師更當面提及李治，並暗示長孫家族在這方面的立場！

將近三百年後，晚唐詩人周曇有《詠史詩》八卷。其中「徒言滴水能穿石，其那堅貞匪石心」之句，最為後人所熟知。李藥師那堅貞匪石之心，這些年來一而再、再而三，感受到滴水之冰冷。今日李客師這番言語，可說便是那最後一滴冰冷，終究將他其那之心穿透。

信步回房途中，熟悉的琴韻，驀然沁入李藥師的胸臆。一怔之下才意識到，自己正從陸澤生房前經過。早前陸澤生迴避，當是特意讓李客師有機會與自己單獨聊談；此時尚在敞門撫琴，諒是等候自己到來。

李藥師不須遲疑，當即步入陸澤生房中。但見鼎香爐茶，陸澤生果然若有所待，而琴操並不稍停。李藥師聽時，此曲便是六年之前，兩人相偕東訪途中，陸澤生曾在舟中撫奏的〈歸去來兮〉。只是當年彈到「或命巾車，或棹孤舟」，琴音便戛然而止。此時則猶如行雲流水，繼續「既窈窕～以尋壑，亦崎嶇～而經丘」。而這兩句，卻正是李藥師當下心境的寫照啊！

但隨琴韻舒卷徜徉，李藥師和聲詠誦：

木欣欣～以向榮．泉涓涓～而始流
善萬物～之得時．感吾生～之行休
已矣乎！寓形宇內復幾時？曷不委心任去留！
胡為乎！遑遑欲何之？

唱到「胡為乎」三字，竟似盪起金石之音，擲地鏗鏘！

陸澤生則繼續詠誦：

富貴非吾願．帝鄉不可期

懷良辰～以孤往．或植杖～而耘耔

登東皋～以舒嘯．臨清流～而賦詩

聊乘化～以歸盡．樂夫天命～復～奚～疑！

琴操止處，李藥師起身，向陸澤生深深一揖：「多謝先生！」

陸澤生起身還禮：「不敢。」

由三原返京途中，李藥師已準備好，上乞解職的表奏。未料見到李世民，他尚未及開口，皇帝卻先行提到，有意任重臣為黜陟大使，巡狩四方，觀省風俗。諸道皆已得人，惟有京師周邊的畿內道，尚沒有適當人選。

張蘊古事件導致全國官員判案定罪，率皆寧重勿輕。皇帝縱囚，意在匡正輕罪重判的風氣。然而如此處遇，是否竟會矯枉過正？李世民希望經由自己信任的重臣，取得翔實確鑿的資訊。

李藥師十分贊同皇帝此舉，可他自己，已然全心企盼「登東皋以舒嘯，臨清流而賦詩」的生活。黜陟大使代天巡狩，乃是非常優渥的差使。行程中身分「如朕親臨」，非但各地州縣恭謹事奉，而且得到拔擢的官員、喜獲提攜的士子，大都從此便以黜陟大使馬首是瞻。然而，李藥師早已感覺推崇自己的朝臣過多，蕩平突厥之後功高震主，臺閣端揆，致使此時隱然成形的皇子奪嫡，也無法不牽扯到自己。

當時河南道的大使，已選定蕭瑀、楊恭仁，他二人都是特進，這是仍掌實權的正二品散官。貞觀時期的河南道包括東都洛陽，開元時期才劃分為都畿、河南二道。此時皇帝提及的畿內道，亦即關內道，貞觀時期包括京師長安，同樣也要待到開元時期，才劃分為京畿、關內二道。畿內道的政治地位高於河南道，因此大使人選的位分，也必須高於河南道。事實上當時合格的人選，也就只有房玄齡與李藥師。皇帝即將前往九成宮避暑，依例皆由房玄齡留守長安，他不可能離京巡省。也就是說，畿內道大使的人選，除李藥師外不作第二人想。

然而李藥師，實在無意繼續留任中樞，於是說道：「畿內道乃是天下第一道，茲事體大，臣以為大使之職，非魏徵莫可勝任。」

此時提及魏徵，因為於公，魏徵厥是賢臣良相；於私，他非但是李藥師少年時期的師弟，年餘之前在漳川官舍事件上，更得他緩頰。李世民雖對魏徵深為倚重，寵信有加，卻始終未曾給他立功的機會。所謂「德懋懋官，功懋懋賞」，魏徵已因其德而晉身宰輔。然卻因為無緣立功，未得厚賞，以致始終家資寒素。於是此時，李藥師便希望讓他也能得有立功的機會。

不過毫不意外，李世民笑道：「朕倚仗玄成箴規得失，不可一日或離，還是煩請吾兄親自走一趟吧。」

皇帝既然堅持，李藥師也只得接受畿內道大使的任命，與多位重臣分別前往諸道，代天巡狩，觀省四方。

蕩平突厥之後，幾年以來偃武修文，中樞除營建數處宮室之外，大抵不離務在安輯、休養生息的治世之本。因而此時，宇內可謂社稷康泰，物阜民豐。李藥師曾任關內道行軍大總管，對於這帶地區的人事原本相當熟悉。此時代表皇帝視察吏治、采集風俗、問民疾苦、優禮高年、賑濟窮乏、拔擢人才，著實行雲流水，揮灑自如。

這年三月，皇帝又往九成宮避暑聽政。行前再度請太上皇同往，李淵同樣拒絕。於是李世民下旨，命將作監在長安東北地勢高亢爽闓的龍首原上，為李淵修建避暑的夏宮，名之曰永安宮，此即日後盛名遠播、載譽古今的大明宮。

且說當時。十月中旬，李藥師巡省已畢，回到長安。不過旬日，李世民也返回京師。此時長孫皇后已得一女，她是李世民最幼之女新城公主。蕣華則舉一子，他是李世民第十三子趙王李福。如此大喜之事，竟未能讓李藥師稍緩其志，旋即便上〈乞解職表〉：[10]

> 臣聞宰臣程材，樗散無棟梁之用；陶冶成器，滿盈有傾覆之憂。是以量力著於魯史，招損陳於夏載。
>
> 臣固庸流，無階貴仕。短翮慕侶，顧榆枋而自得；駘足追群，瞻燕越而絕思。幸屬光華啟旦，管庫無遺，錄其丹赤，棄其瑕滓。假宮商於庸音，披丹漆於朽質。雖復南臨徼外，北

踐沙場，敵必倒戈，人懷尚義，以此為效，實貪天功。而上賞亟行，鴻恩罔已，錫爵胙土，連衡寇鄧，腰金鳴玉，方軌崔盧，木石有心，豈不增愧？

自濫端副，待罪文昌，靦顏疚心，屢移星琯。晝一之譽，無紀明時；維鵜之譏，日聞朝聽。遂使化洽陰陽，或虧於玉燭；德動辰緯，時爽於珠聯。求其所繇，並臣之咎。加以年事西夕，痾疾日侵，腰腳疼痺，筋力衰竭。雖欲勉勵，非復全人。臣猶知之，況於他人！

臣之所祈，本陳情實。非敢追蹤疎傅，繼跡留侯，妄自矯飾，求茲虛譽。若使尸素重任，無損國猷，亦當黽俛匪服，甘受身累。撫事論心，無一而可。乞解所職，養病私門。伏願暫屏冕旒，曲鑒丹懇，輟天威於雨露，迴陽光於葵藿。則彝章載穆，品物咸亨。

臣未申投報，方違軒陛，伏紙慙戀，預懷罔極。

以他君臣之間的默契，年初李藥師舉薦魏徵之時，李世民已知他有辭祿避位之意。如今他巡省歸來，仍未稍改心意。甚至蕣華得子之喜，也不能讓他略有轉圜。皇帝見這位「吾兄」心志堅貞若是，也只能允准其志，遣中書侍郎岑文本前往宣旨：

朕觀自古已來，身居富貴，能知止足者甚少。不問愚智，莫能自知，才雖不堪，強欲居職，縱有疾病，猶自勉強。公能識達大體，深足可嘉，朕今非直成公雅志，欲以公為一代楷模。

「一代楷模」！這實是極高的推崇。不僅如此，皇帝更下制曰：⑪

> 高秩厚禮，允屬茂勳，貴德崇讓，用光彝典。尚書右僕射代國公靖，器識恢弘，風度沖邈，早申期遇，夙投忠款。宣力運始，效績邊隅；南定荊揚，北清沙塞。皇威遠暢，功業有成。及參聞政本，職重端副，綢繆翌贊，勤勞宴績。知無不為，歲寒彌厲。既懷沖挹，以疾固辭，表疏懇至，情理難奪。煩以吏職，有乖養賢，宜加優寵，申其雅志。可特進，動如故，并賜帛一千段，尚乘馬兩匹，祿賜國官府佐及親事帳內防閤等，並依舊給。患若小瘳，每三兩日至門下中書平章事；患若未除，任在第攝養。

此即〈加李靖特進制〉。也就是說，前此旨詔「允准」，實可謂係表面文章。特進是僅次於開府儀同三司的散官位階。唐代散官分為兩種體系，其一單純敘俸，以從一品的左光祿大夫為最高，正二品的右光祿大夫為其次，其下直至從九品。另一體系，則專為優禮退職的重臣，僅有從一品的開府儀同三司、正二品的特進兩個位階。這種體系的散官，縱使不再領有職事官位，仍可參與朝廷國是的決策，而且依舊出席重大典禮，其序位甚至在同等品秩的職事官之上。

特進位階之外，李藥師不但保留原本的左光祿大夫、上柱國、代國公等勳封，得到賜帛千段、乘馬兩匹，更豐厚的則是「並依舊給」的待遇。其中「國官」是協助處理代國封疆事務的幕僚，「府佐」是協助處理中樞內閣事務的幕僚，都屬於公事方面的參佐。而「親事」、「帳內」、

「防閤」等，則屬於私事方面的供職。這些參佐、供職人員多達千人，「並依舊給」意謂，這上千人的薪資，依舊由國家給付。

尤有甚者，「患若小瘳，每三兩日至門下中書平章事」，這表示皇帝依然將李藥師視為宰輔。盛唐直至後世，如果不加「同平章事」、「平章政事」、「同中書門下三品」等職銜，縱使位居臺閣，也不算是真正的宰相。而〈加李靖特進制〉，實是這些職銜的濫觴。

然而，李藥師在人世間的職責，尚未悉數完善。不過半月之後，他又即將復出，遠赴冰川高原，繼續為大唐開疆拓土。

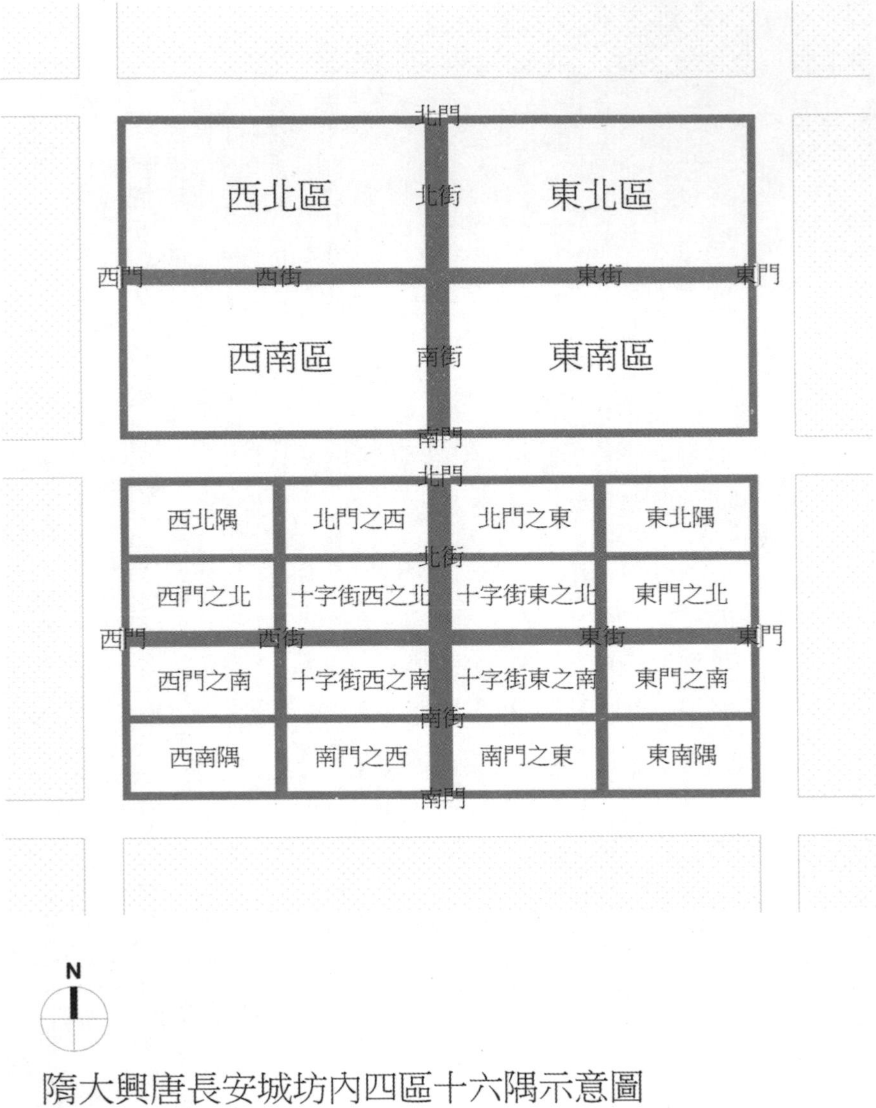

隋大興唐長安城坊內四區十六隅示意圖

0 100 200 300m

第七十回　進退之道①

大唐蕩平突厥之後，邊境只是暫歸平靜。

頡利可汗全盛時期，自己居於磧口，四方另有八設。其後薛延陀興起，突厥北方三設中的延陀設首先遭到攻滅，不久欲谷設、拓設也被擊敗，兩人先後率部往西奔逃。

隋末唐初的「突厥」一般單指東突厥。後人稱為西突厥的地區，當時政治勢力並不穩定，而是阿波可汗後裔與達頭可汗後裔兩個派系的競爭與結盟。唐高宗顯慶年間，蘇定方平滅西突厥之後，大唐在其故地設置崑陵都護府與濛池都護府，兩府轄區基本上與先前阿波、達頭兩個派系勢力的領地相互對應。②

隋煬帝大業七年，達頭後裔射匱可汗得到大隋暗助，擊潰阿波後裔，成為西突厥的大可汗。貞觀元年原本欲與大唐和親，卻遭頡利阻撓而未能成真的統葉護可汗，即是射匱之弟。而貞觀二年將統葉護暗殺的莫賀咄可汗，則是阿波後裔。其後統葉護之子肆葉護可汗擊敗莫賀咄，卻又發

生內亂，肆葉護逃往康居。

正值此時，欲谷設、拓設遭薛延陀擊敗，往西奔逃。拓設即是阿史那社爾，他取下內亂中的西突厥，自立為都布可汗，至貞觀九年入唐。欲谷設則先去到高昌，再去到中亞，於貞觀十二年自立為乙毗咄陸可汗，其後兼併諸部，成為西突厥的大可汗。

此乃後話，且說……

貞觀四年，日本舒明天皇首開遣唐使之例，派遣使者入唐。次年李世民遣高表仁持節，隨遣唐使船隊出使日本。高表仁是隋代尚書左僕射高熲之子，他在當年十月抵達日本的難波津，亦即今日的大阪。當時日本派出船隊三十二艘，懸彩旗、奏鼓樂，在江口盛大歡迎。高表仁卻要求「天皇下御座，面北接受唐使國書」，日本王子不允，雙方爭持不下。結果高表仁沒有宣讀朝命，憤然歸國。由此可見，大唐縱使蕩平突厥，大唐天子縱使成為天可汗，仍然難以震懾東夷。

貞觀五年四月，靈州斛薛部落叛變，李道宗將之擊破。

貞觀六年至八年，南方獠人屢次反叛，均為當地官兵平定。

而吐谷渾，先在貞觀六年三月進寇蘭州，為當地官兵擊退。及至貞觀八年，其可汗慕容伏允遣使入貢。使者尚未離開長安，吐谷渾竟出兵大掠鄯州，揚長而去。李世民遣鴻臚丞趙德楷出使究責，飭令伏允入朝。

當時伏允年事已高，國政多委於其宰相天柱王。這種一方面遣使入貢、一方面出兵寇掠的手法，便是天柱王的權術。此時天可汗飭令伏允入朝，他稱病無法前來，只為其子尊王請求和親。

李世民應允，令尊王入朝親迎。尊王又不來朝，於是婚事作罷。

吐谷渾不但屢次犯邊，更扣留趙德楷。李世民先後十餘度遣使究責，又召見尚在大唐的吐谷渾使者，親自曉諭侵犯天朝上國的後果。雖然趙德楷終究得以歸國，但吐谷渾卻繼續寇掠蘭州、廓州。這終究讓大唐天子忍無可忍，決定施予懲戒。他以左驍衛大將軍段志玄為西海道行軍總管，向吐谷渾進軍。

段志玄與李世民同年，兩人乃是總角之交。他曾隨李世民討伐薛舉、劉武周、王世充，非但是一位驍將，更是玄武門之變中的功臣。這年六月，段志玄率軍出蘭州、廓州，擊破吐谷渾。又向西追奔八百餘里，不但越過青海，也就是今日的青海湖，還繼續西進三十餘里。這裡已接近草原的盡頭，再往西便是鹽澤沙磧。段志玄來到當地，只見閒閒牧馬，點點牛羊，吐谷渾大軍的蹤影，早已消失在蒼莽天地、巍峨大山之間。而當地地處高原，許多唐軍已出現暈眩、厭食等症狀，段志玄只得班師回朝。③

接下來的數月，吐谷渾倒也安分。然而這年十一月，李世民允准李藥師辭祿避位之後，不過短短十六天，吐谷渾進寇涼州的軍報，便已傳抵京師。可說吐谷渾一旦得到大唐軍神引退的消息，旋即興師犯境。

同樣在這十六天內，吐蕃贊普松贊干布的使者抵達長安。該國在此之前，不曾與中土往來。吐蕃位於吐谷渾西南，也就是今日的西藏高原。這帶地區原本分布諸多部族，至松贊干布的父親囊日論贊，征服臨近諸部，同時任用賢能，改革內政，帶起吐蕃壯大。然這卻造成其內部既有貴族勢力的不滿，將囊日論贊毒殺。松贊干布平定叛亂，繼位贊普。他聽說突厥、吐谷渾都曾與中土和親，於是也遣使請婚。

李世民雖然並未允准和親，只遣使慰撫，但是這次通使，卻讓天可汗意識到這個高原國家的強大。根據吐蕃使者的描述，松贊干布正值壯盛，武勇有略，四鄰咸服。這樣的國主，必有繼續開疆拓土的雄心。而吐谷渾，就在吐蕃東北。日後無論兩國聯手，或一國取下另一國，對大唐都將形成莫大的威脅！

尤有甚者，由大唐通西域，僅有河西一線之地。如果不能維持這帶道途的平靜，就無法活絡大唐與西域之間的往來。河西介於兩山之間，南山之南即是吐谷渾，北山之北則有西突厥，雙方均不時入寇。比如此時，吐谷渾便穿越祁連山，進寇涼州。這讓李世民瞬時驚覺，僅將吐谷渾逐出邊境之外，並不足以捍衛大唐社稷！

於是大唐天子下詔，大舉出討吐谷渾。但由何人掛帥？基於數月之前，段志玄無功而返的前車之鑑，此時李世民遍數朝中班班眾將，卻無一人簡在帝心，堪承大任。如今這位千載人傑天可汗，竟只能在兩儀殿中來回踱步，喃喃自語：「如若能得藥師為帥，豈非善哉？豈非善哉！」

皇帝非常清楚，對這位曠世軍神而言，掛帥出討吐谷渾，於他個人甚至家族，非但絲毫無益，反倒可能有損。他已六十有四，平生從未敗績。又曾出將入相，臺閣端揆，人生再無所求。日前辭祿避位，正待頤養天年。如今若再出師，縱使全勝而歸，大唐又能讓他得到甚麼？恐怕只是更多疑忌誣詆罷了。想到此處，唉……這位千載人傑，依舊只能空自仰望大殿高處的重拱藻井，太息嗟嘆。

萬乘之尊的金口玉言，很快便傳入李藥師耳中。辭祿避位之後，他享受閒適生活，經常親自煎茶。這日這位曠世軍神在石鼎之下生起炭火，由茶籠中取出茶餅，在炭火上焙炙之後，再用石碾研成細末。出塵見狀，便將冬季喫茶常用的香料果品，比如乾薑、橘皮、茱萸、蘇桂之屬，逐一備妥。馬里庫多則擢取山泉，先將煎茶所用的石釜滌淨，再注入清冽泉水，置於炭火石鼎之上。眾崑崙奴奉上茶果之後，便隨馬里庫多行禮告退。④

李藥師望著鼎火，沉默良久。還是出塵率先開口：「藥師，當初辭祿避位，你的考量便是，世間還有甚麼工作，是除你之外，沒有旁人能夠完成的？」她伸手撫上夫婿手背，深深凝視眼前這位大唐軍神沉穩凝鍊的側顏：「如今顯然，在『虬鬚龍子』心目中，掛帥西征，正是一件除你之外，沒有旁人能夠完成的工作啊。」

「出塵！」李藥師回首握上愛妻柔荑，眼神之中滿是感激。

只聽伊人正色說道：「藥師啊，且不論『虬鬚龍子』怎麼想，只說你自己。你若不走一趟，豈能無憾？」

遠在三十餘年之前，西突厥達頭可汗因內亂而出奔吐谷渾。當時吐谷渾在突厥與大隋兩強勢力威脅之下，竟敢收容達頭，便已讓李藥師對這個國家深感好奇。⑤這多年來，他從未對吐谷渾掉以輕心，也早已針對這帶冰川高原、蒼莽巍峨的強悍之域，思考過因應的戰略。如此的慎思明辨，如此的精心擘畫，一旦機勢成熟，若不果決篤行，確實將如愛妻所說：「豈能無憾？」

然而……得勝歸來，不免再度功高震主，不免再度遭到譖愬。君臣之間，難道又得重演四年之前那齣辨析「君君臣臣」的戲碼？唉……如今這位曠世軍神，卻也只能在心中暗自喟嘆。

此時釜中之水沸如魚目，出塵取過二只當年徐德言、樂昌公主所贈的越窯青釉刻蓮瓣紋茶碗⑥。李藥師先舀水溫碗，隨後取過瓠杓，將水盛出一瓢，置於一旁。

待得釜中之水沸如湧泉連珠，李藥師將香料果品投入湯中，以竹筴環攪，將熱湯激出漩渦。隨即量取茶末，投入漩渦中心。不久，湯沸勢若奔濤。李藥師將適才盛出的一瓢溫水傾回釜中，止住騰波鼓浪之沸。但見茶面湯花，瞬時層疊浮起，又是一度「惟茲初成，沫沉華浮，煥如積雪，燁若春敷」。

李藥師舀茶盛入適才溫過的茶碗中，並將茶面湯花分得均勻。他先取一碗，恭恭敬敬地奉予愛妻。此時他心下對於伊人的親愛感懷，實無法以言語表述。

出塵回禮，與夫婿相對輕啜，淺嘗細品。隨後放下茶碗，凝視身前這位天可汗心目中的「吾兄」，鄭重說道：「此事除你之外，實無旁人能夠勝任。你若不去，旁人焉能做到如你之意？待得那時，豈能無悔？」

「豈能無悔？」短短四字重重擊在李藥師心頭。方才先是「豈能無憾」？如今又是「豈能無悔」！李藥師輕手將愛妻摟入懷中，心緒激盪不已。

此時卻聽外間來報，房相送來拜帖，意欲次日造訪。李藥師連忙交代：「回覆房相，不勞他來，我去訪他！」

李藥師畢竟是出身簪纓世冑的大軍事家，有其矜持風範。非但處遇大事有品有格，舉措常事同樣有節有度。進退取捨之際，皇帝既容他有迴旋的空間，沒有直接下達諭旨，他便也不孟浪請見。他決定先去拜訪房玄齡，請這位少年時期的同學、當朝的尚書左僕射轉致自己的心意，讓皇帝也有再度斟酌的機會。

李世民哪須要再度斟酌？得知李藥師願意復出，聖心大悅。然他仍心繫這位自己心目中的「吾兄」，如今年事既高，又有足傷，三思之下決定賜贈靈壽杖，即命使臣賚送。

華夏二十四史，上下逾四千年，其中記載得賜靈壽杖者，惟有西漢孔光、大唐李靖二位。孔光是孔子十四世孫，歷仕元、成、哀、平諸帝，掌理樞機朝政十餘年，位至太師。《漢書．孔光傳》記載，孔光稱疾辭位，詔曰：「年耆有疾，俊艾大臣，惟國之重，其猶不可以闕焉。」諭令毋須上朝，並賜予靈壽杖。

靈壽杖的盛名著於書史，曹魏學者、孟子十八世孫孟康曰：「扶老杖也。」東漢經學家服虔則曰：「靈壽，木名。」

這靈壽木，早在《山海經．海內經》中已有記載：「靈壽實華，草木所聚。」當時的經學家顏師古亦曰：「木似竹，有枝節，長不過八九尺，圍三四寸，自然有合杖制，不須削治也。」數十年後，又有醫家陳藏器曰：「生劍南山谷，圓長皮紫……作杖令人延年益壽。」

百數十年之後，柳宗元更親植此木，賦有〈植靈壽木〉詩：

叢萼中競秀．分房外舒英
柔條乍反植．勁節常對生
循玩足忘疲．稍覺步武輕
安能事剪伐．持用資徒行

如今李藥師得到這樣一支靈壽杖，自然深為感懷。

使臣奉命賚送靈壽杖後，即向皇帝回報，代國公神氣清朗，扶杖行步無虞。李世民大喜，立時召見。君臣研議之後，皇帝隨即下詔：

特進李藥師為西海道行軍大總管，節度諸軍
兵部尚書侯君集為積石道行軍總管
刑部尚書任城王李道宗為鄯州道行軍總管
涼州都督李大亮為河東道行軍總管
岷州都督李道彥為赤水道行軍總管
利州刺史高甑生為鹽澤道行軍總管

這六道行軍的位置，由北往南排序：「西海」是青海湖的古稱；「鄯州」即今日的青海西寧。

「積石」是積石山，當時又有大積石山與小積石山之別。大積石山即今日的阿尼瑪卿山，小積石山在唐代是鄯州、河州的界山，侯君集初期的任務即在小積石山。「河東」在此則指黃河上游河源之東。

李道彥是李神通的長子，他在劉師立因牽涉羅藝之事而遭罷黜之後，接任岷州都督。岷州即今日的甘肅臨洮，吐谷渾曾經入寇，李道彥將之擊走。「赤水」則是今日的柴達木河。

高甑生出身秦王天策府，此時以刺史位分與六部尚書、大州都督並列行軍總管，可見皇帝對他甚為賞視，有意栽培。利州位於渝水之畔，即是今日嘉陵江畔的四川廣元。吐谷渾境內鹽湖極多，「鹽澤」在此指今日青海的茶卡鹽湖。

如同五年前出討突厥的六道行軍，衛孝節、薛萬淑的東方二軍，主要任務在於牽制敵方外援；這次出討吐谷渾的六道行軍，李道彥、高甑生的南方二軍，主要任務也在牽制敵方外援。

這年年初，李世民任李藥師為畿內道黜陟大使的同時，也任李大亮為劍南道大使，前往巴蜀黜陟巡省，此時還沒有回到京師。因此當時諸道行軍總管中，只有侯君集、李道宗身在長安。李藥師以大總管身分召見他二人，說道：「陛下命我教汝等兵法，至今已有多年。而我竟無法教出一人，能讓陛下託付重任，著實有負聖恩。因而引退之後，如今卻須復出，誠乃我一人之愆過。」

這話聽在李道宗耳中，猶如醍醐灌頂般舒暢。一來兩年半前隨李藥師遊磻溪之時，他稱「老師」，李藥師不肯答應。此時言語之間，顯然將他也當成學生。二來他私下雖與李世民親近，卻並非天策府嫡系，受到排擠也還罷了，兩年前竟遭尉遲敬德當著皇帝與眾臣面前重擊，至有眇目之虞，讓他中心不忿久矣。如今李藥師這番話，雖是對他二人言語，然而責備之意，其實僅在侯君集一人。於是李藥師一語既畢，李道宗當即躬身謝道：「學生駑鈍，不堪承老師訓誨，致令陛下失望，慚靦愧悔已極！」

五年之前，李藥師統率六道大軍出擊突厥，時任兵部尚書。當前的兵部尚書乃是侯君集，然而這年先後兩度征討吐谷渾，皇帝都沒有以他為主帥。無論侯君集氣性如何矜誇，也無法不深刻意識到，自己在皇帝心目中，分量有其侷限。於是此時，他也只能隨李道宗一同躬身謝過。

李藥師輕嘆一聲，鄭重說道：「吾老矣，惟盼有生之年，得見汝等足堪獨當一面，如此方能無愧於陛下，無愧於大唐！」此時他凝視二人：「因此這番西出，我將盡我所能，聽由汝等指揮大局，只盼汝等莫要讓我失望。」他語聲一頓，聲調益發嚴肅：「尤有甚者，莫要讓陛下失望，莫要讓大唐失望！」

他二人再度躬身稱是。

李藥師神色稍緩，說道：「如今糧秣尚在集結。你二人可趁此時機，列舉圖取吐谷渾之策略，讓我過目。」

他二人躬身領命。

待李藥師將他二人所擬的策略，加上自己的評注整理妥善，拄著靈壽杖入宮陛見之時，已是貞觀九年正月。侯君集、李道宗的表策，無論是否躬親書就，皆是工筆正楷。而李藥師所加的評注，竟是二王行草！

五百數十年後，陸游有〈觀大散關圖有感〉詩。李世民如若讀過其詩，御覽此奏或將慨嘆：「『上馬擊狂胡，下馬草軍書……勁氣鍾義士，可與共壯圖。』斯之謂也！」何其可嘆！陸游賦詩當下，心中滿懷的歆羡與憧憬，卻正是「偏師縛可汗，傾都觀受俘；上壽大安宮，復如正觀初」！⑦

李世民雖然不曾讀過後世的詩作，然他御覽李藥師此奏，專注的卻正是那筆神彩攸煥、正奇渾成的行草。一時閱畢，歎道：「吾兄此書，足可換鵝！」

李藥師自然趕緊謙謝，連稱「不敢」。

李世民則正色說道：「當年戡平蕭銑，諸將皆欲掠取蕭梁貴臣之家，以賞士卒，惟有吾兄力主不可。⑧只因早在《圖蕭銑十策》中，吾兄便已論及：『我軍一旦取下蕭梁，今日蕭銑之臣民，即是我大唐之臣民。』江漢之大，可說因此盡皆俯首。古人有言：『文能附眾，武能威敵。』吾兄當之無愧！」「文能附眾，武能威敵」出於《史記．司馬穰苴傳》。

蕩平突厥之後，李藥師曾遭皇帝以「軍無綱紀，致令虜中奇寶，散於亂兵之手」責讓。其後李世民雖然曾說「前此之事，朕意已有所悟」，但是這次，卻是天子首度提及「惟有吾兄力主不可掠取蕭梁」等往事。不過李藥師心底非常清楚，皇帝此時提及此事，另有其意，於是謙謝之後，侃侃言道：

「陛下，當年漢光武平定赤眉，隨即入其營中緩轡徐行。『推心置腹』的美稱，由此流芳後世。這豈是欠缺思慮之所為？而是因為先已料知，人情本非為惡啊。」此時他朝李世民微微躬身：「五年前臣討突厥，總蕃漢之眾，出塞千里，未曾妄殺一人，也是承襲前代明君之教，推赤誠、存至公而已，豈敢當陛下『文』『武』之讚！」

他君臣這段對話，略見於《李衛公問對．卷中．第十四》。

李世民聞言，大喜而道：「『總蕃漢之眾，出塞千里』，善哉！善哉！」當時契苾部落的酋長契苾何力已率所部歸唐，皇帝當即諭令，以執失思力領突厥兵眾，以契苾何力領契苾兵眾，並歸李藥師節度，一同出討吐谷渾。這是大唐首度嘗試，以歸降的外族兵團參與大規模的軍事行動。

此時皇帝將李藥師所呈的表奏闔起，交還予他，含笑說道：「吾兄啊，五年前朕已手詔：『兵事節度皆付公，吾不從中治也。』如今未嘗稍改。」

君臣之際能如斯者，怎不令人動容！

侯君集、李道宗的兩份策略，差異其實不大，然侯君集較為積極果決，李道宗則勝在周嚴縝密。李藥師再度召他二人共議軍機，彼此皆是青史罕見的良將，對照這些許差異，不免暗自激賞，相互欽佩。兩人都論及吐谷渾地勢對於行軍的影響，這又分為兩方面，一是冰川高原對於將士體能的考驗，另一則是巍峨大山對於跋涉途徑的阻滯。

關於前者，砥定中原之後，大唐放眼西北，早已明白個別軍士的素質，體能或比膂力更為緊要，於是長期加意訓練。是以五年之前夜襲陰山，唐軍可以數日不眠不休。然而數月之前段志玄深入吐谷渾，竟仍無法克服高原地勢所造成的影響。因此侯君集、李道宗兩人，都將此放在策略之首要，也提出因應之道。

大唐與吐谷渾之間的交通並不閉塞。漢代張騫通西域，開闢絲綢之路，由長安經河西四郡出玉門關，後世稱為「河西道」。然魏晉南北朝以降，河西長期戰亂，極不利於商隊通行。於是在此道之南，吐谷渾境內，另闢出一條「青海道」，以利商賈往還。

商賈行道，可以在攀高的過程中擇時休息，適應之後繼續前進，行軍則不可。因此侯君集、李道宗都建議，在各道兵馬集結之後，即先擇地攀高，以逐漸適應地勢。李藥師更已從孫思邈處，得到景天五加湯藥方劑。攀高之前先飲此湯，有助於唐軍迅速適應高原地勢。

關於後者，行軍辨識方向，白晝可依太陽位置，夜晚則可觀察星象。然而若遇陰雨風雪，天景曀霾，或大山蜿蜒，煙迷霧瘴，難免便會迷路。四年前蘇定方已從李藥師處學得「揮指天光」之法，又在多種晶石之間摸索，大致釐清以晶石辨識方向的法則。此時大唐能用此法的將官雖然不多，但教導其術卻並不困難。⑨

不過，能夠辨識方向，與能夠偵別吐谷渾君臣落敗之後逃竄的途徑，有根本上的區別。數月之前，敵軍的蹤影就眼睜睜消失在蒼莽天地、巍峨大山之間，讓段志玄仰天長嘆。五年之前，李藥師能夠精準預測頡利可汗北奔的路線，乃是因為突厥大帳內外，早已密布大唐的情報人員。如今吐谷渾的狀況，與當年的突厥大相逕庭。若欲瞭解吐谷渾內部的思維模式與行為機制，此時必須依賴党項。

党項是漢代西羌的旁支，初唐時有細封氏、費聽氏、往利氏、頗超氏、野辭氏、房當氏、米擒氏、拓跋氏等八個大型部族，是為「党項八部」，並不相互統屬，其中以拓跋氏為最強。貞觀三年，在鄭元璹招諭之下，細封氏的酋長細封步賴舉部依附，得到豐厚賞賜，於是其他部族率相歸降。大唐在其地設岷、奉、巖、遠等四州，皆在今日的四川松潘一帶，並拜党項各部首領為刺史。貞觀五年，李世民又遣使，在党項河曲之地設州治，得三十餘萬人口內遷。

然則蕩平突厥之後，吐谷渾與大唐的關係急轉直下，其中關鍵在於，河西四郡的形勢歸於平靜，河西道絲綢之路恢復暢通。尤其在李大亮招撫伊吾之後，西域商賈可由伊吾直入玉門關，一路通往長安。這使得青海道絲綢之路的優勢大不如前，只能吸引于闐與劍南之間的商賈往來，對於吐谷渾的經濟利益影響極鉅。⑩

党項與吐谷渾一般，統治階層系出鮮卑，庶民則以羌人為主。兩者非但族群、文化類似，又地處青海道途中，有共同的經濟利益。當此大唐集結兵馬糧秣，積極備戰的數月期間，吐谷渾則對党項各部施以厚賄，使其紛紛脫離大唐，轉向依附吐谷渾。於是此時，李藥師必須付出更為豐厚的財物，才能由党項處獲取唐軍亟需的情資。

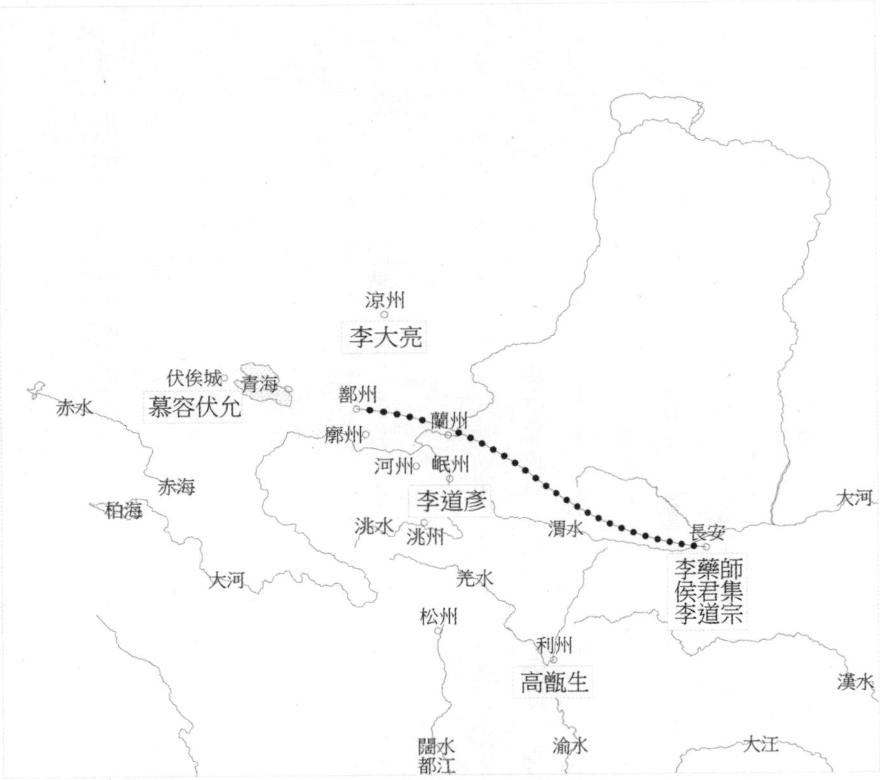

吐谷渾之戰六道行軍圖

0 100 200 500km

第七十一回　馳騁高原

大唐衛景武公蕩平突厥，對於世界歷史無疑造成重大且深遠的影響。然則若論戰爭過程的恢弘壯闊，戡定吐谷渾之戰則猶有過之。①

貞觀九年暮春，天候開始轉暖。然而在吐谷渾，所謂「轉暖」，只是谷底山澗的冰雪不再嚴封，開始有消融的跡象。此時唐軍已然備戰完善，分道向吐谷渾的冰川高原推進。

三月中旬，南方的李道彥、高甑生二道率先遭遇抵抗。李道彥由岷州溯洮水往南行軍，進入洮州東部。高甑生則由利州溯羌水，也就是今日的白龍江，往西北行軍，進入洮州南部。原本依附大唐的當地羌人，在吐谷渾厚賄之下，襲殺洮州刺史，高甑生將之擊破。

此時党項拓跋氏的酋長拓跋赤辭，率領部眾前來聲援羌人，在洮水、羌水上游的狼道峽據險死守。當地是岷山山脈的隘口，兩側懸崖峭壁，中有寬約百尺的峽谷。李道彥來到此處，難以前行，便遣使試圖貨賄，以期換得能讓唐師通行。未料拓跋赤辭已與吐谷渾和親，堅不退讓。唐使

見議和無望，便率精兵擊潰党項外圍部眾，俘獲牲畜六千頭。

這樣的損失讓拓跋赤辭內部出現雜音。李道彥再行貨賄招撫，終於造成拓跋氏部眾鬆動，多位重要部將不願繼續與唐軍對戰。結果迫使拓跋赤辭與李道彥歃血盟誓，放唐軍通過其地，以換取大量財資。

然而此後，李道彥的行軍方向出現偏差。依照李藥師的規畫，他原應在松州，也就是今日的四川松潘，與高甑生會師，一同往赤水、鹽澤推進。但李道彥沒有等到高甑生，於是朝南來到闊水，也就是今日四川松潘岷江上游一帶，擊破當地羌人，俘獲數千牛羊。隨後孤軍麾師西進，在松州無垠的大草原上長驅千里，來到黃河上游沿岸。如若再往西北，便可抵達赤水。

不過在這裡，李道彥遭遇先前為他所擊破的羌人。他們在拓跋赤辭主導之下，重新集結部落主力，死守野狐峽，不容唐軍越渡黃河。最終李道彥大敗，兵馬損失殆盡，只得退保松州。戰後李世民免其死罪，將他流放邊境。

至於高甑生，他擊破洮州羌人之後，繼續朝西北推進，途中屢次遭遇羌人頑強阻擊。最終未能達成李藥師原本的規畫，沒有及時與李道彥會師，致使李道彥孤軍西行，對陣大敗。李藥師並沒有讓高甑生為李道彥的敗績負責，只對他的「後軍期」施予薄懲，隨後讓他暫代李道彥原本岷州都督、赤水道行軍的職責。

吐谷渾所轄的疆域，是東西闊而南北窄的狹長形狀。國土雖然廣袤，但僅有東側少數地區水草豐美，適宜居住。這些地區由東北往南再往西，依序為國主慕容伏允所領的青海川、大寧王慕容順所領的大非川②，以及天柱王所領的赤水川。倘若由青海川往西，便進入荒杳無人的鹽澤沙磧，年前段志玄便在此處折返。

青海川即是青海湖周邊地區。六百餘年之前，王莽遣使「多持金幣」，誘使羌人獻出這帶土地，置西海郡，其下設環湖五縣。郡治設在青海湖之北的龍耆，也就是今日的青海海晏。這裡有吐谷渾境內水草最為豐美的牧場，也就是今日的金銀灘草原。綽有傳奇色彩的青海神駒青海驄，就出於這帶地區。青海周迴八百里，海中有小山。牧民在冬季冰封時節，將波斯良種牝馬放入海中山上。來春即生驄駒，極其神駿，能日行千里，歷代皆稱之為「青海驄」。

吐谷渾的國都伏俟城，便在青海湖之西。青海湖之南則有山，山南是一帶山谷，漢代稱允谷，唐代則稱大非川，也就是今日共和盆地的東部及中部，這裡也是上佳的牧場。由此越過群山往西，便進入赤水川。

吐谷渾自西晉時期立國以來，便與中土戰事不絕。北魏、北周、楊隋都曾出討吐谷渾，交戰均獲大捷。然而縱使取下伏俟城，縱使將其國君逼入鹽澤沙磧，大軍一旦離開，吐谷渾便迅速復國。這是因為此地海拔過高，中土軍民難以適應，因此無法長期居留。

然而這次西征，大唐的千載人傑與曠世軍神，計畫攜手從根本上改變這樣的宿命。

李藥師原本規畫，自己與李大亮由東方往青海湖北方推進，李道宗、侯君集由東方往青海湖南方推進，李道彥、高甑生則由吐谷渾東南方往其南境的赤海、鹽澤推進。從大戰略而言，南方二道的功能，旨在牽制羌人的外援，進而由南往北推進。倘若李道彥、高甑生能夠完成任務，使吐谷渾在南方失卻屏障，再配合北方四道由東往西迂迴包抄，則伏允君臣或許連逃離伏俟城的機會都沒有。然而南方二道沒有達成預期的目標，李藥師只得改變計畫。

幸而此行西征，南方二道並非戰略主力。此時北方四道依然兵馬健全，不過不再能夠靈活運用迂迴包抄的戰策，而只能沿湟水河谷平行推進。

貞觀九年三月，與李道彥、高甑生由南方發兵的同時，北方四道也已分路出師。及至四月，得知李道彥敗績，高甑生沒有達成任務之後，大總管李藥師與侯君集、李道宗、李大亮等三位行軍總管在鄯州會師。年前段志玄折返之後，吐谷渾又曾前來鄯州挑釁，此時已遭李道宗擊退。侯君集、李大亮則已分別達成小積石山、河東的任務，先後來到鄯州，商討後續戰事的進程。

此時的目標是伏俟城。侯君集說道：「我軍已然完成集結，而敵軍尚未退守險地。如今應當調遣精銳，迅速長驅直進。敵方無法預料我方的行動，難以全面防範，我軍必可大勝。如果不用此策，而讓敵軍逃竄，一旦彼等遠遁藏匿，屆時重山險阻，就難以追躡了。」③

出師之前，李藥師已承諾將盡己所能，聽由侯君集、李道宗等指揮大局。此時他便接納侯君集的建議，調遣精銳長驅直進。自己與李大亮出青海湖北岸，侯君集、李道宗則出南岸，雙向夾擊西岸慕容伏允所在的伏俟城。

吐谷渾之立國，大抵依賴天候、地勢的屏障。青海湖周邊全是牧場，無險可守。因此每當中土西征至此，便只能棄城逃逸。伏允得到消息，聽說曾經蕩平突厥，其後引退的大唐軍神已然復出，親率大軍到來，登時大駭。頡利可汗的生母婆施氏來自吐谷渾，兵敗之後原本有意投奔伏允，未成。因此吐谷渾非常清楚李藥師的能耐，判斷如果僅是棄城，並不足以阻止唐軍繼續西進。於是伏允決定燒毀青海湖周邊的草場，以期斷絕唐軍馬匹的秣草。

吐谷渾自北魏時期將國都定於伏俟城以來，已近百年。在這百年之間，伏俟城曾先後遭北魏、北周、楊隋取下，然卻從未使用焚毀草場之策，只因這是飲鴆止渴的下下之策。畜牧是吐谷渾的立國之本，對於畜牧經濟而言，草場是最為重要的資源。如若將之焚毀，雖能阻敵於一時，卻使得接下來的數年牧草匱乏，讓牲畜難以繁衍，對於己方的損傷太過巨大。此時若非面對大唐軍神，委實束手無策，否則伏允絕對不會採取這下下之策。

貞觀九年四月之後又有閏月。大唐四道行軍分為兩路，於四月下旬由鄯州出發，往伏俟城推進。無論經由青海湖南岸或北岸，行程都約五百里。受到高原天候地勢所限，唐軍步騎同行，加上糧秣錙重，每日只能推進四十里。因此南、北兩路大軍抵達伏俟城時，已是閏四月上旬。伏允君臣早已逃逸，此時唐軍舉目所見，僅餘一座空城，孤立於一望無際的灰黑斑駁之間，四野全是牧草餘燼。

如果是其他時代，如果是其他將領，在迫使吐谷渾君臣逃逸，取下伏俟城後，已可說是大功告成。此時班師凱旋，足以名垂青史。

然而這是泱泱貞觀，這是皇皇軍神衛景武公。

百數十年之後，白居易有〈賦得古原草送別〉詩：

離離原上草・一歲一枯榮
野火燒不盡・春風吹又生

此時正值凱風自南之期，冰雪消融，灌溉草原。伏允君臣逃逸尚不及旬月，青海湖周邊已經冒出點點新綠。雖不足以供應來年畜牧之所需，卻勉強尚能承擔當前唐軍馬匹的短期嚼用。

伏俟城中，大總管李藥師再度與三位行軍總管研議後續戰事的行進策略。先前侯君集積極果決，認為迅速長驅直進必可大勝，然而戰果卻未能如他所願。此時他轉趨保守，認為敵方早有所備，如今既已逃竄躲藏，便難再行追躡。大軍如果繼續深入，後勤補給必成問題。何況不知何時方能尋得伏允君臣，與其曠日廢時而未必有所克獲，不如就此「凱旋」。④

原先周嚴縝密的李道宗，此時卻持不同意見。他是最早學得「揮指天光」，以晶石辨識方向的數人之一，由鄯州至伏俟城途中，更已熟悉使用法則，對於追躡伏允充滿信心。他認為青海湖周邊是吐谷渾立國的根本，彼等不可能放棄。如果此時班師折返，伏允必定迅即回到伏俟城重新立足。如此這番西征，先前的心血盡數付諸流水，無法從根本上解決吐谷渾的威脅，不免重蹈數百年來歷朝歷代的覆轍。

此行薛孤吳、蘇定方、薛萬徹、和璧都隨在軍中。蘇定方、和璧只關心李藥師的足傷，薛孤吳、薛萬徹則支持李道宗的意見。李藥師自然明白他們各自的想法，而他自己，則有更為深遠的考量。於私，他不願讓生涯的最後一戰，留下不盡完美的結局；而於公……

蕩平突厥之戰，李藥師已讓李世民成為天可汗，四夷歸順，八方咸服。然則如此聲勢，非但仍然難以震懾日本，吐谷渾更勾結党項，聲援羌人，屢次入寇。李藥師心知，這是因為「唐師不可勝，天朝不可犯」的聲名，尚未深植人心。先前李道彥失利、高甑生後期，更讓周邊各部以為唐師不過爾爾。而這形象，必須扭轉。《孫子．形篇》開宗名義：「昔之善戰者，先為不可勝，以待敵之可勝。」此「不可勝」，非但是實質層面的不可勝，更是心理層面的不可勝。現在，李藥師要為唐師締造「不可勝」的威名，以令四夷更加不敢蠢動。

眼前，相對於侯君集的轉趨保守，李道宗則持不同看法：「大總管，末將以為，此地四周皆是大山，只消多遣斥候登高而望，必可尋得伏允蹤跡。請大總管容末將一試。」

李藥師自然應允。遠自十六年前，在神農架遭遇鄧世洛時開始⑤，軍中通聯、情報等任務，李藥師便交由和璧負責，至今依然如此。於是他著和璧派出斥候，果然很快便探得敵方行蹤。李道宗率偏師離開大軍，繞道進入庫山，也就是今日的青海南山⑥，追及吐谷渾，將之擊潰。此戰規模雖然不大，收獲也不豐碩，卻有重要意義。其一，證明敵方並非難以追躡；其二，庫山是青海湖、茶卡鹽湖的分水嶺，取下此地之後，唐軍便可以直下茶卡鹽湖盆地，進入大非川。

這樣的戰果，讓侯君集也轉為贊同繼續西進，說道：「年前段志玄折返之後，吐谷渾迅即又能前來鄯州挑釁，是因為沒有受到重創。如今庫山一敗，彼等落荒而逃，甚至無法安置斥候。因此我軍取之，可謂易於拾芥。如今若不乘勝而進，只怕後悔莫及。」⑦他似乎已將旬日之前意欲就此「凱旋」之議，全然置諸腦後。

取下伏俟城後，北方四道的初始任務均已達成。於是李藥師訂定後續目標，奉表上奏。李世民大為嘉許，調整各道任務：

李藥師為昆丘道行軍大總管，節度諸軍
侯君集為積石道行軍總管
李道宗為鄯善道行軍總管
李大亮為且末道行軍總管

其中侯君集職稱雖然如舊，但目標由小積石山前進至大積石山。

李道宗取下庫山之後，唐軍直指大非川。這裡無險可守，吐谷渾君臣只得再度退卻。李藥師判斷，伏允逃遁的途徑有二，或是往西，避入天柱王的領地赤水川；或是往南，往大河之源撤退。於是這位大總管再度將大軍分為南、北二道，自己與李大亮出北道，往赤水川推進；侯君集、李道宗則出南道，追入大河之源。

如同蕩平突厥之戰，此行玉爪白鶻也隨李藥師來到前方。為避免驚動敵軍，李藥師並未放牠高飛。而薛孤吳，他自從在南方與猴群熟絡之後，便對動物的行跡，感知特別敏銳⑧。他隨在李藥師麾下，途經曼頭山，也就是今日的旺尕秀山⑨，察覺近處似有牛羊群聚，原來是吐谷渾的名王領兵在此放牧。他率軍突襲，大破敵軍，斬其名王，俘獲大批牲畜，充實後勤補給。

此時已入五月，侯君集、李道宗麾軍南行。出大非川後，即進入杳無人跡的鹽澤沙磧。兵馬糧秣雖不再有後顧之憂，然而高原地勢，仲夏竟仍降霜！當地長期乾旱，縱有池澤也是鹹水，無法飲用。他們行經破邏真谷，也就是今日鄂拉山的谷口，甚至無法找到水源。《資治通鑑》記載：「人齕冰，馬啖雪。」

大軍來到漢哭山，也就是今日的鄂拉山。此山平均海拔超過四千五百米，絕大多數習慣生活在低海拔地區的人，進入青海湖一帶已難適應，而這裡更較青海湖高千餘米！自古漢人來到此地，往往難以前行，無奈折返，因而有「漢哭山」之稱。此時就必須感謝藥王孫思邈配製的景天五加飲，讓唐軍終究能夠穿越這盛夏積雪的蒼蒼大山，進入洪荒混沌的莽莽境域。

出漢哭山後，侯君集、李道宗率軍來到烏海。此湖水質苦澀，今日漢語稱為苦海，藏語則稱為豆錯，也是苦海之意。他們在此遭遇吐谷渾軍，將之擊破，大有克獲，並俘虜其名王。然而伏允，卻在大軍護衛之下，逃逸無蹤。

於是他二人麾師繼續南進，轉戰來到星宿川，也就是今日的星宿海。現代所知的「黃河三源」卡日曲、約古宗列曲、扎曲，分別從西南、西、北三個方向匯入這帶地區，形成大片沼澤地與眾多小湖泊。放眼而望，恍若天上繁星，因此漢語稱為星宿川、星宿海。藏語則稱為錯岔，意為花海子；又稱為瑪洋，意為孔雀灘，形容這些海子點綴濕地之上，猶如孔雀開屏時尾翎上的斑紋。

伏允的主力大軍雖已往西逃逸，這裡仍有吐谷渾部隊。侯君集、李道宗屢次遭遇敵軍，每戰皆勝。畢竟當時的吐谷渾軍，無論戰術、訓練、裝備，都無法與唐軍相提並論。

他二人繼續溯河而上，來到柏海。柏海水域分為東、西兩海子，也就是今日的鄂陵湖與札陵湖。當時兩海子之間僅有窄道相隔，稱為柏梁。這帶地區土地鹼化嚴重，海拔又高，僅有柏樹能夠生長，因此有柏海、柏梁之稱。事實上柴達木盆地周邊，土地大都鹼化。柏樹既能適應鹼化土地，又耐乾旱高寒，因此這帶地區的喬木，皆以柏樹為主。

此地已是大積石山最高處，侯君集、李道宗由此北望，但見崇山積雪，如冰如玉；又觀大河之源，如星如月。[10][11]然而四處搜尋，都沒有再見到伏允或吐谷渾部隊的蹤跡，只得悻然下山。

他二人原本計畫，完成侯君集積石道的任務之後，繼續執行李道宗鄯善道的任務。然而此時，竟接到太上皇駕崩的邸報。

李唐皇室遺傳風疾、氣疾。貞觀八年春夏，李淵風疾便已漸趨嚴重，因此李世民下令，為太上皇修築永安宮。然貞觀九年入夏以來，李淵病情日益惡化。及至五月初六，日次庚子，崩於大安宮垂拱殿。

據《舊唐書．高祖本紀》記載，李淵大漸之際留有遺詔：「既殯之後，皇帝宜於別所視軍國大事。其服輕重，悉從漢制，以日易月。園陵制度，務從儉約。」於是群臣上表，諫請皇帝依太上皇遺詔，處遇軍國大事。李世民自然不會輕易應允，而命太子李承乾於東宮平決庶政。

所謂「禮不伐喪」[12]，原是因應敵國國喪之禮。然而本國國喪，禮儀、禁忌更多。於是此時，侯君集、李道宗在李藥師指示之下，不再往鄯善推進，而回到大非川，全軍服喪，等待李藥師、李大亮回師。

由伏俟城經庫山、大非川、破邏真谷、漢哭山、烏海、星宿川，直至柏海，沿途山路迂迴，單程約莫一千五百里，海拔則由三千二百米攀升至四千三百米。南道唐軍在此高寒荒漠之域，四十天內來回三千里，可說每天都在飆馬狂奔，實是極為宏偉的成就！

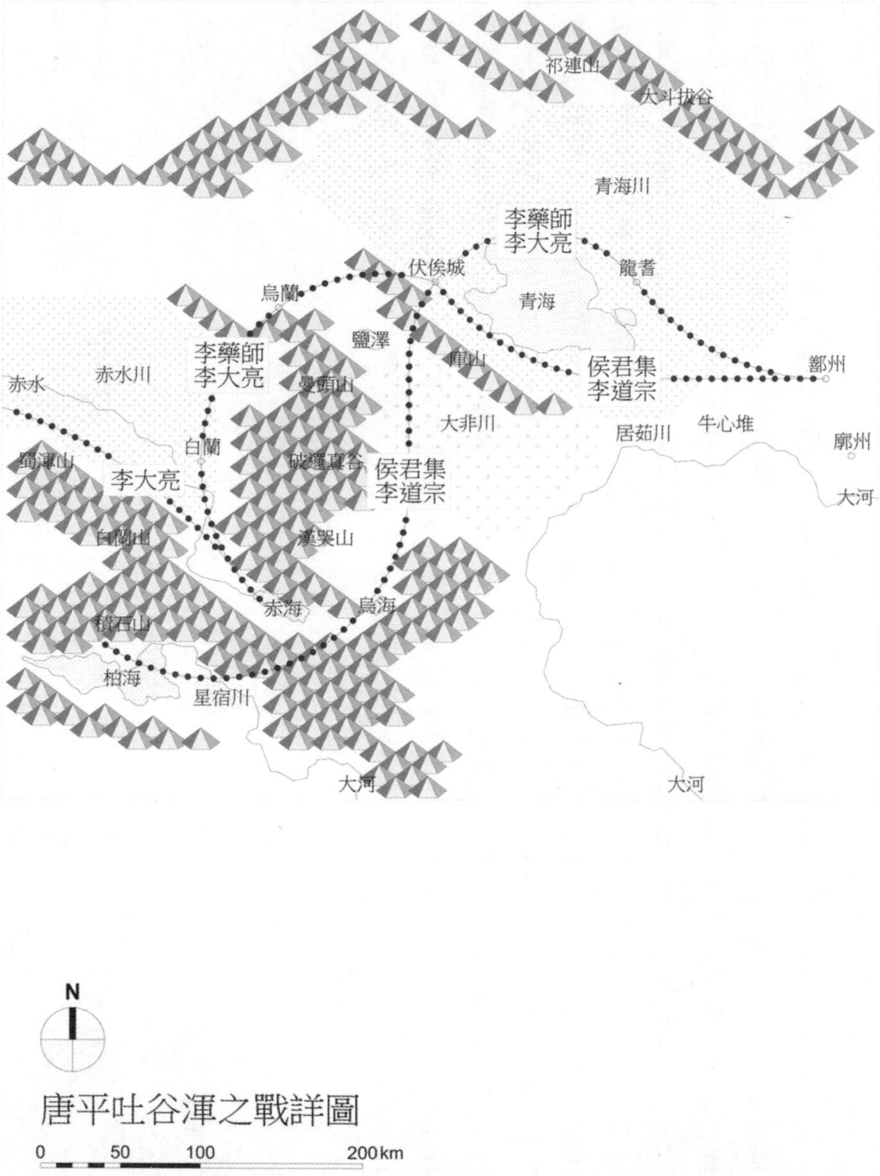
祁連山
大斗拔谷
青海川
李藥師
李大亮
伏俟城
龍耆
烏蘭
青海
鹽澤
李藥師
李大亮
赤水川
赤水
庫山
侯君集
李道宗
鄯州
曼頭山
大非川
居茹川
牛心堆
廓州
白蘭
蜀渾山
李大亮
破邏真谷
侯君集
李道宗
大河
白蘭山
漢哭山
赤海
烏海
積石山
柏海
星宿川
大河
大河
N
0
50
100
200 km

唐平吐谷渾之戰詳圖

第七十二回　冰川流光

在侯君集、李道宗前往大河探源的同時，李藥師、李大亮率領大軍西行。①薛孤吳、蘇定方、和璧都隨在李藥師麾下，和璧原本經常不離李藥師左右，此行蘇定方竟也寸步不肯或離。除「誓死追隨令君，一生懸命，以贖前愆」之外，不久前他已開始協助李藥師整理兵學。由此，蘇定方更進一步深刻體認這位師者的偉大，非但前無古人，往後只怕難以再有來者。如今他只祈願，在這位曠世軍神完成兵學著作的過程中，自己略能有所助益。因而甚至李藥師上馬、下馬之勞，蘇定方都執意躬親服侍。和璧縱使用強，也無法讓他稍改心志。

薛萬徹則隨在李大亮軍中，因為其兄薛萬均，是河東道、且末道②的行軍副總管。在薛孤吳取下曼頭山之前，李道宗前赴庫山的十日之間，薛萬徹已有所斬獲。當時李藥師命諸將巡視青海川，薛萬徹在青海湖之東的牛心堆③遭遇吐谷渾軍。他身邊僅有百餘騎，卻一馬當先，單騎馳擊。對方雖有上千騎，竟不敢與他交戰，望風而逃。薛萬徹回到營中，對薛萬均表示：「賊易與耳！」兩人再度率軍追討，擊破數千敵騎，一時勇冠三軍。這樣的戰果，讓他們不免有些輕敵。

與此同時，執失思力則在青海湖之南的居茹川遭遇吐谷渾軍，同樣以百餘騎輕取對方上千騎，將青海川、青海湖地區全面肅清。

於是李藥師安排少數兵力留守伏俟城，自己與李大亮率領大軍西進。他們翻越庫山，進入鹽澤沙磧，也就是今日的柴達木盆地，柴達木即是蒙語鹽澤之意。他們沿盆地東南邊緣前行，取下烏蘭之後，便進入赤水川東緣，直往白蘭方向推進。此時赤水，也就是今日的柴達木河，已經近在眼前。

早在先秦古籍《山海經》中，已有赤水的記載。〈大荒西經〉有言：「西海之南，流沙之濱，赤水之後，黑水之前，有大山，名曰崑崙之丘。」赤水水流色赤，故名。當地人稱之為烏蘭烏蘇郭勒，也是紅河之意。而李藥師「昆丘道行軍」的名稱，正是來自於這赤水、黑水所出的「崑崙之丘」。後人或曰，「崑崙」之名出於《莊子．應帝王》，乃是中央之帝「渾沌」的諧音。

赤水出於崑崙之丘，流入鹽澤沙磧，融雪灌沃，在白蘭，也就是今日的青海都蘭，形成豐饒的赤水川，也就是今日的香日德綠洲。而這裡，正是李藥師接下來的目標。

吐谷渾境內的三大軍事經濟根據地青海川、大非川、赤水川中，青海川已為唐軍取下，大非川則遭唐軍監控，如今吐谷渾必須死守赤水川。

吐谷渾建國之初，便十分重視赤水川。這帶地區原屬古羌支族丁零人，在此建立白蘭國。然而直至三百年前，慕容吐谷渾來此之後，才漸為中土所知。根據《宋書．吐谷渾傳》記載，慕容吐谷渾之子慕容吐延遭羌人酋長刺殺，臨死前囑咐其子葉延：「吾氣絕，棺斂訖，便遠去保白蘭。白蘭地既嶮遠，又土俗懦弱，易為控禦。」可知吐谷渾歷來均將這帶地區視為重中之重，在定都伏俟城之前，一直以這裡為其部族的行政中心。

將近兩百年前北魏西征，曾一度迫使慕容氏君臣逃離白蘭。吐谷渾軍死守赤水川，北魏軍受到重挫，終究被迫撤退。不久後吐谷渾回到白蘭，迅速便將國土全部恢復。其後北周、楊隋先後西征，在取下白蘭之後，也都無法穩定立足於赤水川。

然而眼前，是泱泱貞觀，是皇皇軍神衛景武公。

此時赤水川，是吐谷渾權臣天柱王的領地。白蘭非但是赤水川的首要大城，更是南道絲綢之路青海道上的重要節點。大唐蕩平突厥之後，北道絲綢之路河西道恢復暢通，嚴重影響天柱王的經濟利益。因而過去數年，縱使伏允遣使，有意與大唐修好，天柱王卻依然屢次發兵寇掠。

面對天柱王這樣的對手，李藥師親自指揮作戰，麾下諸將連破敵軍。天柱王最為倚重的臂膀，高昌王慕容孝雋，亦遭唐軍擒獲。慕容孝雋在吐谷渾素以雄武勇略著稱，此時竟也不敵，天柱王只得率領大軍匆匆逃離。

李藥師、李大亮進駐白蘭，遣諸將往四方追擊。薛萬均、薛萬徹兄弟溯赤水進入白蘭山，其山在今日的布爾汗布達山脈中，布爾汗布達是蒙語神聖山之意。他兄弟在此遭遇吐谷渾軍，只因前此數戰大都輕易獲勝，他二人僅率前鋒百餘騎兵，便與敵軍交戰。未料這裡卻是天柱王的主力所在，薛氏兄弟雙雙中槍落馬。幸而契苾何力率數百契苾騎兵趕到，力戰之下，冒死將他二人救出。

此時李大亮也已趕到，率薛氏兄弟、契苾何力繼續溯赤水追擊。伏允正在這帶山間，當即命天柱王對戰唐軍，自己率眾潛逃。李大亮麾師追擊天柱王，直到赤水之源赤海，也就是今日的冬給措納湖。沿途但見周遭俱是赭紅砂岩組成的巨大山體，河水沖刷赭紅岩土，流出而成赭紅的赤水。

李大亮率大軍在赤海擊破天柱王，不但占據白蘭山的制高點，更俘獲雜畜二十萬。此時斥候傳來消息，伏允稍早已朝西方潛逃。唐師軍心大振，繼續往西追擊，來到蜀渾山④，其山亦在今日的布爾汗布達山脈中。且末道大軍在此再度與吐谷渾軍激戰，大獲全勝，非但獲得雜畜數萬，更擒俘其名王二十人，實是此番西征以來最大的勝利。伏允雖然再度逃逸，不過吐谷渾被俘的貴族戰將過多，元氣大傷。

日前李藥師進入白蘭之後，便整理天柱王帳中遺下的表冊，分析伏允君臣可能的動向。其後獲知侯君集、李道宗追擊敵軍，直至大河之源，仍讓伏允逃逸。此時又得到李大亮的捷報，再加上各處斥候傳回來的情資，這位曠世軍神，已能判斷伏允君臣伏藏竄匿的途徑。

失去白蘭、赤水川之後，吐谷渾境內已無足以生聚教訓的可恃之地，伏允只能一路向西，試圖逃往于闐。當年北魏、楊隋取下白蘭之後，吐谷渾君臣亦曾兩度投奔于闐。此時，他們並沒有更好的選擇。

然而與當年不同，這次大唐軍神在第一時間便正確掌握伏允的動向。於是吐谷渾只能在毫無章法的倉促之間，慌亂西奔。既無法顧及老弱婦孺，也不及驅趕族群賴以維生的畜養。《漢書‧匈奴傳》曾以「孕重墮殰，罷極苦之」形容南匈奴奔逃躲避漢軍追擊的處境，那是極端慘烈的場景。倘若吐谷渾能如當年蕭梁，有岑文本那般胸懷士庶的賢臣，有蕭銑那般為民受難的國君，或許此時便會服輸請降。然而吐谷渾，畢竟並非蕭梁。⑤

此時伏允捨命西奔，李大亮率且末道大軍尾隨緊逐。百餘年後，岑參〈走馬川行奉送封大夫出師西征〉詩中有言：

將軍金甲夜不脫，半夜軍行戈相撥，風頭如刀面如割

馬毛帶雪汗氣蒸，五花連錢旋作冰，幕中草檄硯水凝

所敘便是當前實景。大唐鐵騎沿崑崙山北麓、柴達木盆地南緣，由蜀渾山一路狂飆三千里，越過吐谷渾西端的柏山，直驅且末。柏山也就是今日的阿爾金山，阿爾金山即是蒙語柏山之意，山勢海拔約四千米。且末則位於圖倫磧⑥東南，海拔不及一千米。突倫磧也就是今日新疆塔里木盆地中的塔克拉瑪干，全世界第二大沙漠。李大亮率且末道大軍所行的這路途程，雖不如侯君集、李道宗所攀之高，但越過柏山之後，地勢迅即由海拔四千米驟降至一千米，高差逾三千米，對於唐軍的體能，是絕大的考驗。而他們所奔之遠，更是古今絕無僅有！

此時就必須強調，張萬歲畜養馬匹的成就，以及李藥師倡導擊鞠的遠見。更何況，多年來薛

萬徹銜李藥師之命，協調馴馬事務，對馬匹的瞭解特別深入。倘若仍如五年前討伐突厥之時，受到馬匹數量所限，李藥師只能以三千騎兵突擊定襄、以一萬騎兵夜襲陰山，李世勣更只能率步卒前赴磧口；抑或是唐軍未能嫻熟長程奔馬，則此次在高原沙磧，狂飆三千里追擊伏允之行，便屬不可能的任務。

此行抵達且末的唐軍，實已突破人類體能的極限，且已完成且末道，甚至昆丘道的行軍任務。惟一的遺憾，便是未能擒獲伏允。然而此時卻得斥候傳來消息，伏允已進入圖倫磧，正往于闐方向竄逃。且末道的前鋒是薛萬均與契苾何力。契苾何力力主追擊，薛萬均則因先前在白蘭山受挫的經驗，認為敵軍不可小覷，反對冒進。

契苾何力熟悉遊牧民族的習性，說道：「吐谷渾並不依靠城廓，而逐水草遷徙。如今伏允君臣聚在一處，若不趁機襲取，他們一旦分散，豈能再有機會一舉傾其巢穴？」

他不待薛萬均同意，便自行選取千餘驍騎，直驅逕入圖倫磧的漫天荒漠之中。薛萬均無奈，只得領兵緊隨契苾何力前行。時值五月中旬，由高原進入盆地之後，炎熱乾旱而無水源，將士只得刺取馬血，飲之勉強止渴。

他們的努力終究沒有白費，不久便在沙磧中發現伏允蹤跡。吐谷渾君臣萬萬沒有料到，大唐騎兵竟然能在橫越三千里鹽澤沙磧之後，還能由高原長驅直下，進入盆地中的沙漠！畢竟這是吐谷渾立國數百年來，從所未見之事。伏允大懼，倉促急率千餘親衛遁逃。唐軍襲破吐谷渾牙帳，擒得伏允妻兒，並俘獲駝馬牛羊二十餘萬。

由且末前往于闐的首都西城，也就是今日的新疆和田，約莫一千二百里路程，途中全是沙磧。當此仲夏，伏允親衛無法忍受無比嚴酷的自然環境，西行數日之後便起爭執，內鬨之下，伏允殞命。

且說李藥師，日前他並沒有與李大亮一同西行，而留在白蘭，擘畫吐谷渾的未來。

三百餘年之前，慕容吐延遇刺身亡之後，其子葉延繼位，始以其祖父吐谷渾之名為國號，建立制度，設長史、司馬、將軍等官位。數十年後傳至吐谷渾第九任國主阿豺，後世婦孺皆知的「折箭」典故，便出於阿豺。他讓諸弟子侄經由親身體驗，明瞭一箭易斷、多箭難折的道理，激勵部族戮力同心的團結意識，從而帶起吐谷渾逐漸壯大。⑦

再過百餘年後，傳至第十八任國主夸呂，始自稱可汗，定都伏俟城，有王、公、僕射、尚書等官位。夸呂曾多次入侵中土，甚至與東魏和親夾擊西魏，其後遭北周、楊隋反擊，讓吐谷渾受到重創。

夸呂之後，其子世伏繼位。他與中土親善，向隋室上表稱藩。隋文帝楊堅送宗室女光化公主西出青海，與世伏和親。不久，世伏死於吐谷渾內亂。其弟伏允繼位，光化公主從其俗再嫁伏允。伏允年年親至大隋朝貢，實則暗中訪察中土國情。其後更在突厥與大隋兩強勢力威脅之下收容達頭，吐谷渾與隋室的矛盾，便已趨於明朗。

隋煬帝楊廣即位之後，出兵吐谷渾。當時伏允與光化公主之子慕容順年方四歲，正因朝貢來到大隋，被留為質子。隋軍大破吐谷渾，伏允敗走于闐。大隋在其故地設西海、河源、鄯善、且末等郡，並以慕容順為可汗，以其從臣大寶王尼洛周為輔，讓他們返回吐谷渾。然在返國途中，尼洛周為部下所殺，六歲的慕容順只得逃回大隋。

其後隋末離亂，伏允復國，大隋所設的諸郡，皆為吐谷渾取回。李唐立國之後，李淵聯合伏允夾擊河西李軌。作為回報，李淵將十六歲的慕容順送歸吐谷渾。當時伏允已另立尊王為太子，而慕容順既有大隋皇室血脈，又自幼成長於中土，與吐谷渾文化觀念、生活方式都有極大差異。加以慕容順是楊隋的外甥，於李唐並非血緣近親，回到吐谷渾後沒有得到預期的重視，僅被封為大寧王，讓他甚為不悅。

且說此時。李藥師、李大亮取下白蘭、赤水川後，薛氏兄弟、契苾何力將天柱王逐入赤海，在該地發現伏允蹤跡。李大亮率且末道大軍追擊伏允，天柱王則趁隙逃逸。他不敢返回白蘭，而潛入大非川。

先前李道宗取下庫山之後，唐軍已進入大非川西緣。當地無險可守，吐谷渾君臣迅速撤離。隨後侯君集、李道宗南行，往大河探源；李藥師、李大亮則西行，取下赤水川。當時留在大非川一帶的唐軍十分有限，因此天柱王輕易便能潛入。

而這，卻正是李藥師所設的布局。

大非川是大寧王慕容順的領地，當地水草不如青海川、赤水川豐美，也不是南道絲綢之路青海道上的重要節點，因此經濟利益遠遜。伏允年老之後，天柱王以權臣當國。他對中土極為敵視，而慕容順則因成長環境，於中土一向較為友善。此前慕容順在政治、經濟兩方面都遭到天柱王排擠，早已極為不滿。

李世民、李藥師明晰其中關節，因此發兵之初，李世民已在詔書中明諭：「罪止吐谷渾可汗昏耄之主，及天柱王一二邪臣，自餘部落皆無所問。」此時李藥師便依規畫，對慕容順採取懷柔之策。

唐軍進入吐谷渾以來，因為伏允、天柱王頑強抵抗，致使各部損失大批牲畜，甚至必須「孕重墮殰」，方能追隨伏允西遁。惟有大非川，是當時吐谷渾境內僅存，尚能存活生息的地區。其他各部的牧民逃至大非川，也對執意與大唐為敵的天柱王十分不滿。

因此天柱王潛入大非川，迅即便為慕容順所執，將他斬決，來向李藥師請降。當時李藥師僅由軍報得知，侯君集、李道宗未能擒獲伏允，李大亮還在往西追擊。於是他進入大非川，將天柱王伏誅、慕容順請降等事上表，奏請皇帝裁示。不過數日，侯君集、李道宗回到大非川。再過數日，又接獲李大亮全勝的消息，於是再度上表奏捷。

北斗七星高
哥舒夜帶刀
至今窺牧馬
不敢過臨洮

西鄙人這曲〈哥舒歌〉雖指名哥舒翰，然大唐首度將牧馬杜絕於臨洮之西，則是這次李藥師戡定吐谷渾的偉大戰績。此戰李藥師在大非川為唐師奠定「不可勝」的威名，不僅迅即促使拓設阿史那社爾入唐，嗣後數十年間，大唐更連下高昌、薛延陀、西突厥、高句麗……一而再，再而三，讓「唐師不可勝，天朝不可犯」的聲勢，遠播四海震懾八荒。大唐版圖得以達成前無古人的拓展，向西直抵西海，也就是今日的鹹海。當時甚至在長安西城三門的北首一門，開遠門外，樹立「西極道九千九百里」的石碑，寓含「由此至國境西界不足萬里」之義，似泰然實睥睨，既狂傲又詼諧。然則何其可嘆，三十五年之後，高宗李治總章三年，唐師在大非川為吐蕃所敗。大唐深植人心的「不可勝」之名毀於一旦，竟也是在大非川！

且說……此時已是貞觀九年五月下旬，太上皇之喪並沒有讓皇帝改變從根本上解決吐谷渾威脅的決心。他遣使送達《原吐谷渾制》，下詔為吐谷渾復國，以慕容順為西平郡王、趉故呂烏甘豆可汗，意欲將這西陲國度，建設為臣服於大唐的藩屬。然考慮慕容順成長於中土，在吐谷渾不能服眾，又命李大亮率兵留駐，監控並輔助慕容順。

對於皇帝以李大亮留駐的任命，李藥師並不贊同。李大亮是一位良將，而不是一位驍將。與他相較，侯君集更適合留駐的任務。然則李藥師非常清楚，侯君集心繫中樞的宰輔之位，而李世民也全意栽培這位出身天策府的舊部，他君臣二人都不可能改變心意。因而此時，李藥師只能將慕容順帶入青海川，在伏俟城等候李大亮回師。但盼李大亮能達成監控吐谷渾的任務，非但為大唐安定西陲，更為他自己造就日後入相的契機。

可惜，果如李藥師所料，李大亮沒有能夠達成使命。不過短短數月，吐谷渾內亂又起。只因伏允殞歿之後，他的太子尊王逃往鄯善，依附吐蕃，改名達延芒波結，自立為吐谷渾可汗，與依附大唐的慕容順相抗衡。而慕容順實則並不願當大唐的傀儡，他原以為將天柱王除卻之後，自己就能成為真正的吐谷渾可汗。沒有料到大唐將李大亮留下，就近監控。

慕容順原本不能服眾，身邊臣僚又有部分心向尊王，更有部分認為不該依附大唐，而應歸順吐蕃。於是不過半年，慕容順便遭暗殺，國中大亂。李世民只得改派侯君集前往平亂，而將李大亮調回長安，擢升為左衛大將軍。

根據史書，吐谷渾內亂，慕容順為其臣下所殺。然若參考李世民在貞觀九年十二月所下的《令侯君集等經略吐谷渾詔》，內有「而順曾不感恩，遽懷貳志。種落之內，人畜怨憤。遂創大義，即加剿絕」等語，可知除卻慕容順，實是天可汗的意志。

此乃後話，且說當時……

李大亮率且末道諸將，直至六月下旬方才回到青海川，與李藥師會師。當時侯君集、李道宗已率部凱旋，返回長安。

李藥師依詔，讓李大亮留駐伏俟城，自己則在薛孤吳、蘇定方、和璧等隨侍之下，離開青海湖，往東方行去。

約莫百年之後，王昌齡賦有〈從軍行〉七首，其中第四首：

青海長雲暗雪山．孤城遙望玉門關
黃沙百戰穿金甲．不破樓蘭終不還

由青海湖往北，經大斗拔谷穿越祁連雪山，進入河西走廊，來到瀚海孤城，確實如詩中所述，可以放眼遙望玉門關。然則李藥師一行並未往北，而是往東。⑧此番西征，他們已然黃沙百戰，直入數百年前樓蘭曾經立國的圖倫磧。軍事上雖然大獲全勝，政治上卻並未盡如李藥師之意。只能說，上蒼交付予他的使命，他已悉數完善。其餘的，就留給後人接手吧。畢竟後人，也有後人的使命。

此時來至高原之涯，李藥師任玉爪凌空翱翔，自己回首遙望。但見巍峨大山，縱橫嶮峻；西極天際，冰川流光。他將這銀裝素裹的蒼莽天地好生瞻顧一輪，方才輕嘆一聲，策馬回轉，凜然踏上歸途。

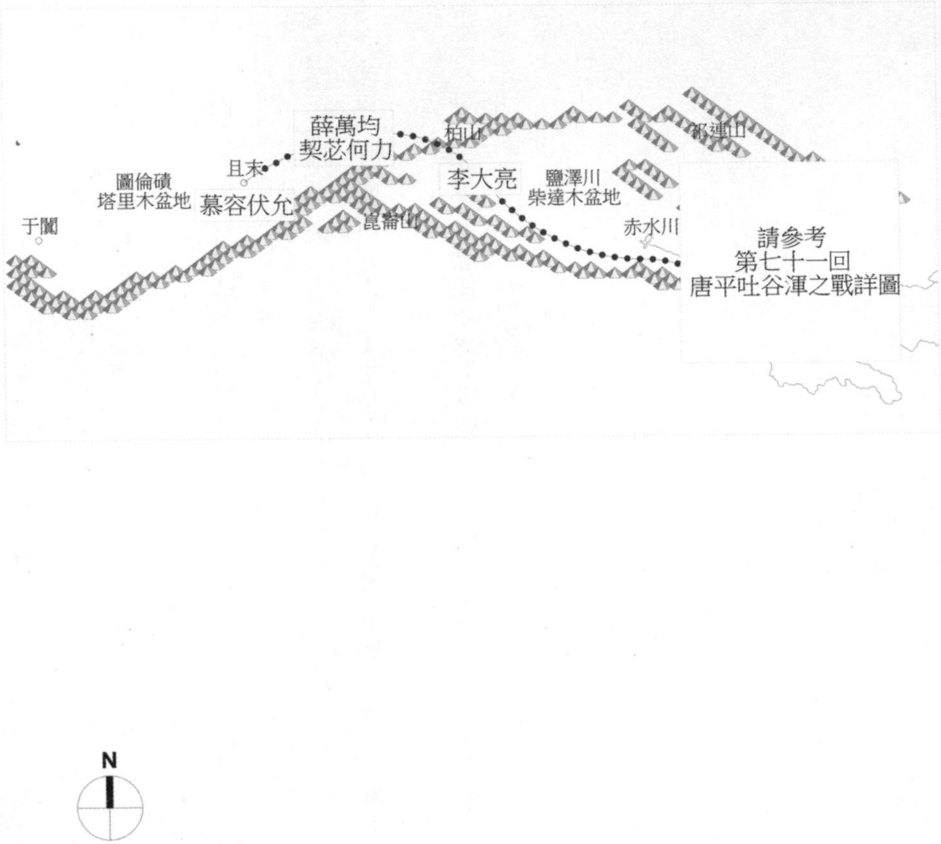

唐平吐谷渾之戰全圖

0 200 500 1000km

注釋

第四十九回　貞觀新猷

①李唐立國之後，將隋代大興城改稱長安城。城中宮室，根據宋代宋敏求《長安志．宮室》的記載，初唐沿用大興宮名稱，至唐中宗李顯神龍元年，始改為太極宮。昭陽門於武德元年改稱順天門，神龍元年再改為承天門。大興殿於武德元年改稱太極殿，中華殿於貞觀五年改稱兩儀殿，大興門於貞觀八年改稱太極門。小說中則概用後世較為熟悉的太極宮、承天門、太極殿、兩儀殿、太極門等名稱。

②渭水便橋、牽制頡利之事，請參考《大唐李靖．卷二．龍戰于野》〈四十八．秦王踐祚〉。

③太華西嶽虬鬚龍子之事，請參考《大唐李靖．卷一．龍遊在淵》〈廿．初見虬髯〉。

④「富國家、強社稷、興教化、安百姓」之說，請參考《大唐李靖．卷二．龍戰于野》。

⑤《圖蕭銑十策》請參考《大唐李靖．卷二．龍戰于野》。

⑥靈州造船等事，檃栝《冊府元龜．卷九百》的記載。

⑦《全唐文．卷二百二十六．大唐開元十三年隴右監牧頌德碑》記載：「大唐接周、隋亂離之後，承天下征戰之弊，鳩括殘燼，僅得牝牡三千。」

第五十回　殿庭教射

①「立於中疆，懷顧八荒」等語，請參考《大唐李靖．卷二．龍戰于野》〈卌八．招慰嶺南〉。

②關於世族大姓對於國主的心態等事，請參考《大唐李靖．卷一．龍遊在淵》〈第三．趙郡府衙〉，以及《大唐李靖．卷二．龍戰于野》〈廿六．隋唐禪代〉。

③「能駕馭千古難以駕馭之人」等語，請參考《大唐李靖．卷二．龍戰于野》〈四十八．秦王踐祚〉。

④李瑗之事，請參考《大唐李靖．卷二．龍戰于野》〈四十八．秦王踐祚〉。

⑤「官有簿狀，家有譜系」等語，出於南宋鄭樵《通志．氏族略序》。

⑥「上續漢魏西晉之學風」等語，出於陳寅恪《隋唐制度淵源略論稿》。

⑦李藥師的十畝宅邸，請參考《大唐李靖．卷二．龍戰于野》〈廿七．三李初會〉。

⑧劉世讓家小在李藥師府中等事，請參考《大唐李靖．卷二．龍戰于野》〈四十四．揚州行次〉。

⑨突厥兵臨長安城下之事，請參考《大唐李靖．卷二．龍戰于野》〈四十八．秦王踐祚〉。

⑩薛孤吳兩度震懾頡利可汗等事，請參考《大唐李靖．卷二．龍戰于野》〈四十六．救援潞州〉以及〈四十七．酣戰靈州〉。史書上薛孤吳的名字，亦寫作薛孤兒、薛孤吳仁、薩孤吳仁等。他的善射，則是小說家言。

第五十一回　石麟玉筍

①竇皇后此時謚號僅為「穆」。及至李淵崩逝，葬於獻陵，以竇皇后祔葬時，才加「太穆」的謚號。小說為避免混淆，通稱她為後世較為熟知的「太穆竇皇后」。

②李德謇、李德獎入居宮中等事，請參考《大唐李靖．卷二．龍戰于野》〈卅六．大衍易數〉。

③關於徐德言，請參考《大唐李靖．卷一．龍遊在淵》及《大唐李靖．卷二．龍戰于野》。

④《李衛公問對．卷下．十三》中，載有李世民、李靖君臣關於「道家忌三世為將者」的討論。

⑤根據李世民第十三子《趙王李福墓誌》，其母為「楊貴妃」，永徽年間封趙國太妃。根據《楊台墓誌》：「又以姊在後庭，編名戚里。其年，以妃嬪之親授尚食直長。」楊貴妃與楊台之姐、楊玄獎女、楊素孫女是否為同一人？無考。小說中的楊玄慶，即是史書上的楊素第四子楊玄獎，且小說以李福之母、楊台之姊、楊玄獎之女、楊素孫女為同一人，即楊蕣華。然貞觀年間，貴妃始終是韋珪，小說以楊蕣華為淑妃，似較為合理。

第五十二回　平康建邸

①北朝隋唐子女稱父親為「耶耶」，見李世民〈兩度帖〉；或稱「阿爺」，見〈木蘭詩〉。小說中則概用現代人較為熟悉的稱謂。

②在此參考饒宗頤編集的《李衛公望江南》。

③初唐長安城的里坊地圖，請參考《大唐李靖．卷二．龍戰于野》〈四十．山雨欲來〉。房玄齡宅位於務本坊、李藥師宅位於平康坊，俱見於北宋宋敏求《長安志．卷七》。杜如晦宅位於平康坊，則為小說家言。

④羅藝封王時得賜姓李，是為李藝。小說中則概稱之為羅藝。

⑤關於陸澤生祖上等事，請參考《大唐李靖．卷二．龍戰于野》〈卌四．碧海飛鶻〉。

⑥依「坐北朝南」的方位，地圖左東右西下北上南，因此卦象初爻由北起始，而上爻至南終結。

⑦百畝甲第的面積，約合現今國際標準的八個足球場大小。

⑧關於初唐租庸調制，請參考《大唐李靖．卷二．龍戰于野》〈四十一．桂州日月〉。

第五十三回　出將入相

①「恂恂然似不能言」引自兩《唐書・李靖傳》，其典出於《論語・鄉黨》：「孔子於鄉黨，恂恂如也，似不能言者。」

②徇地東都，就著案上積塵圖畫敵我形勢等事，請參考《大唐李靖・卷二・龍戰于野》〈廿五・綜論天下〉以及〈廿六・隋唐禪代〉。

③郁射設進入河套之事，請參考《大唐李靖・卷二・龍戰于野》〈四十七・酣戰靈州〉。

④「葉護」在此指吐火羅葉護政權。

⑤這裡西海指鹹海；金山指阿爾泰山；瀚海指貝加爾湖；劍河指葉尼塞河。

⑥拂菻即是東羅馬帝國。

⑦郁督軍山即今日蒙古國的杭愛山，兩漢稱為燕然山。「勒石燕然」的《封燕然山銘》即在此山中。

⑧俱倫水即今日內蒙古的呼倫湖。

⑨《新唐書・太宗本紀・貞觀二年》：「李靖為關內道行軍大總管，以備薛延陀。」此說不見於其他史書，乃屬孤證。

第五十四回　軒車東訪

①初唐以正月晦、三月三、九月九為「三令節」。中唐則以二月朔為中和節，取代正月晦。其後又以二月二為踏青節，逐漸發展為「龍抬頭」。「晦」是每月最後一日，「朔」則是每月初一。

②《新唐書・太宗本紀》：「貞觀二年三月壬戌，李靖為關內道行軍大總管，以備薛延陀。」小說為連貫前後情節，無須執著於日期。何況史書記載的日期也未必精確，比如以杜如晦檢校侍中、李藥師檢校中書

令，使用的是同一幀詔書。而《新唐書．太宗本紀》的記載，兩者則有十九日先後。

③今日所傳古琴名曲〈歸去來兮〉，是南宋大家毛敏仲的作品。

④李藥師邂逅禪宗二祖慧可大師等事，請參考《大唐李靖．卷一．龍遊在淵》〈第二．盤龍山巔〉以及〈第四．天挂石窟〉。

⑤墨翟、魯班等事，見於《墨子．公輸》。

⑥關於輔公祏之戰的景況，請參考《大唐李靖．卷二．龍戰于野》〈四十二．名將歸心〉。

⑦關於「哈疼暖咯」，請參考《大唐李靖．卷二．龍戰于野》〈卅七．雲夢瀟湘〉。

⑧史書載有薛氏兄弟四人。小說為求精簡，將薛萬備略去。

第五十五回　外弛內張

①劉武周、苑君璋等事，請參考《大唐李靖．卷二．龍戰于野》〈四十二．名將歸心〉。

②關於楊素壽宴等事，請參考《大唐李靖．卷一．龍遊在淵》〈第七．越國公府〉。

③關於李藥師十畝宅等事，請參考《大唐李靖．卷二．龍戰于野》〈廿七．三李初會〉。

④泓師之事，檃栝唐代張讀《宣室志．卷十》。

⑤菩提寺鐘樓之事，見於唐代段成式《酉陽雜俎．續集．卷五》。

⑥關於製弓，資料頗多參考《周禮．冬官考工記．弓人》。

⑦關於闞稜，請參考《大唐李靖．卷二．龍戰于野》〈四十三．威震江東〉。

⑧或許因為鍛造費工費料，極為昂貴，唐代陌刀不允許陪葬，致使至今沒有見到任何實物。因而小說中所述陌刀的形制、用法云云，都僅止於推測。

第五十六回　玄奘度關

①貞觀三年兵部尚書敕中，首度出現「李靖」的名字。在此之前，包括武德九年的食實封詔、貞觀二年的檢校官敕，詔書上的名字都是「李藥師」。小說中除少數例外，始終使用「李藥師」，或可略表作者私心之中的景仰。

②李藥師曾在揚州見到玄奘等事，請參考《大唐李靖．卷二．龍戰于野》〈四十五．浮生偷閒〉。

③金絲小猴、華南幼虎、崑崙奴等事，請參考《大唐李靖．卷二．龍戰于野》〈四十一．桂州日月〉。

④玄奘西行的年代，有貞觀元年、貞觀三年兩種說法。在此從《大唐大慈恩寺三藏法師傳．卷一》貞觀三年的記載，但月分則為小說家言。

⑤《大唐大慈恩寺三藏法師傳》提及玄奘行經涼州、瓜州，出玉門關等事。小說中所敘玄奘度關情節，大抵以此傳為依歸。

⑥「鶻」是隼科隼屬猛禽的舊稱。隼屬猛禽中有海東青，各色海東青中，以純白色的「玉爪」最為珍貴。

第五十七回　瀚海河西

①《齊民要術．卷第六．養牛馬驢騾第五十六》：「金日磾，降虜之煨燼，卜式編戶齊民，以羊、馬之肥，位登宰相。」

②馬齒莧味酸，亦稱酸莧。

③柳葚是柳樹的幼嫩花序，胡桃紐是胡桃樹的幼嫩花序，榆錢是榆樹的幼嫩翅果。

④夏曆朔望月每月下旬的下弦月，午夜始出，清晨沒入。月末的殘月，則黎明之前始出，午後沒入。

⑤關於富春江中之席，請參考《大唐李靖．卷二．龍戰于野》〈四十五．浮生偷閒〉。

⑥ 玉門關的位置，目前未有定論。根據唐代道宣《釋迦方志》記載，肅州（酒泉）之西有「故玉門關」，這應是漢武帝所築的第一處玉門關。目前所知的「玉門關遺址」在敦煌之西，這應是漢武帝所築第二處玉門關的部分關城。《大唐大慈恩寺三藏法師傳》所記載的玉門關則在瓜州之西，這應是東漢明帝時期所築的玉門關，也就是唐代尚存的玉門關。小說內容即以此關位置為基礎。

⑦ 由冥水（疏勒河）至伊吾（哈密），即是《大唐大慈恩寺三藏法師傳》中的「莫賀延磧」，其地「長八百餘裡，古曰『沙河』，上無飛鳥，下無走獸，復無水草」。在《西遊記》中，將之記為「流沙河」。無論「沙河」或「流沙河」，皆是「平沙莽莽黃入天」、「隨風滿地石亂走」，風吹沙礫，其流如河，並不是一般流水的沙河。

第五十八回　六道行軍

① 弘義宮／大安宮位置，請參考《大唐李靖・卷二・龍戰于野》〈四十・山雨欲來〉以及〈四十八・秦王踐祚〉兩章附圖。

② 張公謹《條突厥可取狀》，《舊唐書》、《新唐書》、《資治通鑑》、《全唐文》皆載，而文字略有差異。

③ 李世勣的行軍總管職銜，各家史書所載有所異同。在《舊唐書》中，〈李勣傳〉作通漠道，〈太宗本紀〉與〈突厥傳〉作通漢道。《新唐書》均作通漠道。《冊府元龜》與《資治通鑑》則作通漢道。或曰應作通漢道，因通漢鎮而得名。根據《北史》與《隋書》，隋文帝開皇年間，突厥啟民可汗，也就是始畢、處羅、頡利之父，曾與隋使長孫晟，也就是長孫皇后、長孫無忌之父，一同投奔通漢鎮。根據岑仲勉《突厥集史》，通漢鎮在今日內蒙古清水河縣。然該地與李世勣行軍路線相距過遠，故不取此，而取通漠道之說。

④暢武道行軍總管，各家史書或記為薛萬淑，或記為薛萬徹。薛萬徹在蕩平東突厥後，方才得授正四品的統軍，此前不能已任正三品的營州都督。

第五十九回　突擊定襄

①現代夏曆曆法的「閏月」定義是「無中氣月」。一年二十四節氣，其中十二節氣是「月初之氣」，包括立春、驚蟄、清明、立夏、芒種、小暑、立秋、白露、寒露、立冬、大雪、小寒。其餘十二節氣，包括雨水、春分、穀雨、小滿、夏至、大暑、處暑、秋分、霜降、小雪、冬至、大寒，則是「月中之氣」，簡稱「中氣」。

二十四節氣是依太陽黃經位置而定的，比如春分，太陽到達黃經0°，亦即正東方位；夏至，太陽到達黃經90°，亦即正南方位；秋分，太陽到達黃經180°，亦即正西方位；冬至，太陽到達黃經270°，亦即正北方位。

地球繞日運行的軌道並非正圓，而是橢圓，太陽位於橢圓的一焦點上。這造成，節氣與節氣之間的距離並不相等。北半球的夏季，地球離太陽較近，兩個節氣之間，長者可達十五·七三日。而冬季，地球距離太陽較遠，兩個節氣之間，短者僅有十四·七二日。

夏曆以月朔定義每月初一。月朔與月朔之間，即一個朔望月，平均二九·五三日。由夏至至大暑的兩個節氣，平均長達三一·四五日，因此其間便可能產生「無中氣月」。由冬至至小寒的兩個節氣，平均僅有二九·四四日，因此其間非但不可能產生「無中氣月」，甚至可能產生「雙中氣月」。

冬至是十一月中氣，大寒是十二月中氣，其間不可能產生閏月，也就是不可能有閏十一月。雨水是正月中氣，其與大寒之間平均二九·五八日，雖有極小可能產生「無中氣月」，但這必然是因為前一月是

「雙中氣月」，因為由冬至至雨水的四個節氣，僅長五九．〇二日，小於兩個朔望月。雙中氣月之後的無中氣月，不閏，因此不可能有閏十二月。

此外，正月之後雖然可能產生無中氣月，但現代曆法規定正月不閏。因此正月之後無中氣月，是曆法上的二月，其後的有中氣月，則為閏二月。這是現代曆法上的特例。

②定襄之戰的形勢與過程，頗多參考姜良《風塵兩萬里．戰神李靖評傳》，不敢掠美。

③突利降唐之後，頡利向沙缽羅設示好，以他為小可汗。小說中則概稱他為沙缽羅設。

④各次戰事均請參考《大唐李靖．卷二．龍戰于野》。

第六十回　夜襲陰山

①夜襲陰山形勢與過程，頗多參考姜良《風塵兩萬里．戰神李靖評傳》，不敢掠美。

②夏曆每月初八正值上弦月相，午時月出，子時月入。觀測月亮位置，可以相當準確地判斷時間。觀測繁星多寡、閃爍狀況，則可以判斷夜間高空是否有雲，以及風力強弱與水氣含量。這裡「冰霰」、「霧淞」皆屬小說家言，毋須細審科學上的定義。

③霧的形成，是因空氣中的水氣含量達到飽和。空氣的溫度愈高，其中所能容納的水氣愈多。當溫度下降，空氣中無法容納的多餘水氣，便會凝結成微小的水滴，懸浮在接近地面的空氣層中。如果同時無雲且風小，則在冬、春季節，幾乎可以斷定必會出現晨霧。

④《北史．西突厥傳》、《隋書．西突厥傳》皆記載：「吐谷渾者，啟民少子莫賀咄設之母家也。」「莫賀咄設」即頡利可汗。不同版本中，「啟民」或避李世民諱，記為「啟人」。

⑤受降城位於河套北岸，回樂峰則在靈州境內，皆契合沙缽羅設的地理位置。

第六十一回　臺閣端揆

①李淵即皇帝位、李世民即皇帝位，都在甲子日。李世民擒竇建德、王世充得勝還朝，也在甲子日。史書上雖未寫明李藥師、李世勣得勝還朝的日期，但同樣在甲子日的可能性甚高。

②關於史萬歲，請參考《大唐李靖．卷一．龍遊在淵》。

③初唐散官，左光祿大夫從一品，右光祿大夫正二品，光祿大夫從二品，金紫光祿大夫正三品，銀青光祿大夫從三品。

④官絹用途等同貨幣，請參考《大唐李靖．卷二．龍戰于野》〈卅六．大衍易數〉。

⑤關於岑文本，請參考《大唐李靖．卷二．龍戰于野》。

第六十二回　三原祭祖

①唐高宗永徽三年（西元六六二年），始將休沐由五日一休改為十日一休。

②出岫殞命、父親囑葬等事，請參考《大唐李靖．卷一．龍遊在淵》〈十四．鳳折鸞離〉；李藥王去世之事，請參考《大唐李靖．卷二．龍戰于野》〈廿九．獻策圖梁〉；楊玄慶身分之事，請參考《大唐李靖．卷一．龍遊在淵》〈廿一．西京救孤〉。

③李藥王的「永康公」，根據《新唐書．李靖傳》：「靖兄端，字藥王，以靖功襲永康公，梓州刺史。」這裡是唐代的永康公。然根據《李藥王墓誌》：「隋故大將軍、永康公李藥王。」則是隋代的永康公。《李藥王墓誌》又記載，他於隋煬帝大業九年在洛陽去世，於貞觀二年正月得贈持節、梓州諸軍事、梓州刺史，由李藥師遷厝於雍州長安縣之高陽原。高陽原位於長安城西南郊。小說則取「以靖功襲永康公」之說，因此其年代必須在李藥師成為代國公之後。

④《李藥王墓誌》又有「公第三弟刑部尚書、檢校中書令、永康公藥師」的記載。高陽原亦出土《李敳墓誌》，根據其中記載的去世年代以及年齡，他是李藥王、李藥師之弟，李客師之兄。根據《新唐書・宰相世系表》，又有李正明，為李客師之弟，則他昆弟共有六位。然小說則追隨歷來各家之例，只寫李藥王、李藥師、李客師三兄弟。

⑤本章喪葬禮儀頗多參考《唐會要・卷三十八・葬》。

⑥關於李氏先祖家世，請參考《大唐李靖・卷一・龍遊在淵》〈廿一・西京救孤〉。

⑦「禫」讀作坦，ㄊㄢˇ，tan3。《說文解字・示部》：「禫，除服祭也。」

⑧秬鬯一卣，「秬」讀作巨，ㄐㄩˋ，ju4。《說文解字》：「秬，黑黍也……以釀也。」亦即以黑黍釀成的酒。「鬯」讀作暢，ㄔㄤˋ，chang4。《說文解字》：「鬯，以秬釀鬱艸，芬芳攸服，以降神也。」「鬱艸」即鬱金，薑科薑黃屬，學名 *Curcuma aromatica*。鬱金氣息芬芳色澤金黃又有藥效，與薑黃非常類似，古書中兩者名稱經常混用。所謂「蘭陵美酒鬱金香」，即是以鬱金調酒，為酒添香增色。這裡「鬱金香」是鬱金之香，與現代常見的花卉鬱金香無關。「秬鬯」則是以鬱金調製的黑黍酒。「卣」讀作有，ㄧㄡˇ，you3，有蓋和提梁的盛酒器。

⑨《尚書・周書・文侯之命》：「平王錫晉文侯秬鬯圭瓚。」孔穎達疏：「賜其秬鬯之酒，以圭瓚副焉。」「圭」是用於祭祀的玉製禮器，「瓚」是祭禮中用於舀酒的玉勺。

⑩「玉潤金聲」出於東漢班固〈東都賦〉，鐘為金屬之聲，磬則為玉石之聲。數十年後，駱賓王在《上齊州張司馬啟》中，以「玉潤金聲」、「蘭薰桂馥」稱美恩澤長留，子孫賢肖，歷久不衰。

⑪《禮記・禮運》記載：「夫禮之初，始諸飲食。其燔黍捭豚，汙尊而抔飲，蕢桴而土鼓，猶可以致其敬於鬼神。」其中「燔黍」，即是燔燒黍稷之梗，以向鬼神傳達敬意。「捭豚」則是以炙熟的豬肉祭祀鬼神。

⑫「秬鬯」氣息芬芳色澤金黃，故稱之為「黃流」。

⑬牛為「太牢」，天子之禮；羊為「少牢」，公卿之禮。

⑭《周禮．天官冢宰．醢人》：「醢人掌四豆之實。」而「四豆之實」，是盛在「豆」中的各色菹、醢。古代的「豆」是高腳圈足淺盤。「菹」讀作居，ㄐㄩ，ju1，是醃漬的菜蔬；「醢」讀作海，ㄏㄞˇ，hai3，是醱酵的肉醬。

⑮《周禮．春官宗伯．大祝》：「大祝（太祝）……辨九拜，一曰稽首，二曰頓首，三曰空首，四曰振動，五曰吉拜，六曰凶拜，七曰奇拜，八曰褒拜，九曰肅拜，以享右祭祀。」「九拜」中的第四拜，「振動」，鄭玄注引鄭大夫云：「動讀　董，書亦或　董。振董，以兩手相擊也。」

⑯孫思邈隱居於磬玉山之事，請參考《大唐李靖．卷一．龍遊在淵》〈廿一．西京救孤〉；李藥師左足舊傷之事，則請參考同書〈十四．鳳折鸞離〉。

第六十三回　民胞物與

①「莜」讀作由，ㄧㄡˊ，you2。莜麥是中國特產，學名Avena nuda，是燕麥的一種。其果實成熟之後稃殼剝離，種籽裸露在外，屬「裸粒類型燕麥」，亦稱裸燕麥，或諧音稱為玉麥、油麥。莜麥營養價值極高，種籽內蛋白質、脂肪的含量超過其他糧食作物。雖然目前產地侷限於西北高寒地區，但已有科學家將之視為將來可為人類主食的替代穀糧，而對其進行研究。

②相傳莜麵栲栳栳始於唐初，至今仍是晉、陝、甘、內蒙等高寒地區的美食。根據《辭海》，「栲栳」是用竹篾或柳條編成的盛物器具，在此引申為盛在栲栳中製成的食物。或曰「栲栳」是犒勞的諧音，在以雜糧為主食的地區，莜麥栲栳栳是相對細緻的食品，相傳舊時做為犒勞之用。

③薛萬徹祖籍河東薛氏，出身京兆咸陽，理當熟知莜麵栲栳。此處情節乃屬小說家言。
④當時的三原，位於今日陝西三原之北。鄭國渠故道的位置，見於《水經注．卷十六．沮水》。
⑤鄭國鑿渠等事，見於《史記．河渠書》以及《漢書．溝洫志》。
⑥粟即小米，是華夏上古時期最為重要的糧食，因此夏代與商代被歸類為「粟文化」。
⑦此洛水指關中的洛水，為渭水支流。為與流經洛陽的洛水區隔，此水亦稱北洛水（北洛河），而稱大河（黃河）支流的洛水為南洛水（南洛河）。
⑧此歌見於《水經注．渭水》。歌中的「谷口」，即《史記．河渠書》所載，鄭國渠的渠首「瓠口」。
⑨關於靈渠以及陡門，請參考《大唐李靖．卷二．龍戰于野》〈卅八．招慰嶺南〉。
⑩夔州「呼風喚雨」等事，請參考《大唐李靖．卷二．龍戰于野》〈卅五．戡平蕭銑〉。

第六十四回　鼎嘗知秋

①壽宴形式及菜餚名稱綜合參考唐代韋巨源《燒尾宴食單》、南宋周密《武林舊事．高宗幸張府節次略》、南宋林洪《山家清供》等文獻。
②青小豆即綠豆，孫思邈《千金食治．穀米第四》收錄。李時珍《本草綱目．穀之三》曰：「粉作餌炙食之良。」綠豆磨漿可以自然醱酵，今日「豆汁」仍是北京著名小吃。
③《武林舊事．高宗幸張府節次略》有「下酒十五盞」，每盞皆是一餚一羹。
④韓愈《送桂州嚴大夫》詩：「戶多輸翠羽，家自種黃柑。」可知當地盛產山禽、柑橘。
⑤代代是苦橙的變種，學名 *Citrus x daidai*。壽宴當時不是柑橙產季，然代代果實若不採擷，可在樹上留存數年，因此樹上數代果實同生，故名。其果每年春季轉回青色，故亦稱「回青橙」。其花極香，現代用

於薰茶，製成的花茶取代代諧音，稱為「玳玳」。

⑥關於富春江中之席，請參考《大唐李靖・卷二・龍戰于野》〈四十五・浮生偷閒〉。

⑦毛荔枝即是紅毛丹。

⑧功成之後連袂逍遙優游等思維，請參考《大唐李靖・卷二・龍戰于野》〈四十・山雨欲來〉。

⑨當時李泰仍是越王，尚未改封魏王；李治則尚未封王。小說中概稱為魏王、晉王，以免過於繁複。

⑩「特勤」是突厥可汗子弟。史籍中或寫為「特勤」，乃是傳抄之誤。

⑪李世民的貴妃韋氏，名珪，出身京兆高門。先嫁隋代民部尚書李子雄之子李孝珉，至少育有一女。後李子雄投靠楊玄感，楊玄感事敗後，李子雄遭到處決，籍沒其家。韋珪與楊玄獎之女（小說中楊玄慶之女楊舜華）同時充入掖庭。李世民即位，韋珪成為貴妃之後，她與李孝珉之女得封為定襄縣主。

第六十五回　諄諄循循

①「陛下五十年後，當憂北邊。」出於《大唐新語・知微第十六》。

②李大亮當時的爵位是武陽縣男，至貞觀九年擊滅吐谷渾後，才晉封為武陽縣公。然他出身隴西李氏武陽房，祖父是西魏的武陽郡公，父親是楊隋的武陽郡公，因而在此稱他為「武陽公」，亦無不可。

③「熏漬陶染……潛移暗化」出於北齊顏之推《顏氏家訓》，然後世多將「潛移暗化」寫為「潛移默化」。

④「爬羅剔抉，刮垢磨光」出於韓愈《進學解》，在此借用將近二百年後方才出現的文句。

⑤「軾」的原意是車上前方可供憑倚的橫木。其後置於席上，以橫木為主要構件的有足家具也稱為「軾」，席地而坐時可供憑倚，亦稱隱几、憑几。

⑥「水精」是天然水晶的古稱。《本草綱目・金石之二・水精》認為：「瑩澈晶光，如水之精英，會意也。」

⑦水晶是無色透明的石英。石英、方解石等「單軸晶體」，其晶體內三度空間的結晶軸中，有一個軸的折射率不同於其他兩個軸，使得光線通過晶體時，光波產生不同的相位速度（phase velocity），因而形成肉眼可見的兩束角度不同的折射光線。

⑧授田之禮主要參考《新唐書・禮樂志・皇帝狩田之禮》。

第六十六回　簫韶九成

①大儺之禮主要參考《新唐書・禮樂志・大儺之禮》。「儺」讀作挪，ㄋㄨㄛˊ，nuo2。

②「侲」讀作振，ㄓㄣˋ，zhen4。侲子是大儺儀典中的童男舞者。

③根據《史記・樂書》：「漢家常以正月上辛祠太一甘泉，以昏時夜祠，到明而終。」「上辛」是每月第一個天干屬辛之日，必在一日與十日之間，而不在十五日。「太一」亦作泰一、太乙，即北極星，先秦兩漢以之為「神君最貴者」。

④立西華觀等事，見北宋王溥《唐會要・卷五十》。造慈德寺、普光寺等事，見南宋僧人志磐《佛祖統記・卷三十七》。

⑤王珪夫人是杜甫的曾祖姑母之事，見杜甫〈送重表侄王砅評事使南海〉詩。關於南平公主下嫁王敬直的時間，或說在貞觀十一年，然當時仍在李淵、長孫皇后國喪期間。而李世民第五女長樂公主在貞觀六年下嫁長孫無忌之子長孫沖，因此其第三女南平公主在貞觀五年下嫁王敬直，雖是小說家言，卻甚合情理。

⑥楊堅崩逝於仁壽宮等事，請參考《大唐李靖・卷一・龍遊在淵》〈十六・漂泊孤客〉。

⑦參考《大唐新語・諧謔第二十八》：「太宗嘗宴近臣，令嘲謔以為樂。」

第六十七回　語默之趣

①本章篇名「語默之趣」引自《賜李靖陪葬詔》：「語默之趣，儔今罕匹；進退之道，對古為朋。」原典出於《易傳．繫辭》：「君子之道，或出或處，或默或語。」

②王勃〈仙遊觀贈道士〉詩：「野花常捧露，山葉自吟風，林泉明月在，詩酒故人同。」

③在岐州遭到誣告之事，請參考《大唐李靖．卷二．龍戰于野》〈廿八．紫衣御史〉。

④「明修棧道，暗渡陳倉」語出元代戲文，在此借用六百餘年之後方才出現的文句。

⑤楚漢之際，漢軍進入關中的史實，與「明修棧道，暗渡陳倉」的戲文差異頗大。因與小說無關，在此不予深入。

⑥關於穿越秦嶺的四道，請參考《大唐李靖．卷二．龍戰于野》〈卅．追踵神農〉。

⑦「武都道山崩」見於《漢書．高后本紀》，朝臣諫請修通褒斜道則見於《漢書．溝洫志》。

⑧武都大地震後，天地大澤崩裂，其水不再流入漢水，而改道流入嘉陵江的說法，稱為「嘉陵奪漢」。此說目前尚未成為定論。

⑨潦水是「八水繞長安」的八水之一，今日稱為澇河。

⑩或曰此詩為東漢張道陵所作，則末句「明皇」未知意何所指。

第六十八回　觀其眸子

①虬鬚龍子誕生、鳳折鸞離等事，請參考《大唐李靖．卷一．龍遊在淵》〈十四．鳳折鸞離〉。

②出岫已再世為人等事，請參考《大唐李靖．卷二．龍戰于野》〈四十四．揚州行次〉。

③得賜三卷經書等事，請參考《大唐李靖．卷一．龍遊在淵》〈第五．猿聲鶴影〉。

④此段對話中直稱諸人姓名，以避免混淆。
⑤侯君集的生年至今沒有定論，只由其母竇氏的墓志得知，竇氏於貞觀六年去世，時年八十。侯君集是第五子，依此推論，當時應在五旬上下。
⑥秦府舊部事件，包括貞觀元年長孫順德受賄、長孫安業謀反，貞觀三年龐相壽貪瀆等案。
⑦《論語．堯曰》：「君子……泰而不驕，威而不猛。」《詩經．大雅．抑》：「敬慎威儀，維民之則……慎爾出話，敬爾威儀……」在此皆引《中論．法象》之用語。「惟聖罔念作狂，惟狂克念作聖」則出於《尚書．周書．多方》。

第六十九回　辭祿避位

①婚儀之禮主要參考《儀禮．士昏禮》以及《禮記．昏義》。
②「姆師」是教導待嫁女子禮儀的女師。「綏」則是登車時用以拉引的繩索。
③關於劉洎，請參考《大唐李靖．卷二．龍戰于野》。
④當年同遊芙蓉園等事，請參考《大唐李靖．卷二．龍戰于野》〈卅九．芙蓉園宴〉。
⑤關於漢高帝奉太上皇於未央宮置酒之事，請參考《史記．漢興以來將相名臣年表第十》。
⑥紫杉即紅豆杉。
⑦夔州陸氏水岸小院等事，請參考《大唐李靖．卷二．龍戰于野》〈卅三．白浪淘沙〉以及〈卅四．碧海飛鶻〉。
⑧這是兩株線柏，為日本花柏的變種。
⑨拍起雲流，鶻飛霞佇等語，出於明代計成《園冶》。

⑩〈乞解職表〉引自《全唐文・卷一百五十三》。

⑪〈加李靖特進制〉引自《全唐文・卷四》。

第七十回　進退之道

①如同「語默之趣」，本章篇名「進退之道」亦引自《賜李靖陪葬詔》：「語默之趣，儔今罕匹；進退之道，對古為朋。」

②關於突厥分裂東、西，以及阿波可汗、達頭可汗等事，請參考《大唐李靖・卷一・龍遊在淵》〈第十・軒轅古鏡〉。

③太極宮海拔四百一十公尺，青海湖表面海拔三千二百六十公尺。

④關於隋唐時期煎茶細節，請參考《大唐李靖・卷一・龍遊在淵》〈第四・天挂石窟〉。

⑤李藥師對吐谷渾好奇之事，請參考《大唐李靖・卷一・龍遊在淵》〈十六・漂泊孤客〉。

⑥關於獲贈越窯茶碗之事，請參考《大唐李靖・卷二・龍戰于野》〈四十五・浮生偷閒〉。

⑦為避宋仁宗趙禎之諱，詩中以「正觀」替代貞觀。

⑧戡平蕭銑等事，請參考《大唐李靖・卷二・龍戰于野》。

⑨世傳黃帝發明指南車，可指方向。事實上目前所知，最早的指南車為東漢張衡所造，其後魏晉南北朝亦有數次造成指南車的記載。不過這些指南車採用齒輪原理，不但極為昂貴，而且對於行軍指路並沒有實質效用。真正以磁鐵辨識方向的「指南魚」，至北宋官修的《武經總要》才有正式記載。這是將磁鐵製成魚形，浮在水上，以辨識方向。與現代指南針類似的「旱羅盤」，則遲至宋元之際陳元靚的《事林廣記》中，方才出現。

⑩吐谷渾以及党項的形勢，頗多參考姜良《風塵兩萬里．戰神李靖評傳》，不敢掠美。

第七十一回　馳騁高原

①本章戰事的形勢與過程，頗多參考姜良《風塵兩萬里．戰神李靖評傳》，不敢掠美。

②大非川的位置有不同說法，在此取位於青海南山之南一說。

③這段記載見於兩《唐書．侯君集傳》，為貞觀九年三月之事。

④這段記載見於兩《唐書．李道宗傳》以及《資治通鑑．卷一百九十四．唐紀十》，為貞觀九年閏四月之事。

⑤在神農架遭遇鄧世洛之事，請參考《大唐李靖．卷二．龍戰于野》〈卅．追踵神農〉。

⑥青海湖蒙語、滿語的音譯都是庫庫淖爾，青海南山則是南庫庫諾爾嶺。參考史籍記載李道宗敗吐谷渾於庫山的日期，判斷庫山應是庫庫諾爾山，也就是青海南山。諸部史書中，有些亦將「庫山」記為「嶂山」。

⑦這段記載見於《資治通鑑．卷一百九十四．唐紀十》，為貞觀九年閏四月之事，在李道宗敗吐谷渾於庫山之後。

⑧薛孤吳與猴群熟絡等事，請參考《大唐李靖．卷二．龍戰于野》。

⑨「尕」讀作軋，上聲，ㄍㄚˇ，*ga3*。旺尕秀山是崑崙山支脈，位於茶卡鹽湖西南。或曰曼頭山是今日的日月山，然日月山位置與後續行軍方向不合，故採旺尕秀山之說。

⑩北魏酈道元《水經．河水注》引東漢高誘稱：「河出崑山，伏流地中萬三千里，禹導而通之，出積石山。」

⑪《舊唐書・吐谷渾傳》記載：「北望積石山。」然而由積石山巔北望，見到的不可能是積石山。姜良《風塵兩萬里・戰神李靖評傳》認為，應是布爾汗布達山。《資治通鑑》則記載：「北望積玉山。」在此檃栝其義。

⑫「禮不伐喪」的古制，見於《左傳・襄公四年》：「三月。陳成公卒。楚人將伐陳。聞喪乃止。」又見於《左傳・襄公十九年》：「晉士匄侵齊及穀，聞喪而還，禮也。」

第七十二回　冰川流光

① 本章戰事的形勢與過程，頗多參考姜良《風塵兩萬里・戰神李靖評傳》，不敢掠美。

② 史書記載薛萬均任沃沮道行軍副總管。沃沮在朝鮮半島北部，判斷應是且末之誤。

③《水經・河水注》：「湟水又東，牛心川水注之。水出西南遠山，東北流徑牛心堆東。」

④《資治通鑑》：「李大亮敗吐谷渾於蜀渾山。」元代胡三省注曰：「山在赤海西。」

⑤ 蕭梁之事，請參考《大唐李靖・卷二・龍戰于野》〈卅五・戡平蕭銑〉。

⑥ 圖倫磧，《資治通鑑》作突倫川。

⑦ 阿豺「折箭」典故，見於《北史》、《魏書》、《資治通鑑》等史書。

⑧ 此戰李靖回程路線，小說家言未必符合史實。

時報悅讀 41

大唐李靖　卷三：龍旂陽陽

作　　者──齊克靖
主　　編──蘇清霖
特約編輯──劉素芬
封面設計──FE 設計
美術排版──藍天圖物宣字社

第二編輯部編輯總監──蘇清霖
董 事 長──趙政岷
出 版 者──時報文化出版企業股份有限公司
108019 台北市和平西路三段二四〇號七樓
發行專線─（02）2306-6842
讀者服務專線─ 0800-231-705、（02）2304-7103
讀者服務傳真─（02）2304-6858
郵撥─ 1934-4724 時報文化出版公司
信箱─ 10899 臺北華江橋郵局第 99 信箱
時報悅讀網─ http://www.readingtimes.com.tw
法律顧問─理律法律事務所 陳長文律師、李念祖律師
印　　刷─紘億印刷有限公司
初版一刷─ 2022 年 10 月 21 日
定　　價─新台幣 380 元
（缺頁或破損的書，請寄回更換）

時報文化出版公司成立於一九七五年，並於一九九九年股票上櫃公開發行，
於二〇〇八年脫離中時集團非屬旺中，以「尊重智慧與創意的文化事業」為信念。

大唐李靖. 卷三 : 龍旂陽陽 / 齊克靖作. -- 初版. -- 臺北市 : 時報文化,
2022.10　360面；　14.8×21公分（時報悅讀 ; 41）

ISBN　978-626-335-971-0（平裝）

863.57　　111014949

ISBN 978-626-335-971-0
Printed in Taiwan